Ildikó von Kürthy

Schwerelos

Roman

Mit Illustrationen von
Tomek Sadurski

D1382364

Rowohlt Taschenbuch Verlag

7. Auflage Oktober 2011

Veröffentlicht im Rowohlt Taschenbuch Verlag,
Reinbek bei Hamburg, Dezember 2009
Copyright © 2008 by Rowohlt Verlag GmbH,
Reinbek bei Hamburg
Umschlaggestaltung any.way, Hannah Krause,
nach einem Entwurf von Sarah Illenberger
(Illustration: Tomek Sadurski)
Layout Angelika Weinert
Lithographie Cleeves Reprotechnik, Hamburg
Satz aus der Documenta PostScript, InDesign CS2
Gesamtherstellung CPI – Clausen & Bosse, Leck
Printed in Germany
ISBN 978 3 499 24774 3

MIX
Papier aus verantwor-
tungsvollen Quellen
FSC
www.fsc.org   FSC® C083411

«Solange man noch unglücklich sein kann,
kann man auch noch glücklich sein.»
MARTIN WALSER

Meiner Tante Hilde zum Abschied.

«Hauptsache Liebe?»

Auf dem Grabstein steht mein Name – und das ist schon mal kein guter Anfang. Was mir die Stimmung zusätzlich vermiest: Mein Name ist auch noch falsch geschrieben. Ich bin bei so was normalerweise wirklich nicht kleinlich, aber bei einer derart existenziellen Angelegenheit, also ich weiß nicht, ich finde, da darf man doch etwas mehr Sorgfalt erwarten.

Meine Füße fühlen sich taub an, ich möchte fast sagen wie abgestorben, und durch den Schnee dringen Geräusche nur gedämpft zu mir.

Ich habe nie darüber nachgedacht, wie das aussehen würde: mein Name auf einem Grabstein. Warum auch? Erst neulich habe ich mir den Kopf über neue Visitenkarten zerbrochen. Ich bin nicht in dem Alter, wo man sich fragt, wie sich der eigene Name auf poliertem schwarzem Granit machen würde.

Aber wie so häufig im Leben war auch in diesem Fall der Tod ungebeten und überraschend hereingeschneit und hatte den Beteiligten keine Zeit gelassen, sich über ein ansprechendes Grab-Design zu verständigen.

Ich muss es ganz klar so sagen: Diese Grabstätte sieht unmöglich aus.

Meine Eltern, als nächste Verwandte verantwortlich für die Beerdigung, hatten sowohl Kosten als auch Mühen gescheut und im Internet bei «traurigaberguenstig.de» für 499 Euro einen Kiefernsarg für Selbstabholer gekauft.

Den Grabstein hatte meine Mutter ausgesucht. Sie ist eine wunderbare Frau, die mit einem aufsehenerregend schlechten Geschmack ausgestattet ist und dem Wunsch, in ihrem Leben möglichst viele Schnäppchen zu ergattern.

Die Prospekte mit den Sonderangeboten, die dem «Wiesbadener Kurier» beiliegen, liest sie noch aufmerksamer als die Todesanzeigen. Ihre Lieblingsseiten kommentiert sie dann gerne beim Frühstück, was bis heute zu gewöhnungsbedürftigen Äußerungen führt wie: «Eins achtzig für hundert Gramm Leberkäse? Haben wir noch Platz in der Kühltruhe? Das ist ein Jahrhundert-Tiefstand!»

Ich glaube nicht, dass ich, solange ich finanziell von meinem Elternhaus abhängig war, jemals ein Kleidungsstück getragen habe, das nicht runtergesetzt war oder aus einer fragwürdigen Aktion stammte wie «Nehmen Sie vier, bezahlen Sie zwei».

Auch bei der Grabsteinbeschaffung war es meiner Mutter gelungen, sich an ihrem bewährten Prinzip «günstig und geschmacklos» zu orientieren. Sie hatte sich für das Auslaufmodell «Tower of Trauer» entschieden: einen hohen, schmalen Stein, angeblich nur «mit kleinen Mängeln», der aussieht wie ein ausgebranntes Hochhaus.

Was meine Mutter ganz offensichtlich nicht bedacht hatte, war: Mein Name braucht viel Platz, und zwar mehr, als dieses spindeldürre Grabmal bietet. Ein langer Name trifft hier also auf einen schmalen Stein, und beide gehen, ähnlich wie Dick und Doof, eine recht unansehnliche Paarung ein.

Um alle wesentlichen Informationen unterzubringen, hatte der Steinmetz in seiner Not sowohl meinen Vor- als auch meinen Nachnamen in der Mitte getrennt – und dabei leider einen Bindestrich vergessen. Irgendwie sieht es jetzt so aus, als hätten in diesem Einzelgrab zwei zwergwüchsige Schwestern platz- und kostensparend ihre letzte Ruhe gefunden.

**ROSE
MARIE
GOLD-
HAUSEN**

Das hat man eben davon, wenn man sich nicht selbst um alles kümmert, denke ich verbittert, während jemand, für meinen Geschmack etwas zu schwungvoll, ein Bund frühe Tulpen in die offene Grube schmeißt.

Die Eiseskälte kriecht mir in alle Knochen. Neben meinen frierenden Eltern bin ich die Einzige, die hier ausharren muss, bis die Schlange der Beileidsbekunder abgearbeitet und auch der letzte zum Leichenschmaus unterwegs ist.

Ein unappetitliches Keuchen reißt mich aus meinen düsteren Überlegungen. Zunächst sehe ich nur einen Haufen Rosen auf zwei knöchrigen Säbelbeinchen. Ein dürrer, alter Mann, der unter der Last eines riesigen Blumenkranzes beinahe zusammenbricht, bahnt sich seinen Weg durch die Trauergemeinde.

Es ist Heinz-Peter. Der alte Angeber hat sich seinen Auftritt bis fast zum Schluss aufgehoben. Nach der Scheidung keinen Cent rausrücken wollen, aber dann bei der Beerdigung mit einer Tonne roter Rosen anrücken. Die langstieligen, versteht sich. Auf der Trauerschleife steht: «Ein letzter Gruß für dich, liebe Rosemarie. In tiefer Trauer. Dein Heinz-Peter.»

Du Lump, denke ich, das Einzige, worum du trauerst, ist doch die Abfindung, die sie dir aus deinen maroden Rippen geleiert hat. Ich muss mich zurückhalten, ihn nicht ins offene Grab zu schubsen. Aber ich weiß, das wäre das Letzte, was meine geliebte Tante gewollt hätte. Sie hat sich ja wohl kaum nach sechs Monaten von Heinz-Peter scheiden lassen, um dann eine Ewigkeit mit ihm auf engstem Raum verbringen zu müssen.

«Heinzelmann» hatte sie ihn nach vier Wochen Ehe getauft. Und das war nicht nett gemeint, sondern die angemessene Bezeichnung für den albernen Gernegroß, als den sie ihn zunehmend empfand.

«Heinzelmann war ein Fehler», hatte sie zu mir vor einem Jahr gesagt, als sie übers Wochenende nach Berlin gekommen war. «Ist es nicht absurd, dass ich mit siebenundsiebzig Jahren tatsächlich nochmal an den falschen Mann gerate? Als hätte ich in all den Jahren nichts gelernt.» Sie schüttelte den Kopf, eher belustigt als zornig, denn sie hatte es sich abgewöhnt, sich zu ärgern. «Das kostet Zeit und Kraft, und von beidem habe ich nicht mehr viel. Was ich aber gelernt habe, ist, die Fehler, die ich mache, schnell zu korrigieren. Die Scheidung läuft bereits. Ich kann unmöglich mit diesem selbstgefälligen Gockel zusammenbleiben.»

Wir hatten in Hamburg auf einer Bank an der Alster gesessen. Rosemarie hatte den Ehering von ihrem schmalen Finger gestreift, gegen die Wintersonne gehalten und mich gefragt: «Was meinst du, Marie, einer meiner Backenzähne braucht eine neue Goldkrone. Soll ich den Ring einschmelzen lassen?»

Seit acht Jahren trafen wir uns immer im Januar, um gemeinsam zurückzuschauen und Vorsätze zu fassen. Wir lachten von morgens bis abends, jammerten, fluchten und durchlebten die Freuden und Kümmernisse des vergangenen Jahres noch einmal gemeinsam. Meine Wünsche und guten Absichten schrieb ich in eines dieser potthässlichen, in chinesische Billigseide gebundenen Notizbücher, in die ich schon meine Träume notiert hatte, als sie sich noch hauptsächlich um Ferien auf dem Ponyhof, die Liebe zu meinem Grundschullehrer, die Liebe zu meinem Flötenlehrer und die Liebe zu meinem Turnlehrer drehten.

Meine Tante und ich erstellten Listen, was wir in Zukunft besser machen wollten, was wir lassen wollten und was wir zwar lassen wollten, aber ehrlicherweise niemals lassen würden. Die Liste mit den guten Vorsätzen, die man sich nicht mehr guten Gewissens machen kann, wurde im

Laufe der Jahre immer länger. Tante Rosemarie fand, das sei ein gutes Zeichen. «Eine Liste mit guten Vorsätzen ist wie ein Kleiderschrank: Beide muss man regelmäßig ausmisten. Eine Hose, die du länger als zwei Jahre nicht getragen hast, gehört in die Altkleidersammlung. Jeder gute Vorsatz, den du nicht erfüllst, braucht eine Ausrede, warum du ihn nicht erfüllt hast. Das verschwendet Energie. Also sollten wir alle Kleider, Männer und Vorsätze loswerden, die nicht mehr zu uns passen. Ich kann wirklich von Glück sagen, dass mein erster Mann so zeitig gestorben ist und ich die letzten dreiundzwanzig Jahre Zeit hatte, das Leben, die Männer und mich selbst von anderen Seiten kennenzulernen. Deshalb tauge ich nicht mehr für die traditionelle Ehe.»

«Ich ja schon. Bloß will mich keiner heiraten.»

«Wie lange bist du jetzt mit Frank zusammen?»

«Fast acht Jahre.»

«Marie, tu mir bitte den Gefallen und sag nicht automatisch Ja, bloß weil dich jemand fragt, ob du ihn heiraten willst. Drei Monate Bedenkzeit sind das Minimum.»

«Nach fast acht Jahren könnte man wohl kaum von einer vorschnellen Entscheidung sprechen.»

«Je länger man auf etwas wartet, desto leichter vergisst man, ob das Warten überhaupt lohnt. Die Länge des Wartens ist kein Qualitätsbeweis. Ich hätte mir zwei meiner drei Ehen sparen können, wenn ich nicht im Überschwang der Gefühle vorschnell Ja gesagt hätte.»

«Du bist eben viel impulsiver als ich. Du weißt doch, wie rational ich bin. Ich habe noch nie etwas aus dem Überschwang meiner Gefühle heraus entschieden.»

«Im Grunde haben wir das gleiche Problem: Ich mache meine Fehler aus Unvernunft, du aus Vernunft. Lass dir Zeit,

Marie, und so tantig das jetzt auch klingen mag: Bau nicht nur auf deinen Verstand. Hör auf dein Herz.»

«Mein Herz hat doch nie sprechen gelernt. Wozu auch? Es hätte ihm ja niemand zugehört.»

«Ach, Liebchen, wenn man dich so reden hört, könnte man meinen, du seist immer noch das unsichere Mädchen mit der Zahnspange, das die Pausen auf dem Schulhof allein verbringt.»

«Wer einmal schüchtern und unsicher ist, bleibt es eben sein Leben lang.»

«Zum Glück irrst du dich. Bitte versprich mir etwas, Marie: Vergiss endlich die Zahnspange und sei ein bisschen mehr wie deine Haare!»

Ich hatte ja keine Ahnung, dass das ihr letzter Wunsch sein würde.

Mein Haar führt tatsächlich ein Eigenleben. Das war schon immer so. Völlig unbeeindruckt von meinen Styling-Versuchen, entscheidet es sich mehrmals am Tag für eine neue Frisur. Leider haben mein Haar und ich nicht den gleichen Geschmack.

Meine Güte, wie beneide ich Frauen mit glatten, gescheitelten Haaren, die immer gleich gut aussehen! So eine Frisur würde mich nicht ständig verunsichern und viel besser zu mir und meinem sicherheitsbedürftigen Gemüt passen. Man macht sich als unkompliziert behaarter Mensch ja keine Vorstellung, wie mühsam es ist, sich auf ein sachliches oder, schlimmer noch, romantisches Gespräch zu konzentrieren, wenn man andauernd befürchten muss, dass man auf dem Kopf aussieht wie ein Cockerspaniel unter Starkstrom.

Ich habe wirklich alles versucht, um die störrischen Dinger zur Vernunft zu bringen. Ich habe sie ausdünnen lassen, sie mit Glätteisen, Haarlack, Smoothing Lotion, Schaumfestiger, Wachs und Styling Gel der Sorte extra strong Control bearbeitet. Nichts half. Im Grunde führen meine Haare das wilde und unberechenbare Leben, vor dem es mir immer gegraut hat.

«So, auf Nimmerwiedersehen.»

Tante Rosemarie hob den Arm und warf ihren Ehering mit einer eleganten Bewegung in die Alster.

«Das Gute ist ja», sagte ich, «dass wir nach deiner Scheidung wieder beide Rosemarie Goldhausen heißen.»

«Da hast du recht. Und was mir auch sehr gut gefällt, ist die Vorstellung, dass auf meinem Grabstein mein Mädchenname stehen wird. Das ist doch für eine Frau meines Alters ziemlich emanzipiert. Ich habe eine eigene Wohnung, ein eigenes Auto und ein Grab ganz für mich allein!»

Jetzt bin ich die einzige Rosemarie Goldhausen. Und trage denselben Namen wie der Grabstein vor mir. Meine Tante hat mich mein ganzes Leben lang bemitleidet, dass ich genauso heißen musste wie sie.

Meine Eltern hatten so fest auf einen Jungen gehofft, dass sie sich über die unerwünschte Alternative keine Gedanken gemacht hatten.

«Negative Gedanken führen zu negativen Ergebnissen», hatte mein Vater geantwortet, als meine Mutter kurz vor der Niederkunft fragte, welche Mädchennamen er schön fände. Nach meiner Geburt wählte er den Namen aus, der ihm vertraut war: Rosemarie. Und das, obwohl er seine ältere Schwester nicht leiden konnte.

Meine Eltern haben es mir dann aber zügig verziehen, dass ich ein Mädchen geworden bin. Das liegt daran, dass ich drei jüngere Brüder habe: Horst, Dietmar und Ulrich. Diese Namen klingen zwar auch nicht so, als hätte jemand lange und wohlwollend nachgedacht, aber ich kann an dieser Stelle nur erneut auf den schlechten Geschmack meiner Mutter verweisen – hier in Kombination mit einem dankbaren Vater, dem es total egal war, wie seine Kinder heißen, solange es bloß Jungs waren.

Mürrisch betrachte ich Heinz-Peter, wie er den monströsen Kranz in Zeitlupe ablegt, damit auch wirklich alle ausreichend Gelegenheit haben, das finanziell hochwertige Gebinde bewundern zu können.

Ich schließe die Augen. Vor Kummer und Wut.

Und reiße sie erschrocken auf, als ich erst ein metallenes Scheppern höre und dann einen zornigen Ausruf: «Scheiße! Meine Uhr!»

Die Angeber-Rolex ist Heinzelmann übers mickrige Handgelenk gerutscht und liegt jetzt in der grabeskalten Tiefe. Das wütende Heinzelmännchen erinnert an Rumpelstilzchen, wie er schimpfend um das Grab herumhopst und sich teilweise gefährlich weit über den Rand beugt.

Es gibt eine kurze Diskussion mit dem Pfarrer, aber die Sargträger sind schon gegangen, und Heinz-Peter ahnt wohl, dass er sich den Versuch sparen kann, einen Bergungstrupp aus Freiwilligen zusammenzustellen, da keiner gut auf den geizigen Millionär zu sprechen ist.

So kommt Tante Rosemarie doch noch zu einer teuren Bestattung, denke ich grimmig.

«Zahlt das die Versicherung?», fragt Heinz-Peter den

Pfarrer. Der lächelt geistlich. «Das glaube ich kaum. So etwas fällt wohl unter höhere Gewalt.»

Jetzt muss auch ich lächeln. Zum ersten Mal an diesem Tag, an dem mir von innen und außen schrecklich kalt ist.

Ich trete als Letzte ans Grab. Ich habe keinen Strauß in der Hand. Sie konnte Blumen nicht leiden. Sie mochte Bäume und Berge und Rapsfelder und Wüsten und Schlingpflanzen und Kakteen.

Aber in ihrer Wohnung irgendwelchen Sträußen beim Verwelken zuzuschauen, dazu hatte sie keine Lust: «Ich schau mir doch schon selber beim Verwelken zu. Das reicht.»

Ich habe ein Gedicht dabei, von dem ich weiß, dass sie es liebte, weil sie es mir oft aus dem «Tantenbuch» vorgelesen hat, ein wunderschön in hellblaues Ziegenleder gebundenes Notizbuch, in das sie alles notierte, was sie beeindruckte oder reizte. Ich kenne das Gedicht auswendig.

Ich gehe langsam aus der Welt heraus
in eine Landschaft jenseits aller Ferne,
und was ich war und bin und was ich bleibe,
geht mit mir ohne Ungeduld und Eile
in ein bisher noch nicht betretenes Land.

Ich gehe langsam aus der Zeit heraus
in eine Zukunft jenseits aller Sterne,
und was ich war und bin und immer bleiben werde,
geht mit mir ohne Ungeduld und Eile,
als wär ich nie gewesen oder kaum.

Ich stoße die kleine Schaufel in den überfrorenen Erdhaufen. Die Klumpen schlagen hart auf das billige Kiefernholz.

Und mit Schaudern und Herzschmerz mache ich mir klar, dass der Sarg von Rosemarie Goldhausen leer ist.

«Du brauchst Bedenkzeit? Ist das dein Ernst?»

Frank war offensichtlich sehr verdutzt. Verständlich, denn wir sind mittlerweile seit gut neun Jahren zusammen, und es hat sich zwischenzeitlich kein überzeugender Grund gefunden, warum wir nicht auch zusammenbleiben sollten.

Frank und ich sind das, was man ein gutes Team nennt. Und ich meine das überhaupt nicht abfällig, denn es ist genau das, was jemand wie ich von einer Beziehung erwartet. Manchmal wäre ich gerne gefühlsbetonter und romantischer, so wie meine Tante, aber ich war ein unansehnliches Mädchen mit einer riesenhaften Zahnspange im Gesicht gewesen, und das Einzige, worauf ich mich verlassen konnte, war mein Verstand. Für meine Gefühle hat sich lange Zeit niemand interessiert, mich selbst eingeschlossen.

Nein, eine Prinzessin bin ich nicht und werde ich wohl auch nicht mehr. Und Frank ist kein Prinz, sondern Systemtechniker bei einem Pharma-Konzern. Er arbeitet viel und ist oft wochenlang weg, um bei ausländischen Tochterfirmen Computer zu warten.

Meine Beziehung ist kein Märchen und bietet keinen Stoff für einen Film. Unsere Nachbarn mussten sich noch kein einziges Mal über uns beschweren. Ich habe noch nie Franks Computer aus dem Fenster geschmissen, weil er erst spätnachts von der Arbeit kam. Ich habe noch nie aus Eifersucht seine Hemden mit Rotwein übergossen oder seine Unterhosen mit Spiritus in Brand gesetzt. Ich beanspruche nicht rund um die Uhr Rücksicht und Aufmerksamkeit. Problemgespräche gegen drei Uhr nachts oder tränenerstickte Anrufe am frühen Morgen gehören nicht zu meinem Standardbeziehungsprogramm.

Ich bewundere Hildegard Knef, die gesagt hat: «Ich habe ein einfaches Rezept, um fit zu bleiben: Ich laufe jeden Tag Amok.»

Aber ich bin nun mal keine Diva. Eine wie ich geht ins Fitnessstudio, um fit zu bleiben. Normal eben.

Ist das schlimm? Oder langweilig?

Nein, das ist Liebe! Wahre Liebe im echten Leben. Das ist genau das, was ich will. Und das ist auch genau das, was ich schon immer wollte.

Ich habe es als anmaßend empfunden, vom Märchenprinzen zu träumen, wenn man selbst nicht mal andeutungsweise an eine Märchenprinzessin erinnert. Das kann ja nur schiefgehen. Dann gehörst du irgendwann zu den Frauen, die mit deutlichen Zeichen von Abscheu ihren Mann betrachten, weil er weder annähernd so gut aussieht wie der junge Paul Newman, noch annähernd so reich ist wie der alte Aristoteles Onassis. Und du bekommst diese fiesen, ziegigen «Ich-hab-den-falschen-Ehemann»-Falten um den verkniffenen Mund und wirfst deinem armen, redlichen Durchschnittsgatten sein Leben lang vor, dass er nicht deinen unverschämten und unerfüllbaren Sehnsüchten entspricht.

Die wenigsten Frauen haben den falschen Mann. Die meisten haben die falschen Träume. Ich nicht. Ich habe mich von jeher bei meinen Sehnsüchten und Phantasien lieber an der Wirklichkeit und an meinen realistischen Möglichkeiten orientiert und mir auf diese Weise manch herbe Enttäuschung im Leben erspart.

Und so gesehen habe ich meinen Traummann gefunden.

Die Sache hat nur einen kleinen Haken. Seit mindestens achteinhalb Jahren hatte ich das Thema Hochzeit mehrfach nörgelig anmoderiert und in immer kürzer werdenden Abständen auf mein fortschreitendes Lebensalter aufmerksam gemacht.

Und seit Jahren bekam ich von Frank immer wieder die gleiche Antwort: «Warum sollen wir heiraten, solange wir keine Kinder haben? Du legst doch so viel Wert drauf, modern und emanzipiert zu sein. Ich verstehe nicht, warum du ausgerechnet in diesem Punkt so wenig rational bist.»

Was natürlich eine Frechheit und ein leicht durchschaubares Argument ist. Als könnte man nicht emanzipiert und gleichzeitig verheiratet sein. Es ist seine Art, mich unter Druck zu setzen. Er will nämlich Kinder haben und lockt mich mit der Aussicht aufs Heiraten, sobald ich schwanger werde.

Eizelle gegen Ring: Das war Franks Angebot.

Irgendwie unromantisch. Nun gut, nicht ganz so unromantisch, wie wenn du einen Typen erwischt hast, der sich durch dein Jawort berechtigte Hoffnungen auf eine günstigere Steuerklasse machen kann. Der Mann meiner Freundin Regina ist so einer. Der hat ihr am Ende eines unerwartet erfolgreichen Geschäftsjahres einen Antrag gemacht, weil er sich sechstausend Euro Steuerersparnis errechnet hatte.

Und das Schlimmste war, er hatte noch nicht mal so getan, als sei er plötzlich von romantischen Gefühlen übermannt worden.

«Stört es dich denn gar nicht, dass Kai so pragmatisch an die Sache herangeht?», fragte ich mit einer Vorsicht, die sich als absolut nicht geboten herausstellte.

«Aber überhaupt nicht», meinte Regina belustigt. «Ich kenne diesen Mann, und ich wäre total konsterniert gewesen, wenn ich an ihm eine romantische Seite übersehen hätte. Wenn du eine romantische Hochzeit willst, musst du nach drei Monaten heiraten, nicht nach sechs Jahren. Dafür werde ich mich aber auch nicht in ein paar Jahren wieder scheiden lassen, weil ich entsetzt feststelle, dass ich keinen Romantiker geheiratet habe. Ich weiß genau, worauf ich mich einlasse. Kai wird ein guter Vater und ein verlässlicher Partner sein. Es gibt Männer, die man heiratet, und solche, mit denen man die betrügt, die man geheiratet hat. Die Kunst ist, zwischen beiden zu unterscheiden.»

Das war vor vier Jahren. Regina hat einen dreijährigen Sohn, eine halbe Stelle als Redakteurin bei einer Talkshow und eine Affäre mit einem bekannten Hamburger Politiker.

Sie treffen sich heimlich in billigen Hotels und Restaurants, wo sich selbst seine beiden Bodyguards über das miserable Essen beschweren.

Ich bin nur eingeweiht, weil Regina mich regelmäßig als Alibi benutzt und ich mir immer die Kinofilme ansehen muss, in die sie angeblich mit mir geht.

«Selbstverständlich bin ich glücklich verheiratet», sagt Regina, wenn ich sie frage, wie es in ihrem Herzen aussieht – was meistens dann geschieht, wenn wir angetrunken auf dem Sofa liegen und zum hundertsten Mal einen an und für sich indiskutablen Film wie «Harry und Sally» angeschaut und streckenweise auswendig mitgesprochen haben.

«Ich habe einen Mann, ein Kind und einen Geliebten. Das sind die drei Zutaten für eine glückliche Ehe.»

Ich war mir da nicht so sicher. Natürlich nicht. Ich war ja noch nicht mal verheiratet.

Aber das sollte sich ja nun ändern – sobald eine gegenüber meiner Tante zu vertretende Bedenkzeit verstrichen sein würde.

«Lass mich noch ein wenig darüber nachdenken», hatte ich unter Aufbietung größtmöglicher Selbstdisziplin zu Frank gesagt. «Gib mir Zeit bis zu meinem Geburtstag.»

«Aber warum? Ich dachte, du wolltest unbedingt heiraten.»

Frank schien mein Zögern nicht als die damenhafte Zurückhaltung und Reaktion einer Erwachsenen zu empfinden, als die ich sie ihm hatte verkaufen wollen. Schade, die Sache lief keineswegs so elegant, wie ich es mir seit meinem zwölften Lebensjahr ausgemalt hatte. Damals hatten in «Dallas» Bobby Ewing und Pamela Barnes geheiratet.

Und in diesem Moment hatte ich mir einen einzigen rosafarbenen Kleinmädchentraum gestattet: Egal, wen ich heiraten würde, es sollte in Anwesenheit unzähliger weißer Tauben stattfinden.

Gab es bei Bobbys Hochzeit überhaupt Tauben? In meiner Erinnerung jedenfalls stiegen sie elegant in den wolkenlosen Himmel – wie es diese Scheißtauben sonst eigentlich nie tun.

«Marie? Ich rede mit dir. Du willst seit Jahren heiraten. Jetzt mache ich dir einen Antrag, und du bittest um Bedenkzeit. Könntest du mir das bitte erklären? Oder hast du bloß gerade wieder eine dieser romantischen Komödien gesehen?»

Meine Hochzeitsträume flatterten so unelegant davon, wie es Tauben eben tun, wenn sie erschrecken und zum Abschied noch ein paar ätzende Kackegeschosse abfeuern, die gerne auf Köpfen und Kaschmirmänteln landen.

So war es aber bei Bobby und Pamela nicht gewesen! Das wusste ich genau.

«Marie, bitte erinnere dich, als du ‹Stirb langsam 4› gesehen hast und eine Woche lang fandest, dein Leben sei viel zu langweilig. Oder als du ‹Ein liebender Mann› von Martin Walser gelesen hast und einen Monat der Meinung warst, unserer Beziehung würde Tiefe fehlen. Soll ich fortfahren? Sag mir lieber gleich, in welchem Film ich diesmal gelandet bin.»

«Du bist gemein.»

«Nein. Ich kenne dich nur besser, als dir lieb ist.»

«Ist das ein Grund, zu heiraten oder nicht zu heiraten?»

«Das werde ich ja dann an deinem Geburtstag erfahren. Das Ganze ist ja ohnehin eine Luxusdiskussion, solange wir keine Kinder haben.»

Wie ich diese perfide Benutzung des Plurals hasste! «Solange wir keine Kinder haben.» Kinder! Gleich mehrere davon!! Pfui!!! Das dient nur dazu, den Druck zu verstärken. Meine biologische Uhr vor ein Megaphon zu stellen, damit ich karriereorientiertes Mannweib das Ticken endlich höre.

Aber ich höre es doch. Sowieso und jeden Tag. Verdammte Biologie! Dieses unzeitgemäße Phänomen der sich frühzeitig verabschiedenden Fruchtbarkeit, das so gar nicht ins moderne Frauenleben passt.

Aber ist es nicht eigentlich so, dass sich auch die Biologie nach und nach den sich verändernden Gegebenheiten anpasst? Sind wir etwa noch immer über und über behaart? Ich habe gelesen, dass unser kleiner Zeh biologisch gesehen keine Funktion mehr hat und deswegen in ein paar hunderttausend Jahren verschwunden sein wird. Ähnliches müsste doch eigentlich auch für die weiblichen Fettdepots gelten sowie für brüchige Nägel, Frauen, die in Jeeps zum Shopping fahren, und Männer, die mit Rucksack ins Büro gehen, oder?

Ich bin mir jedenfalls absolut sicher, dass die Evolution ein Einsehen haben und die Phase weiblicher Fruchtbarkeit gehörig nach hinten verlängern wird. Ich muss nur noch eine halbe Million Jahre durchhalten.

Es wird doch nun wirklich jedem auffallen, wie absolut unzeitgemäß es ist, dass Frauen sich bis spätestens Mitte vierzig für oder gegen Kinder entscheiden müssen, während Männer noch jenseits der sechzig munter vor sich hin zeugen und dann Sätze sagen dürfen wie: «Für die Kinder aus meinen ersten drei Ehen hatte ich ja leider aus beruflichen Gründen viel zu wenig Zeit. Aber das hole ich jetzt alles nach, denn Kinder sind einfach das Wichtigste im Leben.»

Die Biologie und Eva Herman sind so verdammt unemanzipiert, dass es eine Frechheit ist.

Meine Güte, ich fühle mich ja schon wie eine Rabenmutter, ohne überhaupt Kinder zu haben. Kinder! Jetzt sage ich es ja schon selbst. Dieser bedrohliche Plural. Als hätte ich noch wie selbstverständlich die Zeit, mehrere zu kriegen. Ab fünfunddreißig zählst du zu den Spätgebärenden. Ab achtunddreißig ist die Wahrscheinlichkeit, dass du schwanger wirst, genauso hoch, wie in deinen Spaghetti Bolognese eine Rasierklinge zu finden.

Und ich? Ich werde in einem halben Jahr siebenunddreißig Jahre alt. Siebenunddreißig! Und nach einem Blick auf die Falten rund um meine Augen möchte ich echt nicht wissen, wie meine Gebärmutter aussieht.

«Alles bestens», hatte mein Frauenarzt neckisch und ungefragt bei meinem letzten Besuch gemeint. «Bei Ihnen spricht nichts dagegen, schwanger zu werden. Außer der

Pille natürlich.» Noch so einer, der findet, er müsse mich mal subtil darauf hinweisen, dass der Zug in Richtung Kleinfamilie bald abfährt.

Aber was, wenn ich in dem Zug gar nicht sitzen will, sondern nur einsteige, um ihn nicht zu verpassen?

Ich bin sechsunddreißig, und meine Eierstöcke leeren sich so hurtig wie die Wühltische bei Karstadt kurz nach Weihnachten. Monat für Monat lässt mein braver Körper ein Ei springen, das ungenutzt bleibt.

Wie lange kann ich noch warten, bis ich als freie Lektorin Fuß gefasst habe? Bis ich mir einen Namen gemacht habe, den man in der Branche auch dann nicht vergessen wird, wenn ich für eine Weile hinter Wiege und Wickeltisch verschwände?

Frank fragt mich immer wieder, warum ich nicht einfach alles lasse, wie es ist. Das sei das Vernünftigste. Und da hat er absolut recht.

Ich bin seit sechs Jahren fest angestellt bei Kellermann & Stegele, einem Hamburger Verlag, der als höchst seriös gilt. «Spießig» und «sterbenslangweilig» trifft es aber auch ganz gut.

Vier Jahre lang habe ich dort fast unbemerkt meine Arbeit im Sachbuchlektorat verrichtet. Meine Vorgesetzte Petra Kern kaufte Bücher ein wie «Bachblüten und ihre Bedeutung in der modernen Medizin» oder «Die beliebtesten Vornamen für Hunde».

Ich bearbeitete die Bücher gründlich und gähnend und bewarb mich heimlich und erfolglos bei anderen Verlagen. Wieso sollten die mich auch nehmen, wo ich doch bei Kellermann & Stegele vor mich hin dorrte und nie die Chance bekam, mein Gespür für interessante Themen und gute Autoren zu beweisen?

Wenn ich meinem Verleger Dr. Ludwig Stegele auf dem Flur begegnete, wies er mich regelmäßig sehr höflich darauf hin, dass sich die Anmeldung für Besucher im Erdgeschoss befinde.

Einmal gab es ein paar Wochen, in denen er mich erkannte und bewusst nicht grüßte. Das war, nachdem ich in einer Konferenz vorgeschlagen hatte, einen Sexratgeber für in die Jahre gekommene Paare ins Programm aufzunehmen, um mal einen Titel von uns in die Bestsellerlisten zu bringen.

«Frau Goldhausen, ich bitte Sie, wir haben einen Ruf zu verlieren», belehrte mich der Verleger, und die blöde Kern beeilte sich zu sagen, ich sei ohnehin mit der überarbeiteten Neuauflage von «Bachblüten und Schüssler-Salze» beschäftigt.

Und so verschwand ich wieder in der Versenkung und aus dem Gedächtnis des Dr. Ludwig Stegele.

Das änderte sich grundlegend und nachhaltig, als ich aus Versehen eine Entdeckung machte. Es war vor zwei Jahren, und die olle Kern war übellaunig und unerträglich wie immer, wenn ihr vierwöchiger Sommerurlaub bevorstand. Sie machte mich persönlich dafür verantwortlich, dass ihr letzter Arbeitstag immer näher rückte, der Berg aus ungelesenen Manuskripten auf ihrem Tisch jedoch nicht wesentlich kleiner wurde.

So kam es mal wieder, dass ich am Tag nach ihrer Abreise einen riesigen Stapel Manuskripte auf meinem Tisch vorfand, darauf ein gelber Klebezettel mit der unwirschen Anweisung: «Habe alles gelesen. Nichts dabei. Allen Autoren absagen.»

Und mal wieder begann ich die Manuskripte mit Ehrfurcht und leicht beschleunigtem Herzschlag durchzusehen. Würde ich einen verborgenen Schatz entdecken? Ein Wahnsinnswerk, das ohne mich nie Leser finden würde? Würde ich einem begnadeten Autor zu unsterblichem Ruhm verhelfen – und er mir umgekehrt natürlich auch?

Es war mir völlig klar, dass die Kern nicht mal in ein Drittel der Manuskripte hineingeblättert hatte. Das merkte ich unter anderem daran, dass die meisten so sterbenslangweilig waren, dass meine Vorgesetzte sie mit Sicherheit in die engere Auswahl genommen hätte.

Wenn man nur Mist veröffentlicht, bekommt man eben auch nur Mist geschickt. Es war zum Verzweifeln: Die vier vielversprechenden Kern-losen Wochen waren fast vorüber und ich beim letzten Manuskript angelangt, Titel: «Wahrsagen mit Dinkelschrot und Melasse».

Das war doch alles nicht zu fassen. Der Verlag Kellermann & Stegele war zur ersten Adresse für Eso-Idioten und Körnerspinner geworden!

Entnervt schlug ich das Manuskript auf. Seltsam. Nur leere Seiten. Ganz am Ende ein Brief.

Verlag Kellermann & Stegele
Sachbuchlektorat
z. Hd. Frau Petra Kern
Alstertwiete 4 – 8
20149 Hamburg

Sehr geehrte Frau Kern,
ich bin überaus froh, Ihnen das Buch «Wahrsagen mit Dinkel-
schrot und Melasse» nicht anzubieten. Ich habe es nicht

geschrieben, obwohl es äußerst gut in Ihr Verlagsprogramm
passen würde.
Stattdessen habe ich ein Buch geschrieben, das ganz und gar
nicht in Ihr Programm passt – weil es höchst amüsant ist,
außerordentlich klug und keine Sekunde langweilig.
Es geht um Liebe, Sex, Übergewicht und Untreue – Themen also,
die in Ihrem Verlag vollkommen brachliegen.
Sollten Sie sich nicht bis zu Ihrem Sterbetag vorwerfen wollen,
ein wirklich herausragendes Werk versäumt zu haben, freue
ich mich, von Ihnen zu hören. Gern sende ich Ihnen dann eine
Manuskriptfassung von «Hauptsache Liebe?».

Mit freundlichen Grüßen
Michael Conradi

Nun ja, ich bin wirklich kein Freund selbstverliebter Männer, die sich für begnadete Autoren halten und neckische Briefe schreiben. Aber da dieser Conradi offenbar meine Ansichten über den Verlag teilte und ich seit zwei Jahren nicht mehr auf Spesen essen war, verabredete ich mich mit ihm.

Was dann zusammenkam, war Glück, Entschlossenheit und die Tatsache, dass ich so gut wie nichts zu verlieren hatte.

Die blöde Kern fiel am letzten Tag ihres Urlaubs von einem Haflinger und zog sich einen außerordentlich komplizierten Beinbruch zu.

Ich übernahm für einige Wochen die Leitung des Sachbuchlektorats. Kurz bevor unsere Vorschau mit den neuen Büchern in Druck ging, stellte sich heraus, dass die Autorin von «Du glücklicher Pudel. Wie Sie Ihren vierbeinigen Liebling richtig verstehen und frisieren» ihr Buch fast komplett abgeschrieben hatte.

Mir persönlich fehlt ja sowieso der Zugang zu Pudeln und deren Besitzern. Es reicht mir völlig, an meinen eigenen Haaren zu verzweifeln, und ganz generell sind mir Tiere mit Frisuren suspekt. Ich mag auch keine Hunde, die im Winter warm angezogen werden müssen und beim Kacken aussehen, als würden sie sich ekeln.

Mir sind zwar keine statistischen Untersuchungen bekannt, aber ich könnte wetten, dass die meisten Pudelfrauchen keinen Mann und die meisten Mopsmütter kein Kind haben. So haben sie trotzdem jemanden, den sie herumkommandieren, zum Frisör schicken und ihrem Geschmack entsprechend anziehen können.

«Du glücklicher Pudel» flog jedenfalls aus dem Programm. Wir brauchten auf die Schnelle ein neues Buch – und ich hatte eines! Der Verlagsleitung verkaufte ich «Hauptsache Liebe?» in einer Blitzaktion als überaus seriöse und wissenschaftlich abgesicherte Abhandlung eines angesehenen Akademikers.

Als die ersten gedruckten Exemplare im Verlag rumgingen, musste ich mir täglich neue Drohungen der Kern anhören, und Dr. Stegele bestellte mich in sein Büro, um mir persönlich eine Abmahnung zu überreichen.

Eine Kollegin legte mir nahe, doch möglichst schnell schwanger zu werden und drei Jahre in Erziehungsurlaub zu verschwinden. Dann sei ich wenigstens unkündbar und könne mich in aller Ruhe nach etwas Neuem umsehen.

Trotz des Aufruhrs wurde «Hauptsache Liebe?» nicht aus dem Programm genommen. Ich hatte dem Buch einen prominenten Platz in der Vorschau gegeben, und es gab bereits etliche Journalisten, die nach Vorabdrucken und Interviews fragten.

«Hauptsache Liebe?» erschien vor anderthalb Jahren. Das Buch stand sechs Monate auf Platz eins der «Spiegel»-Bestsellerliste und ist bis heute unter den ersten zehn. Mittlerweile haben mehr als eineinhalb Millionen Käufer die Widmung auf der ersten Seite gelesen: «Den wichtigsten Frauen meines Lebens: meiner Mutter Thea Conradi, meiner Frau Gabriele und meiner mutigen Entdeckerin und Lektorin Rosemarie Goldhausen».

Seither vergeht kein Tag, an dem mein Verleger mich nicht ausgiebig und freundlich grüßt.

Ich habe eine Gehaltserhöhung bekommen, ein Einzelbüro mit Blick auf die Alster und zwei Angebote von anderen Verlagen. Und ich habe gerade so gar keine Lust, das alles gegen Kindergeld und einen Platz am Wickeltisch einzutauschen.

Ich muss sagen, dass mein eigener Erfolg mich nicht ganz kaltgelassen hat. So was wirkt ja wie Botox von innen.

Nicht dass ich mir das Zeug schon jemals unter die Haut hätte spritzen lassen, aber ich muss zugeben, in meinem Leben häufen sich die Momente, wo ich anfange, über umfassendere Renovierungsarbeiten an meinem Körper nachzudenken.

Die frühen Morgenstunden sind in dieser Hinsicht sehr unschön und entmutigend. Wenn man die dreißig hinter sich gelassen hat, tut man gut daran, wichtige Termine auf den sehr späten Vormittag zu legen, um dem eigenen Gesicht genügend Zeit zu geben, sich zu entrunzeln und daran zu erinnern, dass irgendwo unter dieser alten Haut auch noch ein paar Bindegewebszellen stecken, die gefälligst allmählich ihren Dienst anzutreten haben.

In der «Gala» habe ich neulich einen Satz von Jennifer Lopez gelesen. «Ich denke jeden Morgen: O Gott, wie schrecklich sehe ich aus! Im Bad brauche ich trotzdem nur zehn

Minuten.» Das sagt ausgerechnet jemand, der mit seinem Arsch Maßstäbe gesetzt und den Verkauf von Po-Implantaten angekurbelt hat.

Ich brauche im Bad auch nur zehn Minuten – und zwar immer dann, wenn ich weiß, dass ich an diesem Tag die Wohnung ganz sicher nicht verlassen werde. Die Jahre, in denen man nur mit einer leicht getönten Tagescreme im Gesicht aus dem Haus huschen konnte, gehören definitiv der Vergangenheit an. Es sei denn, man möchte bei jeder Gelegenheit gefragt werden, ob man sich nicht wohl fühle oder es nicht besser sei, einen Arzt hinzuzuziehen.

Für die ganz harten Tage – zu viel getrunken, schlecht geschlafen, Wecker überhört und dann mit Puls hundertachtzig hochgeschreckt und ins Büro gerannt – habe ich mir ein Make-up besorgt, mit dem üblicherweise Narben abgedeckt werden. Ich denke, diese Spachtelmasse würde selbst den Herren Prochnow und Semmelrogge zu einem ebenmäßigen Teint verhelfen. Fällt allerdings Sonnenlicht auf mein Gesicht, sehe ich aus, als hätte ich mir eine dieser dicken Gummimasken übergestülpt, mit denen man sich im Karneval in Helmut Kohl oder Dieter Bohlen verwandeln kann.

Angelina Jolie, habe ich gelesen, findet sich ja angeblich auch nicht hübsch. Und Nicole Kidman hätte lieber den Körper von Jennifer Lopez. Ich meine, wenn die beiden schon an sich rumnörgeln, wird man doch als Frau, die eine groß ausfallende achtunddreißig und ein klein ausfallendes A-Körbchen trägt, guten Gewissens ab und zu an sich verzweifeln dürfen.

Ausgerechnet Veronica Ferres findet sich, wie ich der «Bunten» entnahm, sehr ansehnlich: «Ich liebe meine Falten, denn jede einzelne bedeutet gelebtes Leben.» Dasselbe könnte man natürlich auch über jeden verlorenen Zahn sagen, über Tränensäcke, Alterskurzsichtigkeit und über Schlupflieder, die einem zunehmend die Sicht versperren.

Nein, ich liebe meine Falten nicht, das muss ich offen zugeben. Und es gibt Leute, die lieben meine Falten auch nicht. Zum Beispiel der Türsteher der Berliner «Bar Tausend».

Es war entwürdigend. Ich war übers Wochenende nach Berlin gefahren, um Tante Rosemarie zu besuchen, die nach der Scheidung von Heinz-Peter wieder in ihr Ein-Zimmer-Appartement am Alexanderplatz gezogen war, das sie wohlweislich nicht aufgegeben hatte.

Am Samstagabend verabredete ich mich mit Regina, die mit ihrem Politiker in die Hauptstadt gereist war.

«Guten Abend, wir haben für zwei Personen auf den Namen von Bismarck reserviert», sagte Regina kühl zu dem Mann, der im «Grill Royal» für die Platzierung der Gäste zuständig war. Wir wurden an einen Tisch mit allerbestem Blick geführt. Ist natürlich wichtig, in einem Restaurant wie dem «Grill Royal», wo es ums Sehen und Gesehenwerden geht, auch tatsächlich etwas sehen zu können. Ansonsten kommst du dir vor wie im Theater, wenn du den Platz direkt hinter der Säule hast.

Ungefragt stellte uns der Kellner zwei Gläser Rosé-Champagner auf den Tisch. «Wir freuen uns, dass Sie heute Abend unser Gast sind, Frau von Bismarck.»

Wir stießen an. «Sag mal, Regina, seit wann heißt du von Bismarck? Hast du heimlich geheiratet? Ich dachte immer, dein Name wäre Krings.»

«In Restaurants dieser Art reserviere ich immer auf von Bismarck. Da kriegst du einen guten Tisch, weil sie denken, du seist wichtig.»

Es war rührend zu sehen, wie die bemitleidenswerten Frauen an den schlechten Tischen absurde Umwege zu den Toiletten in Kauf nahmen, bloß um einmal von den Leuten auf den guten Plätzen gesehen zu werden. Einige stolzierten derart häufig an uns vorbei, dass ich mir schon Sorgen um deren offensichtlich gestörte Verdauung machte.

Aber ich hatte Verständnis für die aufwendig zurechtgemachten Klobesucherinnen. Man steht ja auch nicht eine Stunde vorm Spiegel, zwängt sich in was Schickes und verbrennt sich die Pfoten am Glätteisen, um dann im Niemandsland zu versauern, wo einen weder missgünstige noch begehrliche Blicke treffen können.

Ich hingegen drosselte die Flüssigkeitszufuhr und verkniff mir jeglichen Harndrang. Ich war für diesen Toiletten-Laufsteg leider total unpassend gekleidet. Ich hatte nämlich Berlin bisher immer als eine Stadt erlebt, wo die Menschen sich lange darüber Gedanken machen, wie sie so aussehen, als hätten sie sich keine Gedanken über ihr Aussehen gemacht.

Sicherlich muss das ein oder andere Berliner Szene-Mädchen hin und wieder kurzfristig eine Abendverabredung absagen, weil sie erst kurz vorher schockiert bemerkt, dass alle ihre Jeans frisch gewaschen sind.

Ich blieb also den ganzen Abend lang auf meinem zerschlissenen Hosenboden sitzen und freute mich an den vielen hübsch zurechtgemachten Menschen.

Ich mag es, wenn jemand sich Mühe gibt, so gut wie möglich auszusehen. Das liegt sicherlich auch daran, dass ich selbst im Alter von vierzehn bis siebzehn dank meiner fest installierten Zahnspange so gut wie keine Möglichkeit hatte, mein Äußeres auch nur annähernd attraktiv zu gestalten.

Außer meiner Mutter und meiner Tante hielt mich niemand für hübsch, da konnte ich mir die störrischen Haare über die Rundbürste föhnen, soviel ich wollte. Das metallene Gestell machte mein Gesicht immer zu einem Hingucker im negativen Sinne. Und so was sitzt verdammt tief.

Ich weiß noch, wie verunsichert ich war, als ich das verfluchte Ding endlich los war und zum ersten Mal von einem Jungen angesprochen wurde. Und zwar nicht, weil er die Hausaufgaben von mir abschreiben wollte. Ich dachte zunächst, der Typ wolle mich verspotten. Aber er wollte mit mir ausgehen, und ich war ihm dafür so dankbar, dass ich sofort meine Unschuld an ihn verschenkte und drei Jahre mit ihm zusammenblieb.

Ich hätte ihn sogar geheiratet. Aber ehe er mich fragen konnte – oder wollte –, stellte ich fest, dass es überraschenderweise noch andere Männer gab, die sich für mich interessierten.

Ich hatte viel nachzuholen, und lange Zeit war ich nicht besonders wählerisch, was meine Männerbekanntschaften betraf. Ich war von tiefer Dankbarkeit gegenüber jedem Mann erfüllt, der freiwillig mit mir ausgehen oder schlafen wollte.

Das machte mich natürlich zu einer leichten Beute für relativ zweifelhafte Gesellen, von denen ich den ein oder anderen auch begeistert mit nach Hause schleppte oder Tante Rosemarie vorstellte.

Nachdem ich zum dritten Mal bei ihr mit einem Typen ankam, der weder über äußere noch innere Werte verfügte, bestellte sie mich für ein Wochenende zu sich nach Berlin, kaufte mir mein erstes Paar hoher Schuhe und sagte: «Wenn du noch ein Mal mit jemandem aus Dankbarkeit ins

Bett gehst, verrate ich deiner Mutter, dass ich dich beim Haschischrauchen gesehen habe.»

Bis heute habe ich ein tiefsitzendes Misstrauen meinem Aussehen und Männern gegenüber, die mir Komplimente machen. Ich drehe mich immer noch um, wenn mir ein gutaussehender Mann eindeutige Blicke zuwirft, um zu gucken, welche entsprechend gutaussehende Frau hinter mir er wohl meinen könnte.

Mich nerven Leute, die sich auf ihre Schönheit verlassen, mindestens genauso wie solche, die sich äußerlich gehenlassen. Die nichts aus sich machen. Die selbstzufrieden in unsäglichen Treckingsandalen durch griechische Tempel schlurfen und schöne Landschaften mit dem Anblick ihrer unschönen Funktionskleidung verschandeln. Die sich die Brauen zusammenwachsen lassen, sich die ungewaschenen Haare mit einem Einmachgummi zusammenbinden und dann ihren natürlichen Look preisen und behaupten, ihnen seien eben die inneren Werte wichtig.

Man kann doch regelmäßig zum Frisör gehen, eiterige Pickel im Gesicht abdecken und ein Deo benutzen, ohne vom Schönheitswahn besessen und abgrundtief oberflächlich zu sein.

Brad Pitt behauptet, ohne rot zu werden: «Natürlichkeit ist sexy. Ich mag es zum Beispiel nicht, wenn Frauen sich die Brüste vergrößern lassen.» Ach was. Und warum, Bürschchen, bist du dann nicht mit mir zusammen, sondern mit Angelina Jolie, die seit ihrer Geschlechtsreife ihre Füße nicht mehr gesehen hat?

Wir verurteilen Oberflächlichkeit, lesen die «Bunte» und ärgern uns die Krätze an den Hals, wenn unser Typ einer bildschönen Kellnerin unangemessen viel Trinkgeld gibt, obschon sie nicht mal «Guten Tag» gesagt hat. Eine Bekannte von mir schläft derzeit mit einem tumben Typen, der aber fünf Jahre jünger ist als sie und aussieht wie Matthew McConnaughey. Jede Wette: Sähe er aus wie Günter Verheugen, hätte sie die Affäre längst beendet.

Die Fixierung auf Äußerlichkeiten verurteile ich natürlich zutiefst. Ich plädiere dafür, hinter Fassaden zu blicken – während ich selbst einen Gutteil meines Gehalts in den Erhalt meiner Fassade stecke. Kein Tiegel in meinem Bad, auf dem nicht irgendwas mit «Anti-Aging» oder «Repair» stünde.

Betrachtet man die Anzahl meiner Schminkutensilien, käme man auch nicht automatisch drauf, dass mir ein gutes Gespräch wichtiger ist als gutes Make-up. Und in der Zeit, die ich in meinem Leben auf Laufbändern und in «Complete Body Workout»-Kursen verbracht habe, hätte ich mich auch habilitieren können.

So gesehen spart man als natürliche Schönheit eigentlich eine ganze Menge Zeit. Und man könnte, während die Durchschnittsfrau vorm Spiegel steht, um ihre Gesichtskonturen durch den geschickten Einsatz von Rouge und Puder zu optimieren, ein Heilmittel gegen Aids entwickeln oder Weltliteratur verfassen. Aber die Versuchung, nur dumm rumzustehen, ist natürlich groß, wenn man große Brüste und ein Puppengesicht hat.

Ich hatte als junges Mädchen überhaupt nicht die Wahl, mich auf mein Aussehen zu verlassen. Weil niemand mit mir ausgehen wollte, habe ich vor lauter Langeweile Romane auf Englisch und Französisch gelesen. Und als meine Eltern mich zum Sprachurlaub nach Nizza schickten, war ich die Einzige, die als Jungfrau zurückkam und tatsächlich Französisch gelernt hat.

Ich habe mich immer lustig gemacht über die hirnlosen Schönen. In Wahrheit hätte ich sofort mit ihnen getauscht. Ich sah so unansehnlich aus, dass ich immer meine Hausaufgaben machte, um die schönen Mädchen bei mir abschreiben zu lassen und so ein klitzekleines bisschen Prestige abzukriegen.

Ich habe einen geschulten Blick für Schönheit und für Dummheit. Und einen sehr schön dummen Eindruck machte die Begleiterin von Til Schweiger, der im «Grill Royal» am Tisch neben Regina und mir saß. So nah, dass wir leider jedes Wort der Unterhaltung verstehen konnten. Wobei «Unterhaltung» es nicht ganz trifft. Er sprach. Sie kicherte. Mit diesen durchdringenden, hohen Blöklauten, die klingen wie ein völlig außer Kontrolle geratenes Schaf auf Kokain.

Keinen Eigenhumor haben, aber über jeden mittelmäßigen Scherz in unangemessen haltloses Gelächter ausbrechen: Das mag ich besonders.

Einmal musste ich allerdings selbst sehr lachen. Herr Schweiger wies den Kellner an, den Kühler mit der Weinflasche auf dem Tisch zu lassen. «Ich schenke mir lieber selbst ein, statt ständig auf Sie warten zu müssen.»

«Aber warum rufen Sie mich nicht einfach?», fragte der in seiner Ehre gekränkte Kellner.

«Ey, Dicker, dann musst du mir deine Handynummer dalassen!»

Das war nun wirklich lustig – was die Begleiterin von Herrn Schweiger allerdings nicht bemerkte. Als sie aufstand, um eine Freundin zu umarmen, dachte ich zunächst, das arme Ding hätte vergessen, sich zu ihrem fast durchsichtigen Trägerhemdchen eine Hose anzuziehen. Zu ihrem recht kurzen Kleid hatte sie sich einen meterlangen Schal um den Hals gewickelt. Sie sah aus wie ein Dessous-Model, das auf dem Laufsteg von einer Anakonda angefallen wird.

Ich genoss den Abend sehr. In Hamburg gibt es ja keinen vergleichbaren Ort, weil der Hanseat bedauerlicherweise das Understatement liebt.

Ich ja nicht.

Ich zeige gerne, was ich habe – wenn ich denn was hätte –, und ich sage gerne, was ich weiß. Ich hasse Diskretion. Sie ist so langweilig.

Ein heimlicher Geliebter, so wie Regina ihn hat, wäre zum Beispiel nichts für mich. Das ist doch wie ein Jaguar, der nur in der Garage steht. Wie ein Brillantring, der nie aus dem Safe genommen wird. Wie ein Professorentitel, den man nicht im Namen führt. Was hat man davon? Wenn ich was weiß, möchte ich auch, dass alle anderen wissen, dass ich was weiß. Sollte ich mal in die Verlegenheit kommen, Picassos zu sammeln oder Diademe der Zarendynastie, würde nichts davon in einem Tresor verschwinden.

Die Picassos würde ich ins Gästeklo hängen und bei Budnikowski Diademe tragen. Wenn ich reich wäre, möchte ich es mir auch leisten können, beklaut zu werden.

Regina und ich blieben bis zwei Uhr im «Grill Royal». Ein paar Minuten später klingelten wir an der Tür der «Bar Tausend». Wir hörten ein kurzes «heute Abend nur für geladene Gäste», dann wurde die Tür wieder geschlossen.

«Entschuldige, darf ich mal», sagte eine Stimme hinter uns. Es war die Begleiterin von Herrn Schweiger mit ihrer Freundin. Beide wurden augenblicklich reingelassen.

Ich war wütend und beschämt und fühlte mich wie im Sommer 1989, als ich in München mehrfach an der Tür des «P1» scheiterte. Ich trug geringelte Overknees und perlmuttfarbenen Lipgloss, und trotzdem: Immer wenn ich dann endlich an der Reihe war, hieß es: «Sorry, geschlossene Gesellschaft.»

Eine geschlossene Gesellschaft, die natürlich immer offen war für Leute, die schön oder berühmt waren oder wenigstens im richtigen Auto vorfuhren. Ich fuhr irgendwas Günstiges mit Dieselmotor, und das hat mir der Türsteher wohl angesehen. Er bedeutete mir mit einer nachlässigen Geste, ich solle kehrtmachen und verschwinden.

Was hätte ich tun sollen? Rufen: «Ich habe zwei Bücher von Nietzsche gelesen und sogar etliches darin unterstrichen»? Ich murmelte stattdessen etwas wie: «Wenn ich mal 'ne eigene Disco hab, dann lass ich Sie auch nicht rein», und schlich blamiert davon.

Auf dem Heimweg von der «Bar Tausend» versprach Regina, mit ihrem Geliebten über unsere demütigende Behandlung zu sprechen. Vielleicht konnte er seinen Einfluss geltend machen und den Betreibern der Bar aus irgendwelchen Gründen eine saftige Konventionalstrafe verpassen. Was für ein Trost: Du bist zu alt, um in eine Bar reinzukommen, aber mächtig genug, sie schließen zu lassen.

Mit meinem Selbstbewusstsein ist das so eine Sache. Natürlich würde ich von mir selbst sagen, dass ich eine selbstbewusste Frau bin. Ich bin aber nicht auf die Art selbstbewusst, wie ich braunhaarig, eins siebzig oder heißhungrig auf

Baumkuchenspitzen in Vollmilchschokolade bin. Das bin ich immer und zuverlässig.

Mein Selbstbewusstsein hingegen ist keine sichere Bank und hält wichtige Verabredungen mit mir nur gelegentlich ein. Es ist möglich, dass es mich in sehr ungünstigen Momenten spontan verlässt. Dann wieder überrascht es mich, weil es mir tapfer zur Seite steht, wenn ich es wirklich dringend brauche. Aber ich kann mich nicht darauf verlassen, selbstbewusst zu sein.

Es ist so, dass mich bereits grausame Taxifahrer und gemeine Supermarktkassiererinnen zur Verzweiflung bringen können. Und auch fiese, falsche Komplimente kränken mich nach wie vor. «Ich freu mich über deinen Erfolg, egal was alle anderen sagen» oder «Das Kleid steht dir hervorragend, es ist ja auch nicht so figurbetont» oder «Ich habe dir eine Flasche Wein mitgebracht, leider gab es keinen, der so alt ist wie du.»

Völlig klar, dass ich nach solchen Äußerungen überlege, mir ein Abo beim Tiefenpsychologen zu besorgen.

Aber es ist besser geworden, stelle ich fest. Mit der Zeit, mit dem Alter, mit dem Erfolg und der richtigen Foundation ist mein Selbstbewusstsein ein relativ treuer Begleiter geworden.

Schwierig wird es jedoch zuverlässig immer dann, wenn ich auf Menschen treffe, für die ich immer noch ganz die Alte bin. Mein Vater, mein ältester Bruder, einige Tanten und Onkel und ein paar alte Bekannte aus Wiesbaden: Sie alle können sich nicht daran gewöhnen, dass ich keine Spange mehr trage, dass es keinen Grund mehr gibt, sich über mich lustig zu machen, über mich hinwegzusehen oder aus Mitleid nett zu mir zu sein.

Ich wusste, dass mein Klassentreffen in dieser Hinsicht für mich eine schwere Prüfung sein würde. Ich hatte fast alle meiner ehemaligen Mitschüler seit achtzehn Jahren nicht mehr gesehen. Und, ganz ehrlich, ich brannte darauf, ihnen zu zeigen, was aus mir geworden war: Bestseller-Macherin in der Großstadt Hamburg in einem Kleid von Marc Jacobs, eine Frau mit geraden Zähnen und so gut wie verheiratet. Ich war sicher, damit ziemlichen Eindruck zu schinden. Ich wollte in aufgerissene Augen und sprachlose Münder blicken. Ich wollte die Schönheiten von damals bei meinem Anblick schockiert im Boden versinken sehen, und ich wollte, dass sich die Männer wie Fruchtfliegen um mich scharten.

Das Klassentreffen fand kurz vor Weihnachten statt. Im Taxi hatte ich noch ein paar Atemübungen gemacht, mir ein fabelhaftes Make-up und ein unverwüstliches Selbstbewusstsein attestiert und den Sitz meines wirklich außergewöhnlich schönen Kleides überprüft.

Ich betrat meine alte Schule hocherhobenen Hauptes. Mein Schritt war fest, mein Mut entschlossen. Hier kam Rosemarie Goldhausen!

Nach wenigen Minuten war ich ein Niemand.

«Ich erinnere mich nicht an dich.»

Er betrachtete mich vorwurfsvoll, als sei es meine Schuld, dass er mich vergessen hat. Ich starrte ihn an und war sicher, dass mein Gesicht desolat und leer aussah.

Er warf seine Stirn in angestrengte Falten und neigte sich vor. Warum tat er das? Glaubte er, mich anhand einer genauen Hautanalyse doch noch identifizieren zu können? Wollte er eine Haarprobe nehmen? Er begutachtete mich wie ein übellauniger Gerichtsmediziner eine dringende Leiche, die ihm fünf Minuten vor Dienstschluss auf den Tisch gepackt wurde.

Nun gut, ich muss zugeben, dass ich selber nicht über das allerbeste Personengedächtnis verfüge. Ich ordne Leuten falsche Namen zu, falsche Berufe, falsche Ehepartner oder eine unkorrekte Anzahl Kinder. Eine Spezialität von mir ist es, unglücklichen Singles nachträglich zur Hochzeit zu gratulieren oder Frauen deutlich jenseits der Menopause zum Nachwuchs.

Auch wenn so die eine oder andere beklemmende Situation entstanden ist: Total vergessen habe ich noch niemanden. Das ist nämlich auch das Schlimmste, was man jemandem antun kann, finde ich. Und echt toll auch, dass das Schlimmste ausgerechnet mir passieren musste, bevor ich ein einziges Glas Sekt getrunken und ein bisschen Ego-Substanz aufgebaut hatte.

Ich schämte mich. Und das Blöde dabei war, ich schämte mich nicht für den Typen, weil er mich vergessen hatte. Nein, natürlich nicht, da halte ich es ganz mit dem mir teuren Frauenklischee: Immer erst mal den Fehler bei sich selbst vermuten. Vorausgesetzt, der derzeitige Lebenspartner ist nicht anwesend. Der hat natürlich bei der Schuldfrage immer erst mal Vorrang.

Nein, ich schämte mich selbstverständlich für mich, weil ich es nicht geschafft hatte, von ihm nicht vergessen zu werden. Und ich schämte mich dafür, dass ich bis heute seine Telefonnummer auswendig konnte. Und natürlich erinnerte ich mich auch haargenau an den Klang seiner Stimme.

«Sag mal, haben wir jemals miteinander, ich meine, du weißt schon ...»

«Nein, nicht dass ich mich erinnern könnte.»

Ich bemühte mich um einen reservierten Tonfall. Was aus meinem Mund entwich, war jedoch das traurige Fiepen eines verlassenen Welpen.

«Komisch, dann müsste ich mich doch eigentlich an dich erinnern. So viele waren es ja nicht, die sich von mir nicht haben flachlegen lassen. Insofern hast du einen ziemlich exklusiven Status.»

Werner Degenhardt hielt sein großflächiges Gesicht wieder direkt vor meines. Ich blickte tief in die Abgründe seiner Poren und bemerkte fassungslos, wie mir ein albernes Kichern entfuhr und sich auf meinem Hals heiße und, wie ich aus Erfahrung weiß, dunkelrote Flecken bildeten.

Warum tun Einzelteile meines Körpers immer wieder Dinge, mit denen ich eigentlich nichts zu tun haben möchte? Warum lächelte dieser Mund? Warum wurde dieses Gesicht rot? Warum schlug ich die Augen nieder, statt den Vollidioten vor mir?

Ich kam mir vor wie eine Ampel, bei der die Schaltkreise spinnen. Zeigt Grün statt Rot und ermuntert Leute vorzupreschen, die definitiv lieber stehenbleiben sollten. Leider vermittelte ich Werner Degenhardt dank meiner unzuverlässigen internen Elektrik den Eindruck, er sei ein anbetungswürdiges und einschüchterndes Stück Mann und ich ein scheues Pflänzchen, das gern geerntet werden würde. Werner Degenhardt hatte meine falschen Signale sofort richtig verstanden.

«Kein Grund, rot zu werden. Was nicht war, kann ja noch werden. Ich organisiere uns jetzt mal ein paar Promille, und dann machen wir uns an die Vergangenheitsbewältigung.»

Er entfernte sich Richtung Bierfass, und ich erlaubte mir einen langen, nachdenklichen Blick auf seinen schwankenden Hintern, der wie ein gigantischer Wassertropfen an seinem Oberkörper hing. Es schien nur noch eine Frage von Sekunden zu sein, bis der Tropfen sich torkelnd lösen und mit einem satten Platschen auf den Turnhallenboden schlagen würde.

Ich schloss die Augen. In meiner Erinnerung fühlte ich mich besser aufgehoben als in der Realität. Meine Güte, wie habe ich diesen Hintern geliebt, als er noch formstabil war, in Röhrenjeans mit weißen Seitennähten steckte und sein Inhaber im Erdkundeunterricht direkt vor mir saß und sich in drei Jahren nur ein einziges Mal zu mir umdrehte, weil sein Tintenkiller den Geist aufgegeben hatte.

Stunde um Stunde musste ich mit ansehen, wie er Sabine Fricke – von uns grauen Mäusen aus den hinteren Bänken nur «Flittchen-Fricke» genannt – Zettelchen zukommen ließ, bis sie sich schließlich zu einem geheimen Stelldichein überreden ließ. Küppi Kanak, damals mein einziger Freund, war es gelungen, den Ort der Verabredung ausfindig zu machen: die Turnhalle unserer Schule.

Dass zwanzig Jahre später unser Klassentreffen ausgerechnet in dieser Turnhalle stattfinden musste, also ich weiß nicht. Eine halbe Ewigkeit hatten Küppi Kanak und ich uns damals hinter den Tischtennisplatten versteckt, bis Werner und Flittchen-Fricke endlich kamen. Minutenlang hörten wir dann leise Schmatzgeräusche aus Richtung der Turnmatten.

Da hockten wir beide hinter den Tischtennisplatten: traurige Gestalten, die Übriggebliebenen, die Zuschauer. Die Bühne war immer da, wo wir nicht waren. Mir zerbrach mein vierzehnjähriges Herz, während ich meiner großen, heimlichen Liebe beim Küssen zuhörte. Und ich denke, Küppi

Kanak, dem gedrungenen Halbtürken mit Brillengläsern so groß und dick wie Gullydeckel, ging es nicht besser. Er hat nie offen darüber gesprochen, aber ich bin sicher, dass seine Gefühle für Flittchen-Fricke tief und schmerzhaft waren.

Wir genierten uns voreinander auf unserem unwürdigen Lauschposten, schauten uns kein einziges Mal an, und so kam es für mich gänzlich unvorbereitet, als Küppi Kanak mit lautem Getöse umkippte – inklusive der Tonne mit den Tischtennisbällen.

Normalerweise hätte mich das nicht weiter gestört. Küppi wurde zu jener Zeit häufiger einfach mal ohnmächtig, gerne in für ihn belastenden Momenten wie Chemieklausuren, während deren er regelmäßig blass vom Stuhl oder auf den Schoß seines Sitznachbarn plumpste.

Unnötig zu sagen, dass das Ganze in dieser speziellen Situation in der Turnhalle unerhört peinlich war. Flittchen-Fricke, die alte Schlampe, verbreitete schadenfroh in der ganzen Schule, Küppi Kanak sei vor Entsetzen ohnmächtig geworden, als ich ihn ohne Vorwarnung hätte küssen wollen, und nannte ihn fortan nur noch «Küppi Kollaps».

Küppi und ich haben nie ein Wort über diesen Vorfall verloren, aber die gemeinsam durchlittene Demütigung schweißte uns noch fester zusammen.

Ich habe seit Ewigkeiten nicht an ihn gedacht, meinen kleinen, kugeligen, bebrillten Freund mit den riesigsten blauen Murmelaugen, die ich jemals gesehen habe. Seinen Vornamen habe ich vergessen, aber ich weiß noch, dass «Küppi» aus «Küppers» entstanden ist. «Kanak» verdankte er einem türkischen Elternteil, der ihm einen dunklen Teint, pechschwarzes Haar und orientalische Rundlichkeit vermacht hatte.

Als er fünfzehn geworden war, ließen sich seine Eltern scheiden, und er ist mit seiner Mutter aus Wiesbaden weggezogen. Ich habe nie wieder von ihm gehört, und auf der Teilnehmerliste des Klassentreffens stand leider kein Küppers.

Ach, Mensch, ist das alles lange her. Auf einmal bist du jemand, der, ohne mit der Wimper zu zucken, einen Satz beginnt mit «Vor zwanzig Jahren …». Und dann erzählst du nicht etwa von einem historischen Ereignis aus einer nebulösen Vergangenheit, die nicht deine ist. Nein, dein eigenes Leben ist mittlerweile so abartig lang, dass du genau weißt, wie es war, als es noch keine Handys gab, dafür aber eine Mauer durch Berlin. Dienstags um Viertel vor zehn ging kein dir bekannter Mensch aus dem Haus, weil «Dallas» lief. «Ernährung» hieß noch «Essen», und Pilates hättest du für eine katalanische Vorspeise gehalten, vielleicht so etwas Ähnliches wie Pflaumen im Speckmantel. Und die hießen damals «Häppchen vorweg» und keinesfalls «Fingerfood».

Dein eigenes Leben ist streckenweise echt schon verdammt lange her, und wo sollte dir das bewusster werden als auf einem Klassentreffen? Wo Frauen, die doch eben erst zu «Words don't come easy» von F. R. David zum ersten Mal getanzt haben, dich mit der Frage begrüßen: «Und wie viele hast du?», und ein Foto von vier in pädagogisch sinnvollen Abständen gezeugten Kindern zücken.

Ich hatte mich in den Geräteraum zurückgezogen, um zu schauen, ob sich mein Selbstwertgefühl vielleicht zwischen den Turnmatten versteckt hatte. Alles war unverändert, als sei keine Zeit vergangen. Selbst die Taue, an denen ich vor einem Vierteljahrhundert wie ein klebriger Drops gebaumelt habe, waren noch an derselben Stelle.

Fast alle Ehemaligen waren inzwischen eingetroffen. Trotz gewachsener Bäuche, entfallener Haare und runzliger Hälse erkannte ich jeden sofort. Ich hatte keinen vergessen. Es war, als hätte ich mich nur einmal kurz umgedreht.

Sascha, unseren Klassensprecher, erkannte ich an seinem Lachen, ohne ihn zu sehen. Und natürlich war es Tine, die mit einer Runde Männer balzte. Und ich wusste auch noch genau, dass Norbert beim Pogo von der Tanzfläche geschubst wurde und sein Ringfinger dabei zu Bruch ging. Und ich wusste, zu welchem Lied das geschah und wie der Text ging:

> Die kleinen Mädchen aus der Vorstadt
> tragen heute Nasenringe aus Phosphor.
> Die Lippen sind blau, die Haare grün,
> Streichholzetiketten am Ohr.
> Aus den Jackentaschen ragen braune Flaschen,
> so sieht man sie durch die Straßen ziehn,
> überall wo sie vorübergehn,
> hängt in der Luft ein Hauch von Benzin.

> Das ist neu, das ist neu!
> Hurra, hurra, die Schule brennt!

Ist schon irre, womit man sein Gedächtnis in knapp vierzig Jahren zumüllt. Und schade, dass in meinem deswegen kein Platz mehr ist für Pin-Nummern und Abgabetermine.

Ich sah Werner Degenhardt mit zwei Bier und suchendem Blick durch die Halle gehen. Er bewegte sich immer noch, als sei das hier sein Revier, als habe er einen festen Arsch und nur ein Kinn.

Jeder nahm wieder den Platz ein, von dem er vor siebzehn Jahren aufgestanden war: der Klassenkasper, der Mädchenschwarm, die Diva, der Verlierer, der Streber und die vielen faden Mäuslein. Und das bedeutete für mich, dass ich einen total beschissenen Abend vor mir hatte.

Auch ich fühlte mich auf einmal völlig unverändert. War wieder das unscheinbare Mädchen ohne nennenswerte Brüste, dafür aber mit der einzigen fest installierten Zahnspange unserer Klasse – was damals noch Seltenheitswert hatte und mit entsprechend schonungslosen Kommentaren bedacht wurde.

Aber abgesehen von der Spange gab es an mir nichts Auffälliges. Alles an mir hätte als Schulnote eine «Drei» bekommen. Befriedigend, weder gut noch schlecht. Ich war das Mittelmaß in Person, und wenn von mir die Rede war, hieß es immer achselzuckend «geht so» oder «einigermaßen».

Ich trat noch einen Schritt weiter zurück in die Untiefen des Geräteraums. Als Zuschauerin fühlte ich mich an diesem Abend sicherer. Zum ersten Mal seit vielen, vielen Jahren hatte ich wieder das Gefühl, eine Spange, Jungensandalen und unsägliche Zöpfe zu tragen. Bei drei Brüdern, mit denen du dir die Klamotten teilen musst, solltest du wenigstens lange Haare haben, dachte ich damals. Wie zwei Spülbürsten standen mir die geflochtenen Borsten vom Kopf ab. Erst 1992 entschloss ich mich aus Schadensbegrenzung zu kurzen Haaren, was wesentlich zu meinem späten Erblühen und der Freilegung meines Selbstwertgefühls beitrug.

Ach ja, mein Selbstwertgefühl, wo war das noch gleich geblieben?

Werner Degenhardt drückte mein Bier Corinna in die Hand und berührte sie dabei auf eine Weise, die mir selbst aus der Entfernung anzüglich erschien. Im Landschulheim in Trier haben die beiden im unteren Stock eines Etagenbettes rumgemacht. Und wer hat im Dunkeln oben gelegen und die Hände auf die Ohren gepresst? Ich denke, die Frage beantwortet sich von selbst.

Corinna warf den Kopf in den Nacken und drückte ihr Kreuz durch – und ich registrierte schadenfroh, dass der Vorteil von großen Brüsten ganz eindeutig auf das erste Lebensdrittel begrenzt ist.

«Wie bitte? Frau Goldhausen, ich kann Sie kaum verstehen!»

«Entschuldigen Sie, Herr Conradi, aber es passt gerade nicht so gut. Ich will nicht so rumbrüllen, hier sind überall Leute.»

«Wenn ich Sie richtig verstanden habe, stehen Sie also im Abendkleid in einem unbelüfteten Geräteschuppen und trauen sich nicht raus?»

«Nun ja, das ist jetzt sehr negativ formuliert. Manchmal ist es eben schöner, Beobachter als Teilnehmer zu sein. Ich dachte, ich schaue mir das Geschehen lieber eine Weile aus sicherer Entfernung an.»

«Die Entfernung ist nicht sicher. Sie sind feige. So einfach ist das.»

«Herr Conradi, bei allem Respekt, aber das Leben funktioniert nun mal nicht immer so, wie die Ratgeberliteratur es gerne hätte.»

«Frau Goldhausen, kennen Sie jemanden, der das besser wüsste als ich?»

Michael Conradi hatte mich auf meinem Handy angerufen, und natürlich war ich rangegangen. Wenn du einen Bestsellerautor betreust, der gerade ein neues Buch schreibt, ist das im Grunde so, als wärst du Mutter von weinerlichen und schwererziehbaren Drillingen, die alle finden, dass sie zu wenig Aufmerksamkeit bekommen, und deswegen ab und zu den Kindergarten zerlegen.

Du rechnest immer mit dem Schlimmsten, wenn das Telefon klingelt, aber diesmal war Conradi so verblüfft, ausnahmsweise mal mich in einem desolaten Zustand anzutreffen, dass er zunächst völlig vergaß, seine eigenen Probleme aufzuzählen.

Wir haben inzwischen eine innige Beziehung. Wir verdanken uns gegenseitig viel, wir mögen uns, und er hat beschlossen, mich zu seiner engsten Vertrauten und heimlichen Beraterin zu machen.

Wir telefonieren mindestens zweimal am Tag, und wenn er fragt: «Wie geht es Ihnen?», sage ich: «Danke gut.» Wenn ich ihn das Gleiche frage, dauert seine Antwort mindestens fünf Minuten, und immer kommt irgendein körperliches Unwohlsein vor, außerdem Sorgen wegen seiner familiären Situation und die panische Gewissheit, dass es ihm niemals wieder gelingen wird, ein ähnlich erfolgreiches Buch wie «Hauptsache Liebe?» abzuliefern. Schreiben könne er ja sowieso nicht und er überlege, alles hinzuschmeißen, ehe er sich bis auf die Knochen blamiere.

Ich weiß alles über Michael Conradi. Und er weiß das über mich, was ich ihm erzählen kann, wenn er gerade den Mund voll hat. Wenn er nicht selber sprechen kann, ist er ein guter Zuhörer und manchmal, wenn er sich die Mühe macht, auch ein intelligenter Ratgeber.

Das klingt unausgeglichen und ungerecht. Ist es auch. Aber es stört mich nicht, weil ich es nicht anders kenne. Ich war nie die Hauptperson bei irgendwas. Beim Krippenspiel im Kindergarten war immer ich der Esel. Ich war nie Klassensprecher, immer nur Kassenwart. Um mich hat sich niemand auf dem Schulhof geprügelt.

Ich bin es absolut gewohnt, dass immer etwas anderes wichtiger ist als ich. Und ich nehme das niemandem übel. Ich bin die perfekte Arbeitnehmerin und eine Frau zum Heiraten. Ich drehe nicht durch, wenn man mich warten lässt. Ich finde, dass mir Eifersucht nicht zusteht, und ich hatte immer nur Männer, deren Priorität ihre Karriere war. Nein, ich bin nicht bescheiden, aber ich kann mit Aufmerksamkeit nicht umgehen, weil ich sie nicht gewohnt bin.

Conradi ist unverschämt fordernd und anrührend offenherzig, anhänglich und bedürftig, wie ein Welpe, der sich einen Splitter in die Pfote getreten hat. Ich bin noch niemals so schonungslos gebraucht worden. Für Michael Conradi bin ich eine Hauptperson, und ich finde das toll.

Solange man ihn nicht näher kennt, ist er ein beeindruckender Mann. Er ist Anfang fünfzig, also in den Jahren, die man bei Männern gerne als ihre besten bezeichnet. Bei Frauen nicht. Nach zehn Jahren als Wissenschaftsreporter bei der «Zeit» hat er sich als freier Autor selbständig gemacht und seither einige Journalistenpreise gewonnen. Er hat eine Frau und eine heimliche Geliebte, die sich, um ihn zu seinem fünfzigsten Geburtstag zu überraschen, ihre Schamhaare in Herzform rasiert hat. Also alles bestens, sollte man meinen. Bloß dass ich es besser weiß.

«Frau Goldhausen, wenn Sie ‹Hauptsache Liebe?› aufmerksam gelesen hätten, würden Sie sich jetzt in Ihrem Geräteraum an einen zentralen Satz daraus erinnern: ‹Mach dir klar, wer du bist, und vergiss, wer du warst.›»

«Es ist aber sauschwer, gegen die Erinnerungen einer ganzen Schulklasse anzukommen. Die rechnen mit einer Trantüte, und schon benehme ich mich wie eine. Die geben mir ja gar nicht die Chance, jemand anders zu sein. Einer dieser Idioten war meine große Liebe und hat sich nicht mal an mich erinnert!»

«Aber so, wie Sie Ihren eigenen Schilderungen nach früher ausgesehen haben, ist das doch ein Riesenkompliment. Sorgen Sie dafür, dass dieser Tölpel Sie nach diesem Abend nie wieder vergessen wird. Es wird sowieso höchste Zeit, dass Sie mal Schwung in Ihr Leben bringen. Sie könnten beispielsweise mit Ihrem Erdkundelehrer durchbrennen, vom Direktor schwanger werden oder endlich Ihre große Liebe von damals erobern.»

«Mein Erdkundelehrer ist pensioniert, der Direktor tot, ich nehme die Pille, und der gute Werner hat einen tropfenförmigen Hintern bekommen. Mir fehlt kein Schwung. Ein Hauch Selbstbewusstsein, mit dem ich die nächsten drei Stunden überstehe, würde mir schon reichen. Sind Sie noch dran?»

«Natürlich.»

«Immer wenn Sie mich länger als zwanzig Sekunden reden lassen, denke ich, Ihnen sei was zugestoßen. Aber jetzt sagen Sie schon: Was ist der Grund Ihres Anrufes?»

«Mir sind da wieder ein paar Sorgen wegen des neuen Buches gekommen. Außerdem möchte meine Geliebte, dass ich mit ihr eine Paartherapie mache, und ich wüsste gerne, was Sie davon halten. Aber all das würde ich lieber in Ruhe mit Ihnen besprechen. Ich kann mich nicht gut auf mich konzentrieren, wenn ich Sie in diesem Kabuff weiß. Jetzt kommen Sie sofort da raus! Ich melde mich morgen wieder.»

Er hatte ja recht. Ich warf noch einen letzten Blick in den Geräteraum, der mir ein liebgewonnener Unterschlupf geworden war, und trat in die unangenehm hell erleuchtete Turnhalle.

In derselben Sekunde kam noch jemand in die Halle: Flittchen-Fricke.

Und sie trug mein Marc-Jacobs-Kleid!

Wir konnten unmöglich so tun, als hätten wir uns nicht bemerkt. Alle sahen, dass wir uns gesehen hatten. Und schauten spürbar gespannt, was jetzt folgen würde.

Wir gingen aufeinander zu. Flittchen-Fricke lächelte mich mit gefletschten Zähnen an und strich ihr Kleid mit einer Bewegung glatt, mit der sie sich auch die Ärmel hätte aufkrempeln können, um mir eins in die Fresse zu hauen.

Als wir voreinander standen, glaubte ich, mindestens einen halben Meter kleiner als sie zu sein. Weniger forsch als geplant sagte ich: «Guten Abend, Sabine.»

Flittchen-Fricke ignorierte meine ausgestreckte Hand, und ich tat eilig so, als hätte ich mir bloß eine Haarsträhne hinters Ohr schieben wollen. Oh, du gnädiger Erdboden, tu dich auf, mich zu verschlucken und an einem geeigneten Ort weit weg von hier, meinetwegen auch in einem verregneten Industriegebiet im Nordosten von Rumänien, wieder auszuspucken!

Flittchen-Fricke sagte so laut, dass alle es hören konnten: «Ach Goldi, sag mal, warst du etwa die letzten zwanzig Jahre im Geräteraum?»

Tsunamihaft flutete das Gelächter meiner ehemaligen Mitschüler durch die Halle. Und gerade als ich dachte, dass mich diese Monster-Gelächterwelle fortspülen, ich meine Tränen nicht mehr würde zurückhalten können und dass hier, vor sechzig ehemaligen Mitschülern und Lehrern, mein ganzes altes Unglück herausbrechen und ich mich bis in die Ewigkeit für diesen schrecklichen Moment schämen würde, legte jemand von hinten eine Hand auf meine Schulter, und ein hohe, seltsam vertraute Stimme rief: «Goldi, mein Engel, das ist ja der Wahnsinn! Aus dir ist ja eine wunderschöne Frau geworden! Und was für ein unglaublich tolles Kleid du trägst! In drei Nummern größer wie bei Fräulein Fricke sieht es allerdings scheiße aus.»

Flittchen-Frickes Lächeln verstarb so plötzlich wie ein fieser Doppelagent, der von einem Scharfschützen mit einem Schuss erledigt wird.

Irgendjemand nahm mich so heftig in die Arme, dass mir die Luft aus den Lungen gepresst wurde. Das höhnische Gelächter, das jetzt die Halle erfüllte, galt nicht mehr mir. Flittchen-Fricke drehte sich abrupt um, und ihr erschrockener, schwabbeliger Hintern folgte ihr mit einigen Sekunden Zeitverzögerung.

Und dann kamen mir wirklich die Tränen. Und wir weinten beide. Über alles, was wir durchmachen mussten, und dass wir uns nach so vielen Jahren endlich wiedergefunden hatten. Küppi Kanak und ich.

«Wer seine Miete nicht selber zahlen kann, für den ist Freiheit ein leeres Wort»

«Mariechen, du hast doch eine nette Karriere gemacht. Was hält dich jetzt noch ab, den Frank zu heiraten und eine Familie zu gründen? Er hat dich doch letzte Woche gefragt, oder?»

Das hatte mein Vater Heiligabend gesagt. Das Klassentreffen und meine großartige Wiedervereinigung mit Küppi Kanak waren erst zwei Wochen her, und ich fühlte mich immer noch so beschwingt, dass ich glaubte, ein friedliches Fest bei meinen Eltern in Wiesbaden verbringen zu können.

Ich rechnete es mir hoch an, dass ich bei der Formulierung «nette Karriere» nicht sofort zeternd aus dem Zimmer gerannt war – wie ich es in meiner Jugend schätzungsweise dreimal die Woche getan hatte. Bei uns gab es selten ein Abendbrot, bei dem keiner unserer fünfköpfigen Familie den Tisch verließ. Entweder beleidigt schweigend, eine Spezialität meines Vaters, oder lauthals meckernd, mein Fachgebiet und das meiner Brüder. Oder beinahe lautlos schluchzend, die unschlagbare Taktik meiner Mutter, die uns alle immer sofort zu Reue und Rückkehr ins Esszimmer bewog.

«Jetzt lass es mal gut sein, Klaus, es ist Heiligabend», sagte meine Mutter, um Harmonie bemüht. «Du solltest stolz darauf sein, dass deine Tochter überlegt, sich als Lektorin selbständig zu machen. Mariechen kommt eben immer mehr nach deiner Schwester Rosemarie.»

«Ja, leider», brummte mein Vater. Ich überlegte, wie ich das unselige Gespräch beenden könnte. Für einen dramatischen Müdigkeitsanfall, gefolgt von sofortigem Rückzug in mein ehemaliges Kinderzimmer, war es zu früh. Der Nachtisch stand noch aus, und meine Mutter wäre zu Recht gekränkt gewesen. Meine größte Sorge war, dass sich auch noch meine Schwägerin Katrin zu dem Thema äußern würde.

Sie hat, sehr zur Freude meiner Eltern, meinem Bruder Dietmar in pädagogisch sinnvollem Abstand von 3,2 Jahren zwei Kinder geboren, Justus und Lena. Es war also absolut zu befürchten, dass sich Katrin megamäßig berufen fühlen würde, ein paar fachkundige Sätze zum Thema «Die Selbstverwirklichung der Frau im Allgemeinen und der Gebärstreik meiner Schwägerin Rosemarie im Besonderen» abzusondern.

Ihr grundschullehrerinnenhaftes Räuspern weckte in mir bereits Mordgelüste. «Ich möchte mich wirklich nicht in dein Leben einmischen, Rosemarie», begann sie ihren Vortrag. Und nur weil Heiligabend war und meine Mama am Tisch saß, unterbrach ich sie nicht auf der Stelle mit den Worten: «Dann lass es doch auch, du superspießige Arschkrampe! Frauen wie du sind genau der Grund, warum Frauen wie ich keinen Bock aufs Kinderkriegen haben! Sogar Heiligabend trägst du Kleidung, die man bestenfalls ‹praktisch› nennen kann. Schon mal gehört, dass geschnürte Halbschuhe mit rutschfester Sohle einen plumpen Fuß machen? Warum ist es dir egal, wie du aussiehst, und warum ist es dir so wichtig, wie deine Kinder aussehen? Warum nennst du meinen Bruder seit deiner ersten Schwangerschaft nicht mehr Dietmar, sondern Papabär? Warum muss ich mir die Hände desinfizieren, bevor ich deine Kinder auf den Arm nehmen darf? Und warum holst du immer erst Lena ans Telefon, wenn ich meinen Bruder sprechen will? ‹Leni, die Tante Marie ist dran. Sag mal was, mein Mausezähnchen. Ja wer ist denn da? Ist da die Tante Marie? Dadadada, ja am Telefon, du kleines Schnuppischnuppi, wer ist denn da, ja das Tantitantitanti!› Stunden meines Lebens zerrinnen, in denen ich einen Hörer an mein Ohr halten muss, aus dem nur seltsame Schmatz- und Gurgellaute und dein schrilles Geschrei kommen. Deine Tochter kann noch nicht sprechen, warum also sollte sie telefonieren? Warum schickst du mir Listen, auf denen steht, was ich Justus und Lena schenken soll und was auf keinen Fall? Nichts mit Zucker! Nichts aus Plastik! Keine Kunstfasern und nichts Gewaltverherrlichendes. Videos und DVDs: verboten! Holzspielzeug aus dem Rudolf-Steiner-Laden, das wäre schön. Toll auch dein PS: ‹Die Kinderkleidung bei Burberry und Ralph Lauren fällt in der Regel eine Nummer kleiner aus als auf dem Etikett angegeben.› Warum wirfst du meiner Mutter unterm Tannenbaum seufzende Blicke zu, die, wenn sie sprechen könnten, sagen würden: ‹Siehst du, genau das habe ich befürchtet. Die Rosemarie hat einfach keine Ahnung von kindgerechten Geschenken. Aber woher auch?› Und warum, liebe Katrin, freut sich Justus dann tausendmal mehr über meinen singenden und tanzenden Plastik-Spiderman als über das jägergrüne Baby-Strickensemble mit Lederknöpfen von meiner Mutter? Ich hoffe, dass es wenigstens ein Sonderangebot mit kleinen Mängeln war.»

All das sagte ich natürlich nicht. Ich war sechsunddreißig und auch das nicht mehr lange. Ich lehnte mich zurück, zauberte ein mildes Lächeln in mein Gesicht und kam mir total erwachsen vor.

«Weißt du, Marie, Selbstverwirklichung mag ja ihre Reize haben, aber auf Dauer wirst du damit nicht zufrieden sein. Wer den eigenen Egoismus über alles stellt, wird nie wirklich glücklich sein. Es sind die Opfer, die man für seine Familie bringt, die einen erst richtig zum Menschen machen.»

Ich faltete meine Hände unter dem Tisch, damit sie nicht doch versehentlich in einem von mir unbewachten Moment nach einem Messer griffen.

«Aus welchem Abreißkalender hast du bloß diese Weisheiten, liebe Katrin? Und von welchen Opfern sprichst du in deinem Fall?»

Ich konnte einfach nicht anders, denn Katrin berührte einen wunden Punkt bei mir. Und an meine wunden Punkte lass ich nicht gerne Leute, die ich nicht leiden kann.

«Du weißt doch genau, dass ich auf meine eigene Karriere verzichtet habe, um Justus und Lena eine schöne Kindheit zu geben.»

«Du bist im ersten Berufsjahr von deinem Chef schwanger geworden. Unter einem Karriereverzicht stelle ich mir was anderes vor. Warum fängst du nicht wieder an, eigenes Geld zu verdienen und Karriere zu machen? Es hindert dich doch keiner mehr. Lena ist zwei, Justus fast sechs. Und soweit ich weiß, hast du abgestillt.»

«Marie, ich bitte dich, Katrin hat es doch überhaupt nicht nötig zu arbeiten», mischte sich jetzt mein Bruder Dietmar in die unerfreuliche Unterhaltung ein. Ich dachte, ich höre nicht richtig.

«Nicht nötig? Aber du hast es nötig zu arbeiten? Mein Beileid, Papabär.»

«Typisch», zischte Katrin, «keine Ahnung haben, aber ironische Kommentare abgeben. Kinder brauchen ein verlässliches Zuhause und fördernde Zuwendung. Ich werde das Wertvollste meines Lebens doch nicht verwahrlosen lassen, bloß um mich egozentrischen Karrierewünschen hinzugeben. Du hast doch nicht den Hauch einer Ahnung, welches Gotteswunder es für eine Frau ist, Leben zu schenken. Und so wie ich dich kenne, kann ich nur hoffen, dass du nie Kinder bekommst!»

«Noch jemand Püree?»

Ich hörte meiner Mutter ihre Verzweiflung an und versuchte mich zu beruhigen. Klappte aber nicht. Ich holte sehr tief Luft, um dieser blöden Übermutter endlich zu sagen, dass es keine Kunst ist, Opfer zu bringen, wenn man nichts zu opfern hat. Dass es keine Kunst ist, auf eine Karriere zu verzichten, wenn man einen Beruf hat, der einem nicht am Herzen liegt. Dass es keine Heldentat ist, die Pille abzusetzen, wenn man einen gut verdienenden Mann, eine Eigentumswohnung und eine engagierte Oma hat.

«Ich will mich ja nicht in dein Leben einmischen, liebe Katrin», begann ich spöttisch – als es an der Tür klingelte.

Wir schauten uns alle irritiert an. In meinem Elternhaus hat es abends nach zehn noch nie an der Tür geklingelt. Und Heiligabend schon mal gar nicht. «Papabär, geh du», hauchte Katrin erbleichend, «und nimm das Tranchiermesser mit.»

Dietmar öffnete die Tür. Und es begann das schönste und seltsamste Weihnachten meines Lebens. Und, was ich nicht wissen konnte, das letzte mit meiner Tante Rosemarie.

Sie trug eine rote Weihnachtsmannmütze mit blinkenden Sternchen und einem weißen Plüschbommel. Sie brach-

te drei Flaschen Champagner mit und einen Mann, den ich noch nie gesehen hatte.

«Darf ich vorstellen, das ist Joachim.» Wir waren verblüfft, als hätten Maria und Josef persönlich unser Esszimmer betreten. «Und ehe ihr euch hinter meinem Rücken über sein Alter empört, sage ich lieber gleich, dass er dreiundsechzig ist und damit fünfzehn Jahre jünger als ich. Er wird meine letzte große Liebe sein. Da bin ich mir diesmal absolut sicher.

Seid also bitte nett zu ihm. Und jetzt macht den Champagner auf. Den Wein aus der Schnäppchen-Ecke könnt ihr ja morgen Abend weitertrinken.»

«Es hat halt nicht jeder eine Million auf dem Konto wie du», sagte meine Mutter beleidigt. Die Gradlinigkeit ihrer Schwägerin lag ihr gar nicht.

«Ach, Hildchen, auch wenn du zehn Millionen hättest, würdest du immer noch am liebsten Sonderangebote kaufen. Du hast gerne Geld, ich gebe es gerne aus. Und apropos Geld ausgeben: Morgen in aller Frühe fliegen Joachim und ich nach Südafrika und werden bis Silvestermorgen in der schönsten Lodge wohnen, die man sich vorstellen kann. Ringsum Savanne und am Horizont riesige Berge. Anschließend chartern wir in Kapstadt ein Flugzeug und fliegen ein bisschen rum.»

«Rumfliegen?»

Ich hatte endlich meine Sprache wiedergefunden.

«Joachim hat den Pilotenschein für zweimotorige Propellermaschinen. Und das Geld wird uns ja dank Heinz-Peter nicht so schnell ausgehen.»

Meine Mutter war mal wieder vollkommen überfordert. Sie mag es nicht, wenn's anders kommt. Sie liebt noch nicht einmal schöne Überraschungen. «Der Puter ist schon aufgegessen», sagte sie hilflos, «aber der Nachtisch müsste für alle reichen.»

«Keine Panik, Hildchen. Wir essen nichts, wir trinken nur. Ist besser für die Figur und die Stimmung. Wir wollten schon früher hier sein, aber auf der Fahrt gab es einen ‹Personenschaden›, wie der Zugbegleiter feinfühlig sagte. Da hat sich jemand auf die Gleise geworfen und damit den ganzen Verkehr lahmgelegt. Ich habe ja nichts gegen den Freitod, aber dass man so viele andere Leute mit den eigenen Problemen behelligt, finde ich rücksichtslos. Und dann auch noch diese Schmierage, die irgendwelche armen Menschen wegmachen müssen.»

«Ich kümmere mich dann mal um die Nachspeise», sagte meine Mutter und floh in die Küche. Sie hat einen empfindlichen Magen. Katrin und mein Vater versprachen spontan ihre Hilfe, und Dietmar beschloss, mal kurz nach den Kindern zu sehen.

«Warum hast du mir von alldem nichts erzählt?»

Ich war zunehmend beleidigt, dass Rosemarie mich nicht in ihre Pläne eingeweiht hatte. Dabei wusste ich genau, dass sie zu blitzschnellen Entschlüssen neigte. Ihre Trekking-Tour in Vietnam, die Hochzeit mit Heinz-Peter, der erste Joint am Vorabend ihres siebzigsten Geburtstages: All das hatte ich erst kurz vorher oder lange nachher erfahren.

Ich hatte mich mühsam daran gewöhnt, dass sie tut, was sie für richtig hält, und sagt, was sie meint. Sie verabscheut schlecht erzogene Kinder und Männer, die nicht in Würde, sondern nur in Begleitung einer zwanzigjährigen Gespielin alt werden können.

Ich erinnere mich noch sehr genau, wie Tante Rosemarie bei einem Ladies Lunch eine Runde reich verheirateter Damen gegen sich aufbrachte, als sie meinte: «Wer seine Miete nicht selber zahlen kann, für den ist Freiheit ein leeres Wort.» Wie auf Kommando zückten die Damen indigniert ihre Kroko-Börsen und verlangten die Rechnung. Es ist nicht so, dass Rosemarie unfreundlich sein will. Sie will bloß keine Zeit verlieren.

«Wenn du einen Großteil deines Lebens hinter dir hast, verschwendest du deine Zeit nicht mehr mit den falschen

Leuten oder vertagst Probleme, deren Lösung dir unangenehm, aber bekannt ist.»

Ihr Eigensinn ist nicht immer leicht zu ertragen, und an diesem Heiligabend starrte ich grimmig auf Joachims Füße, als seien sie für alles verantwortlich.

«Ach, Liebchen, jetzt mach doch nicht so ein Gesicht. Komm, trink noch ein Glas Champagner.»

«La Grande Dame», stand auf dem Etikett der Flasche. Ich war auf einmal eifersüchtig, denn normalerweise tranken Rosemarie und ich diesen aberwitzig teuren Jahrgangschampagner nur, wenn wir uns im Januar zu unserer Jahresvorschau trafen.

«Wann haben Sie denn eigentlich meine Tante kennengelernt, Herr ...», hörte ich mich mit Gouvernantenstimme fragen. Igitt, wie eklig ich sein konnte. Fehlte nur noch, dass ich ihn fragte, ob seine Absichten denn auch ehrenhaft seien.

Aber Joachim lächelte gutmütig und zog es vor, zu schweigen. So gut schien er meine Tante schon zu kennen. Sie liebt es nämlich zu antworten, ohne gefragt worden zu sein.

«Liebchen, hör auf, dich wie meine Anstandsdame zu benehmen. Ich war dreimal verheiratet, habe eine Kreuzfahrt auf der ‹MS Europa› und einen Weltkrieg überlebt. Ich kann also auf mich selbst aufpassen. Erzähl mir lieber von Franks Heiratsantrag. Ich bin übrigens wahnsinnig stolz auf dich, dass du nicht sofort Ja gesagt hast. Was ich allerdings nach wie vor nicht verstehe, ist, warum du überhaupt so dringend darauf gewartet hast.»

«Weil ich altmodisch bin, zumindest bei diesem Thema. Eine Frau will gefragt werden.»

«Unsinn! Nur dumme Frauen wollen gefragt werden.

Die kluge Frau fragt selbst. Es ist in Ordnung, wenn du dir den Stuhl unter den Po schieben oder dich über die Schwelle tragen lässt. Und von mir aus kann dein Mann auch die Nabelschnur eures Kindes durchtrennen. Bei symbolischen Handlungen kann man ruhig altmodisch sein. Aber du hättest doch auch nicht acht Jahre gewartet, bis dein Chef dir freiwillig eine Gehaltserhöhung angeboten hätte. Den hast du auch selbst gefragt. Wenn es um dein Leben und deine Zukunft geht, solltest du lieber handeln als warten.»

«Wenn du so modern bist: Warum hast du dann eine Abfindung von einer Million von Heinz-Peter angenommen?»

Ich suchte Streit, aber Tante Rosemarie schenkte sich lieber «La Grande Dame» nach.

«Ach, Liebchen, das ist eine spezielle Geschichte, die du irgendwann verstehen wirst. Eine Frau und eine Million weniger – aber der Gedanke, das Ganze könnte irgendwas mit ihm zu tun haben, ist dem armen Heinzelmann immer noch nicht gekommen.»

«Aber du hast doch immer gesagt, wenn keine minderjährigen Kinder im Spiel sind, sollte es weder Unterhalt noch Abfindungen geben.»

«Das ist auch immer noch meine Meinung. Diese schrecklichen Frauen, die jammern: ‹Ich habe ihm die besten Jahre meines Lebens geschenkt, und dafür soll er jetzt zahlen.› Selber schuld! So etwas Kostbares verschenkt man doch auch nicht. Und wenn die Damen in diesen besten Jahren ihr Handicap verbessert, Business-Partys organisiert und der Putzfrau gesagt haben, wo sie nochmal nachwischen soll – meine Güte, dann können die Jahre doch auch nicht so schlecht gewesen sein. Wozu also eine finanzielle Entschädigung?»

«Und was machst du jetzt mit Heinz-Peters Million, die du doch eigentlich gar nicht haben willst?»

«Das bleibt vorerst mein Geheimnis.»

«Du willst mich also wieder mal überraschen?»

Ich lachte und nahm ihre Hand. Ich war nur noch froh, den Heiligabend mit meiner Tante Rosemarie verbringen zu können.

Heute wünschte ich, ich hätte ihr in dieser Nacht die Fragen gestellt, mit denen ich mich jetzt so alleingelassen fühle. Heute wünschte ich, ich hätte sie gebeten, zu bleiben, mir zur Seite zu stehen, mich nicht zu verlassen und schon gar nicht für immer.

Um drei Uhr morgens standen wir frierend vor der Haustür. Es hatte zu schneien begonnen, und es gab seit vielen Jahren die ersten weißen Weihnachten. Der Rest der Familie schlief schon lange. Joachim brachte die Koffer zum Taxi, und Tante Rosemarie und ich hielten uns an den Händen.

Meine schmale, zarte, energische Tante wirkte inmitten der Schneeflocken wie schwerelos. Als würde sie selbst gleich in den stillen Nachthimmel gewirbelt.

«Ich wünsche dir eine wunderbare Reise.»

«Ich glaube, es wird die schönste meines Lebens.»

Wir küssten uns auf beide Wangen. Ihre Augen glänzten. Als schwämmen sie in Tränen.

Das wird an der Kälte liegen, dachte ich, als ich ins Wohnzimmer ging, um die Kerzen am Baum zu löschen.

Ich mag ihr Grab nicht verlassen – obwohl es leer ist und das hässlichste weit und breit. Ich fühle mich hier in guter Gesellschaft. Und mir graut vor dem Leichenschmaus im engsten Familienkreis.

Meine Mutter hatte eine Ecke in einem Lokal reserviert, das Trauergesellschaften zehn Prozent Rabatt gewährte. Man würde sich gegenseitig versichern, wie sehr man Tante Rosemarie geschätzt und dass sie einen so grauenvollen Tod nicht verdient habe.

Nach der Vorspeise, das weiß ich jetzt schon, werden sie alle wieder über ihre Krankheiten, die Schulnoten der Kinder und die Spritpreise reden.

Katrin war schon vor der Trauermesse von Weinkrämpfen geschüttelt worden. Immer wieder hatte sie schluchzend erzählt, wie nah Rosemarie und sie sich gestanden hätten und wie intensiv ihre Gespräche am letzten Abend vor der tragischen Reise gewesen wären.

«Ich habe wirklich den Hauch des Todes gespürt. Ich wollte aber nichts sagen, um niemanden zu verunsichern. Es ist wirklich kein einfaches Schicksal, diese Ahnungen zu haben. Man braucht dafür eine unglaubliche Empfindsamkeit.»

Ich musste mich sehr zurückhalten, sie nicht zu erinnern, dass sie bereits eine Stunde nach Rosemaries Auftauchen zu Bett gegangen war und sich am nächsten Morgen ausführlich über unangekündigte Besuche zu später Stunde empört hatte. Und dann hatte sie noch einen Vortrag gehalten über die Taktlosigkeit, diesen Joachim anzuschleppen, einen so viel jüngeren Mann, den sie kaum kannte. «Bloß gut, dass die Kinder schon im Bett waren.»

Als wir hinter dem Sarg hergingen, hatte ich sie zu meinem Bruder sagen hören: «Ich verstehe nicht, warum wir sie hier in Berlin und nicht in Wiesbaden beerdigen. Wer bezahlt denn jetzt die Grabpflege? In Wiesbaden hätte unser Aupair-Mädchen sich um das Grab kümmern können. Und sag mal, Papabär, was ist eigentlich mit der Million von Heinz-Peter? Sind wir da erbberechtigt? Justus wünscht sich doch so sehr ein eigenes Reitpferd.»

Als Katrin wenige Minuten später ans Grab getreten war, um ihren mickrigen Blumenstrauß hineinzuwerfen, musste sie von ihrem Mann gestützt werden.

Ich schlendere noch ein wenig über den Friedhof und bin froh, dass Tante Rosemarie hier in Berlin beerdigt worden ist. Sie hätte es grauenvoll gefunden, in Wiesbaden womöglich neben ihrem ersten Mann Hans Kramer beigesetzt zu werden. «Ich weiß noch», hatte sie mir einmal amüsiert erzählt, «wie pietätlos es die Familie von Hans fand, dass ich nach seinem frühen Tod kein Doppelgrab genommen habe. Aber was gibt es Schrecklicheres, als mit Mitte fünfzig schon zu wissen, neben wem man beerdigt sein will? Und ganz besonders, wenn dieser Jemand bereits tot ist.»

Und jetzt ruht meine Tante unweit von Johannes Rau, Heinrich Mann, Bertolt Brecht, Helene Weigel und Ernst Litfaß, dem Erfinder der Litfaßsäule. Ja, das hätte ihr gut gefallen.

Ich habe das Zeitgefühl verloren. Die anderen sind bestimmt schon bei der Nachspeise.

Ich rede mir ein, dass ich unbedingt noch die Gräber von Brecht und der Weigel sehen will. Mit Brecht habe ich mich zum letzten Mal während meiner Schulzeit beschäftigt und ihn seither keine Sekunde vermisst. Aber ich will Zeit schinden, um den Leichenschmaus zu verkürzen.

Nach ein paar Minuten habe ich die beiden gefunden. Zwei graue Natursteine, auf denen nur die Namen stehen.

Das einzig Ungewöhnliche an dem Doppelgrab ist die Frau, die davor kniet und kotzt.

«Kann ich Ihnen helfen?», frage ich befangen. Die Frau trägt einen schwarzen Mantel, und unter ihrem schwarzen Kopftuch schauen blonde Haare hervor. Ob ihr die plötzliche Erkenntnis über die Endgültigkeit des Todes von Herrn Brecht auf den Magen geschlagen ist? Man weiß es ja nie bei diesen Intellektuellen.

«Kann ich Ihnen helfen?», frage ich noch einmal etwas lauter.

Die Frau dreht sich um – und ich blicke in das grüne Gesicht meiner Cousine Leonie.

«Was ist mit dir?»

«Mir ist übel.»

«Das sieht man. Was ist denn los?»

«Ach nichts. Also eigentlich nichts. Es ist nur, weil … Ich bin schwanger und habe keine Ahnung, von wem!»

Leonie stürzt sich schluchzend auf mich. Und ehe ich etwas anderes denken kann, denke ich, dass auf meinem nachtblauen Wollmantel die Reste des Erbrochenen sicher sehr gut sichtbar sein werden. Und für diesen Gedanken schäme ich mich sogleich ungeheuerlich.

Leonie Goldhausen habe ich immer als eines der angenehmsten Mitglieder unserer Familie empfunden. Sie ist die jüngste Tochter meines Onkels Arnold, der mit einem Getränkegroßhandel ein stattliches Vermögen gemacht hat. Nach dem Abitur war sie ein Jahr auf Weltreise gegangen und hatte diverse Studiengänge ausprobiert. Zuletzt hieß es, dass sie in Goa eine Tauchschule eröffnen wollte. Mein Vater ließ sich daraufhin ausführlich über Kinder, die ihren Eltern bis zum Sankt-Nimmerleins-Tag auf der Tasche liegen, aus. «Mein Bruder Arnold ist reich und schwach, eine sehr ungünstige Kombination. Er hat Leonie von Anfang an viel zu sehr verwöhnt. Jetzt ist sie neunundzwanzig und noch immer flatterhaft wie ein Teenager.»

Mein Vater begriff nicht, dass Onkel Arnold mit zu viel Geld und zu viel Nachsicht sein schlechtes Gewissen betäuben wollte. Er hatte sich früh von Leonies Mutter getrennt und einen Gierlappen namens Manuela geheiratet, die keiner von uns ausstehen konnte – am wenigsten Leonie.

Manuela hatte sich mit dem Geld ihres Mannes einen Platz in der Wiesbadener Gesellschaft erkauft, wo sie zwar als stillose Neureiche galt, was aber niemanden nachhaltig störte, weil sie Gartenpartys mit Feuerwerk veranstaltete und dem Golfclub einen Außenpool spendiert hatte. Seit ihrem Aufstieg hatte sich Manuela ausgebeten, nur noch mit Manou angesprochen zu werden, und zwar mit dieser leicht lasziven Betonung der Endsilbe, was in etwa so gut zu ihr passt, als würde man ein Rhinozeros «Fee» taufen.

Leonie hockt mit bebenden Schultern und rotfleckigem Gesicht vor mir und bringt kaum einen verständlichen Satz raus. Wir sitzen in einem Lokal in Friedhofsnähe. Sie trinkt Tee, ich habe mich in Anbetracht der Umstände für einen Grog mit doppeltem Rum entschieden. Schließlich war meine Tante unter erschreckenden Umständen gestorben und meine Cousine unter erschreckenden Umständen schwanger geworden. Das ist mehr, als ich heute ohne Alkohol ertragen kann.

«Bitte nochmal der Reihe nach. Du warst bis vor vier Wochen in Goa, um eine Tauchschule zu eröffnen, und bist schwanger. Und warum weißt du nicht, von wem?»

«Weil ich in der fraglichen Zeit mit ungefähr drei Männern geschlafen habe.»

Ich schlucke beschämt. In meinem ganzen Leben gab es noch keinen Monat, in dem ich mit «ungefähr» drei Männern geschlafen habe. Und was heißt eigentlich «ungefähr»?

«Was meinst du mit ‹ungefähr›?»

«Na ja, ich war ein paarmal ziemlich betrunken und bin mir nicht ganz sicher, ob es zum Äußersten gekommen ist. Außerdem gibt es in Goa nicht an jeder Ecke Kondomautomaten.»

«Und wer sind die drei potentiellen Väter?»

«In Goa werden nach dem Sex keine Visitenkarten ausgetauscht. Ich kann mich grad noch an die Vornamen erinnern und ob der Typ ein Tattoo hatte oder nicht.»

«Und weißt du schon, ob du das Kind bekommen willst?»

«Ich bin zu alt, um abzutreiben. Vielleicht werde ich nie wieder schwanger, und das würde ich mir mein ganzes Leben lang vorwerfen.»

«Leonie, du bist neunundzwanzig!»

«Eben.»

«Und wie soll es jetzt weitergehen?»

«Wenn ich das bloß wüsste! Ich wohne seit zwei Wochen bei meinem Vater, aber da will ich wegen Manuela auf keinen Fall bleiben. Ich kann mir gut vorstellen, dass meine morgendliche Übelkeit nicht am Baby liegt, sondern an ihr. Die Alte ist echt zum Speien.»

«Weiß sonst noch jemand, dass du schwanger bist?»

«Nein, du bist die Einzige.»

«Im wievielten Monat bist du?»

«Im vierten.»

«Dann kannst du es sowieso nicht mehr lange geheim halten. Wann ist denn der Geburtstermin?»

«Zwölfter Juli.»

«Das gibt es ja gar nicht, das ist mein Geburtstag!»

Es ist absolut lächerlich, aber ich bin plötzlich zutiefst bewegt und fühle mich mit diesem ungeborenen Wesen auf seltsame Weise verbunden. Meine mütterlichen Gefühle – für Leonie und für ihr Kind – sind noch viel, viel stärker, als ich sie für alle meine Kaninchen, meine Wellensittiche und selbst für die von mir über alles geliebte Schildkröte Isabelle empfunden habe. Ja, dieses Goldhausen-Baby muss geboren werden!

«Weißt du schon, was es wird?»

Ich habe tatsächlich einen riesenhaften Tränenkloß im Hals. Leonie schüttelt den Kopf.

«Warst du regelmäßig bei den Vorsorgeuntersuchungen?»

Leonie schüttelt wieder den Kopf.

«Spinnst du? Das muss sofort anders werden! Ich mache dir sofort einen Termin bei meinem Frauenarzt.»

«Aber du lebst doch in Hamburg.»

«Und genau da fahren wir jetzt hin. Ich habe den perfekten Vater für dein Kind. Nun ja, genau genommen sind es sogar zwei Väter.»

Das Klassentreffen mit Küppi Kanak an meiner Seite war ein wahres Fest geworden.

Wir hatten uns wiedergefunden, und das Schönste war, wir lebten beide in Hamburg.

«Das gibt es doch gar nicht!», hatte Küppi geschrien, als wir herausfanden, dass wir sogar im selben Stadtteil wohnen. «Goldi, mein Hase, ich habe mich so oft gefragt, was aus dir wohl geworden ist. Du warst meine einzige Freundin, weißt du das? Ich war dick, du warst hässlich – so was schweißt zusammen.»

«Stimmt es eigentlich, dass du damals in die fiese Fricke verknallt warst?»

«Aber Schätzchen, im Inneren wusste ich schon damals, dass ich schwul bin. Meine geheime Flamme war Werner. Und ich muss dir ehrlich sagen, wenn er nicht so einen indiskutablen Arsch bekommen hätte, hätte ich heute Abend für nichts garantiert.»

«Du bist Single?»

«Natürlich nicht. Wie kommst du darauf?»

«Ach, mein Küppi Kanak, ich freue mich auf die Zeit mit dir in Hamburg.»

«Du bist wirklich die Einzige, die mich noch Küppi Kanak nennen darf.»

«Entschuldige, aber ich habe komplett vergessen, wie du wirklich heißt.»

«Darf ich mich vorstellen? Ich bin dein alter, neuer Freund Erdal Küppers.»

Als zu fortgeschrittener Stunde die Turnhalle zur Achtzigerjahre-Disco wurde, gab es für Erdal kein Halten mehr.

Er zog mich auf die Tanzfläche und rotierte wie ein außer Kontrolle geratenes Kinderspielzeug durch die Halle, während ich mich mit zögerlichen Schrittchen kaum von der Stelle bewegte. Die eine Hand im Nacken, die andere auf dem Bauch wie John Travolta zu «You're the one that

I want», betanzte er Elsbeth Strecker, als wolle er sie hier und jetzt begatten. Elsbeth zierte sich zunächst etwas.

Das war aus meiner Sicht verständlich, hatte sie doch noch kurz zuvor mit ihrer Lebensleistung angegeben, die sie als Mutter von vier Kindern erbracht hatte.

«Die hast du alle vier persönlich ausgetragen und gestillt?», hatte Erdal gefragt. «Grundgütiger, Elsbeth, da möchte ich lieber nicht wissen, wie deine Brüste aussehen.»

Aber Erdal war offensichtlich nicht der Typ, dem man lange etwas übelnehmen konnte. Was sicherlich auch daran lag, dass er sich selber überhaupt gar nichts übelnahm und tatsächlich keine seiner herzlichen Beleidigungen böse meinte.

Alle liebten ihn an diesem Abend, und er sich selbst am meisten. Sogar Flittchen-Fricke tanzte nach einer Weile wie absichtslos in Erdals Nähe und war glücklich, als er sie zweimal drehte und dann sehr plötzlich bei «I want your sex» von George Michael losließ, um auf unseren erschrockenen und gleichzeitig geschmeichelten Physiklehrer Müllges loszuwirbeln, immer wieder fröhlich rufend: «I love this man!»

Erdal spielte Luftgitarre zu Bryan Adams, Luftschlagzeug zu Deep Purple und Luftklavier zu Elton John. Er sang jedes Lied mit, und das teilweise doch recht falsch. Er war dabei aber so von sich und der Richtigkeit seiner Version überzeugt, dass man geneigt war, zu vermuten, der Interpret habe sich bei seinem eigenen Text vertan.

Seine erstaunlich feinen Hände legte er dabei auf jedes Hinterteil, das ihm in die Quere kam, und beim Engtanz zu «How deep ist your love?» von den Bee Gees drückte er unsere ehemalige Religionslehrerin so innig, dass ich um die Gesundheit ihrer betagten und womöglich künstlichen Hüften fürchtete.

Es war ein großartiger Abend. Gegen vier Uhr morgens stand ich müde und glücklich vor meiner ehemaligen Schule und wartete auf ein Taxi. Jemand legte mir den Arm um die Schulter und nuschelte in mein Ohr: «Wolln wir uns 'n Taxi teiln?»

«Musst du denn in meine Richtung?»

«Nee, würd ich aber gern.»

«Ach, lass mal.» Ich stieg ins Taxi ein, winkte Werner Degenhardt mitsamt seinem Tränen-Arsch freundlich zu und ließ meine Vergangenheit einfach stehen.

«Ich will ein Kind von dir!»

Ein paar Tage später fuhren wir in meinem Auto von Wiesbaden nach Hamburg zurück. Erdal hatte für mich eine CD gebrannt, die reines Botox war. Nach den ersten Titeln fühlte ich mich wie eine Frau ohne Orangenhaut, die bei Tageslicht und ohne Komplexe einen Siebzehnjährigen verführt.

Ein Lied von Hubert Kah, das mir 1982 zu einer kurzen Berühmtheit verhalf, hörten wir gleich viermal hintereinander:

Rosemarie, rote Rose, rote Rose, Rosemarie!
Duuuuu, nur du!
Tanz bitte tanze, tanze tanze mit mir Rosemarie!
Duuuuu nur du!
Ich steck dir rote Rosen an.
Wir spielen dann Frau und Mann.
Fühl bitte fühl mich, fühl mich bitte fühl mich Rosemarie!
Duuuuu nur du!

Dieser zu Unrecht fast vergessene Titel des anbetungswürdigen Interpreten Hubert Kah hatte meinen Namen in die Charts gebracht und mich zumindest kurzfristig der Lächerlichkeit entzogen. Meine Mitschüler tanzten Pogo und sangen dazu «Rosemarie». 1982 war meine große Zeit, trotz Zahnspange.

Erdal hatte trotz der eisigen Kälte die Fenster runtergedreht und sang sich bei Tempo hundertsechzig die Seele aus dem Leib.

Ich liebe die Autobahn bei Nacht. Sie macht mich sehnsüchtig bis zur Unerträglichkeit, und ich fühle mich so frei, als könnte ich bei jeder beliebigen Abfahrt rausfahren und ein anderes Leben beginnen. Alles hinter mir lassen, abbiegen, neu anfangen, jemand anders sein, oder ganz ich selbst, je nachdem, was mir gerade abenteuerlicher erscheint.

«Rosemarie! Duuuu nur du!»

Küppi Kanak schmetterte meinen Namen hinaus in die Nacht und lachte zwischendurch schallend und meckerig wie ein irres Kettensägenmörderschaf.

Auf Erdals CD waren einige Songs, die ich zwanzig Jahre nicht mehr gehört hatte. Trotzdem schossen mir nach den ersten Takten gestochen scharfe Erinnerungen durch den Kopf.

Ich müsste ziemlich lange überlegen, was ich Frank zum letzten Geburtstag geschenkt habe, und selbst wo ich letztes Silvester war, würde mir nicht auf Anhieb einfallen. Aber bei «1999» von Prince wusste ich sofort wieder, dass ich Silvester 1989 um Mitternacht allein war.

Das Haus meiner Eltern war leer, alle waren ausgegangen, ich saß im Wohnzimmer auf einer, nach heutigen Maßstäben, außergewöhnlich hässlichen dunkelbraunen Ledercouch und trank einen, nach heutigen Maßstäben, außergewöhnlich schlechten, süßen Sekt.

Und ich schrieb ein Gedicht – und das war auch nicht gut.

Meine erste große Liebe Tom Mahlmann hatte mich zum dritten Mal verlassen, und der Liebeskummer war mit jeder Trennung noch etwas unerträglicher geworden.

Kummer gehört zur Kreativität wie die Fritten zur Currywurst. Ich glaube nicht, dass jemals etwas Weltbewegendes erschaffen wurde von einer zufriedenen Frau, die in einem Reihenhaus mit Carport und Komposthaufen lebt. Zu etwas wirklich Großem gehört nun mal ein großer Schmerz. Und in dieser Nacht fühlte ich mich zu Großem berufen.

So gesehen war ich, im Nachhinein betrachtet, wohl doch nicht unglücklich genug gewesen. Aber damals erschien der Schmerz mir erhaben – und das von mir verfasste Gedicht auch.

«Ich bin stark und gehe meinen Weg,
auch wenn am Ende das Wort Abschied steht.»

Ich hörte Düsteres von Anne Clark und den Simple Minds, fühlte mich sehr erwachsen und der Welt mental weit überlegen, im Besonderen Tom Mahlmann.

Gegen halb zwei fuhr ich zu einer Silvesterparty. Ich tanzte zu «1999» und rechnete mir aus, dass ich im Jahr 1999 grauenerregende siebenundzwanzig Jahre alt sein würde. Biblisch. Unglaublich. Ob das Leben dann überhaupt noch lebenswert sein würde? Vermutlich nicht. Ob ich dann überhaupt noch leben würde? Hoffentlich nicht. Schließlich ging die große Zeit von Eddy Grant, Bronski Beat und Diana Ross auch schon zu Ende. Und von Heaven 17, Madness und Trio redete bereits keiner mehr.

Deswegen entschied ich, alles mitzunehmen, was das Leben mir jetzt zu bieten hatte. Zügig trank ich drei Persico-

Apfelsaft und knutschte mit Christian, um Tom eifersüchtig zu machen. Das hatte bisher immer funktioniert. So auch diesmal. Um halb vier morgens waren wir wieder ein Paar. Nicht sehr lange. Dann litt ich erneut und verfasste noch mehrere Gedichte, von denen bisher jedoch keines veröffentlicht wurde.

«Goldimaus, alles in Ordnung?»

«Aber ja. Warum fragst du?»

«Weil du gerade ‹Ach ja› gesagt hast.»

«Ich fürchte, deine CD stimmt mich etwas melancholisch.»

Erdal drehte die Musik leiser und räusperte sich.

«Rosemarie, bist du eigentlich gesund?»

«Wie bitte?»

«Na ja, hast du irgendwas Fieses oder eine schlimme Erbkrankheit?»

«Was soll die Frage? Soweit ich weiß, bin ich vollkommen gesund.»

«Und warum hast du dann keine Kinder? Bist du vielleicht unfruchtbar?»

«Hast du sie nicht mehr alle? Ich habe keine Kinder, weil ich keine will, jedenfalls noch nicht oder vielleicht auch nie.»

«Brauchst du Geld?»

«Erdal, jetzt reicht es aber. Sag, worauf du hinauswillst, oder du kannst auf dem Seitenstreifen übernachten.»

«Bitte beruhige dich. Es ist nur, wie soll ich es dir sagen? Marie, ich will ein Kind von dir.»

Ich lachte. Er nicht.

Ich schwieg. Ich schwieg länger. Aber Erdal blieb stumm.

Ich hörte, wie er tief durchatmete, dann war wieder Stille.

«Erdal?»

«Moment bitte.»

Er wühlte in seinem Herrenhandtäschchen, holte ein Asthma-Pümpchen hervor und inhalierte zweimal tief.

«Entschuldige bitte, aber Aufregung bekommt mir nun mal nicht. Jetzt kann ich dir erklären, worum es geht, ohne dass ich dabei ersticke. Weißt du, Marie, ich bin wirklich glücklich. Ich habe den Mann gefunden, mit dem ich mein Leben lang zusammenbleiben will, auch wenn ich den einen oder anderen klitzekleinen Seitensprung nicht völlig ausschließen kann. Aber was bedeutet schon der Körper? Seelisch bin ich total treu.»

«Wem denn?»

«Ich bin seit sieben Jahren mit Karsten zusammen. Wir wohnen in einer schönen Jugendstilvilla mit großem Garten. Im Winter machen wir Feuer im Kamin, im Sommer grillen wir auf unserer Terrasse. Wir haben ein Kellergeschoss, das wir nur selten sehen, wir haben einen Garten, den wir nicht benutzen, wir haben ein Gästezimmer, zwei Ankleidezimmer und fünfmal mehr Waschbecken als Hausbewohner.»

«Darf ich fragen, wo dann euer Problem liegt?»

«Was wir nicht haben, ist Zukunft.» Ich schaute zu Erdal rüber. Seiner Stimme nach würde er gleich anfangen zu weinen.

«Und wieso habt ihr keine Zukunft?»

«Weil wir keine eigenen Kinder haben werden.»

«Erdal, jetzt bleib mal auf dem Teppich», sagte ich mit meiner Deeskalationsstimme, die ich immer benutze, wenn Michael Conradi mich anruft, um mir zu sagen, dass er

a) gerade seinen Vertrag für das nächste Buch zerrissen habe, b) seiner Frau nun endlich die Wahrheit sagen müsse, c) seine Geliebte niemals wiedersehen werde und d) nun endlich in geordneten Verhältnissen leben möchte.

Bei Punkt d) bin ich immer ganz besonders alarmiert. Ich kenne diese Aufräum-Attacken von ihm. Nachher steht er immer ratlos inmitten eines selbstgestalteten Schlachtfeldes, und ich muss entweder ein Beruhigungsmittel für ihn besorgen oder ein kreatives Geschenk, wahlweise für die Ehefrau oder die Geliebte.

Mit einigem Recht glaubte ich also, dass ich mich auskenne mit durchdrehenden Männern. Erdal schien mir allerdings ein fataler Fall von ausgeprägter Egozentrik, Hypochondrie und unbezwingbarer Drama-Lust zu sein.

«Man kann doch auch ohne Kinder ein zufriedenes und erfülltes Leben haben.»

Ich klang wie eine drittklassige Therapeutin.

«Wen willst du mit diesem Psycho-Gefasel überzeugen – mich oder dich?»

Immerhin hatte er seine Fassung wiedergefunden. Und so ganz unberechtigt war seine Frage ja leider nicht. Wenn ich doch bloß überzeugt wäre, dass man fröhlich kinderlos bleiben kann und nicht mit fünfzig – wenn definitiv die letzte Eizelle über die Wupper gegangen ist – bemerkt, dass man einen grauenvollen Fehler gemacht hat. Im Moment fehlt mir kein Kind. Aber wie wird es sein, wenn es demnächst zu spät für eins ist?

«In den ersten Jahren haben Karsten und ich uns gesagt, dass Kinderlosigkeit der Preis ist, den alle Schwulen zahlen müssen. Aber ich bezahle nun mal nicht gern für etwas, wofür ich nichts kann. Und ich hasse es, wenn ich was nicht haben kann. Nicht dass ich unbedingt schwanger werden möchte. Ich habe auch so schon genug Probleme mit meiner Figur. Leider wachse ich fast ausschließlich in die Breite. Bei der Geburt wog ich elf Pfund. Dick auf die Welt zu kommen ist bei uns eine Familieneigenschaft. Meine Mutter wusste nie, wo bei mir vorne und hinten ist. Ich war ein kugelrundes Buddha-Baby, das ständig lächelte und sich kaum bewegte. Du dagegen hast eine tolle Figur bekommen. Ein bisschen zu wenig Busen vielleicht, aber was soll's, ich stehe eh nicht auf die Dinger. Trotzdem würde ich da an deiner Stelle ein bisschen was machen lassen. Zwei-, dreihundert Gramm auf jeder Seite würden schon genügen. Wie machst du das eigentlich, so schlank zu sein?»

«Wenig essen und viel Disziplin.»

«Disziplin – davon habe ich auch schon gehört. Ist leider bei mir nicht besonders ausgeprägt. Vielleicht würde es mit einem Kind besser werden, also ich meine mein Körpergewicht. Mit einem kleinen Kind im Haus soll man automatisch abnehmen, weil man ihm ständig hinterherrennen muss und kaum zum Essen kommt. Ein Traum, wenn du mich fragst.»

«Verstehe ich dich richtig: Du wünschst dir ein Kind, um endlich abzunehmen?»

«Wir haben Weltreisen gemacht, und jedes Mal, wenn wir wieder nach Hause kamen, war unser Haus zu groß und unser Leben zu leer. Außerdem meint Karsten, es täte mir gut, mal um etwas anderes zu kreisen als um mich. Und ich bin natürlich sehr interessiert an allem, was mir guttun könnte. Außerdem mögen mich Säuglinge, weil sie auf den ersten Blick glauben, ich könnte ihnen Milch geben. Und deswegen mag ich sie natürlich auch. Ich mag jeden, der mich mag.

Marie, bitte, es ist unser sehnlichster Wunsch, könntest du nicht ein Kind für uns bekommen? Es ist doch eine Schande, dass du deine Gebärmutter so brachliegen lässt. Im Grunde sollte das verboten werden. Für jedes Ei, das eine Frau unbefruchtet wieder verlässt, sollte sie ein happiges Bußgeld zahlen müssen. Es wären doch bloß neun Monate, und du würdest völlig neue körperliche Erfahrungen machen. Du bräuchtest das Kind später nicht mal besuchen kommen. Karsten wäre wirklich ein hervorragender Vater.»

«Und was wärst du?»

«Ich würde dem Kind frühzeitig soziales Verhalten beibringen und ihm klarmachen, dass es nicht immer nach seiner Nase gehen kann. Sondern nach meiner. Und spätestens, wenn Gloria-Luna im Shopping- und Discoalter ist, werden wir ein Herz und eine Seele sein.»

«Gloria-Luna?»

«Ja. Gefällt dir der Name nicht?»

«Doch, aber was, wenn es ein Junge wird?»

«Marie, bitte, jetzt mal nicht gleich den Teufel an die Wand!»

«Und wer wäre der biologische Vater von Gloria-Luna, wenn du mir diese indiskrete Frage verzeihst?»

«Karsten. Darauf besteht er. Er sagt, wenn Gloria-Luna auch nur in Ansätzen nach mir käme, wäre ihm das zu anstrengend.»

«Und wie stellt ihr euch den Befruchtungsakt vor?»

«Ein guter Freund von uns ist Gynäkologe. Mehr brauchst du nicht zu wissen. Du machst es also?»

«Nein, ganz bestimmt nicht. Aber frag doch mal Flittchen-Fricke.»

«Wenn ich mir was wünschen dürfte…»

«Ehrlich? Ach komm, du machst Witze», sagte Frank nebenan und lachte.

«Über so was macht man keine Witze», sagte ich und lachte nicht.

Ich stand vor dem Badezimmerspiegel und war mit meinem Gesamterscheinungsbild unzufrieden. Das neue Glätteisen hatte nicht mal ansatzweise das gehalten, was mir im Homeshopping-Kanal versprochen worden war. Nun muss ich allerdings auch zugeben, dass ich mich bei der Handhabung von jeglichem elektrischen Gerät meistens als ausgesprochen ungeschickt erweise. Ich weiß zum Beispiel gar nicht mehr, wie oft ich vergessen habe, den Deckel auf den Mixer zu drücken. Ein- bis zweimal im Jahr überkommt mich die Beeren-Kefir-Smoothie-Phase. Dann bin ich plötzlich der Meinung, jeder Tag müsse statt mit Kaffee mit einem vitaminhaltigen Mixgetränk beginnen. Besonders Blaubeeren, hat sich in diesen Phasen herausgestellt, hinterlassen an Wänden und Decke Flecken, die man eigentlich nur durch eine Renovierung wieder loswird.

Ich habe schon CD-Player, Autoradios und Computer-Festplatten mit einem einzigen Handgriff erledigt. Ich versuche erst gar nicht mehr, Filme auf DVD aufzunehmen, denn entweder ist nichts drauf oder drei Stunden Golf. Ich bin schon froh, wenn es mir gelingt, eine DVD abzuspielen, ohne eine Fachkraft engagieren zu müssen.

Meine persönliche Theorie ist ja, dass die Geräte spüren, mit wem sie es zu tun haben. Das ist wie bei Hunden. Ein Hund gehorcht dir nur dann, wenn du ganz sicher bist, dass er dir gehorchen wird. Bemerkt er Unsicherheit in deinem Kommando, macht er irgendwas, aber nicht das, was du willst. Ähnlich ist es mit Fernbedienungen und Fotoapparaten. Ich habe kaum je ein Bild gemacht, dem man nicht ansieht, dass ich schon vorher damit rechne, dass es nichts wird. Die meisten sind verwackelt oder wahlweise zu dunkel oder zu hell. Und wenn mir mal ein scharfes, gut belichtetes Bild gelingt, ist immer nur der unwesentlichste Teil von dem drauf, was ich fotografieren wollte.

Fernbedienungen mutieren in meiner Hand zu eigenständigen und störrischen Wesen. Ich erinnere mich wirklich nur sehr ungern an das Halbfinale der Fußballweltmeisterschaft 2006. Zehn Leute hockten in unserem Wohnzimmer vor dem Fernseher, als ich fatalerweise beschloss, den Ton ein wenig lauter zu drehen. Leider drückte ich die Umschalttaste. Und das alles entscheidende Tor fiel ohne uns.

Frank hingegen hat großes technisches Geschick. Es ist schön, wenn man sich in einer Partnerschaft so nützlich ergänzt. Frank kocht auch viel besser, hat den besseren Einrichtungsgeschmack, kann besser rechnen, ist der bessere Fettverbrenner, merkt sich Namen und Daten, die es noch nicht einmal in mein Kurzzeitgedächtnis schaffen, und er liest Gebrauchsanweisungen, was ich ja grundsätzlich ablehne. Ich finde, heutzutage müssen die Dinge sich mir selber erklären. Was sie aber leider nicht verlässlich tun. Siehe Glätteisen.

Und so betrachtete ich nun im Spiegel eine übellaunige Frau mit einer sehr, sehr seltsamen Frisur. Und dabei bin ich auf meinem Kopf ja eigentlich Kummer gewohnt.

Die versprochenen «schwungvollen Wellen, die Ihrem Typ etwas Mädchenhaftes und Romantisches verleihen», sahen bei mir anders aus. Statt weichfallender Locken hatte mein Eisen starre Strähnen geformt, von denen jede unnachgiebig in eine andere Richtung zeigte. Ich sah aus wie eine zu Recht umstrittene Documenta-Installation.

Als Frank meinen erbarmungswürdigen Zustand begutachtete, sagte er: «Respekt, du siehst aus wie Bill von Tokio Hotel.»

Ist das zu fassen? Wie kann ein Mann vierzig Jahre alt werden und immer noch glauben, eine Frau sei in der Lage, am Silvesterabend Witze über ihr misslungenes Äußeres zu ertragen?

Diesbezüglich ist Frank absolut die Art von Mann, wie man ihn bevorzugt als klischeeüberlasteten Prototypen in minderwertigen ProSieben-Comedy-Serien findet. Man denkt ja immer gar nicht, dass es so was wirklich gibt. Leider ja, und zwar bei mir zu Hause.

Trotz des jahrelangen Zusammenlebens mit einer Frau sind solche Männer nicht in der Lage, einige grundlegende weibliche Charakterstrukturen zu begreifen.

Nein, es freut uns nicht, wenn ihr euren Zeigefinger in unseren Bauchspeck bohrt und dabei pseudoneckische Diät-Bemerkungen macht.

Nein, wir können es nicht leiden, wenn ihr euch tagelang nicht nach unserem werten Befinden erkundigt, dann aber plötzlich ganz genau wissen wollt, was eigentlich das neue Paar Schuhe gekostet hat.

Und nein, es sei hier an dieser Stelle ein für alle Mal gesagt: Die korrekte Antwort auf die Frage «Liebst du mich?» lautet nicht: «Das weißt du doch.»

Ich betrachtete widerwillig meine Haare und meinen Mann und überlegte, mich von beiden zu trennen.

Als Frank meine Wut und Verzweiflung bemerkte, machte sich sein Lächeln vom Acker wie ein von einer Schrotkugel gestreiftes Kaninchen. «Du musst das positiv sehen. Ist doch echt mal was ganz anderes.»

«Ja, Frank, danke, es ist echt mal was ganz anderes, nämlich richtig scheiße.»

«Warum musst du auch ausgerechnet am Silvesterabend mit deinem neuen Plätteisen experimentieren?»

«Glätteisen!»

Natürlich hat Frank recht, aber es gibt jedes Jahr drei, vier regelmäßig wiederkehrende Termine, von denen ich immer wieder derart überrumpelt werde, als seien sie erst wenige Stunden zuvor bekanntgegeben worden. Der Geburtstag meiner Mutter gehört dazu, aber am kältesten erwischt mich Jahr für Jahr der Sommer. Dieser grauenvolle Tag, an dem es plötzlich und zum ersten Mal warm ist. Eigentlich sollte man sich freuen, aber ich bin immer wieder entsetzt von dem Anblick meiner winterweißen Füße, die in den Sandalen wie Leichenteile stecken. Und meine form- und farblosen Oberarme sehen in ärmellosen Oberteilen ebenfalls aus wie etwas, was schon vor längerer Zeit verstorben ist.

Sommerkleidung ist für sommerliche Körper gedacht, die mindestens leicht gebräunt und vom Beach-Volleyball gestrafft sind. Deswegen sieht mein oranges T-Shirt-Kleid einfach nur total doof aus an meinem Körper, der an den ersten warmen Tagen des Jahres außerdem noch mit den hartnäckigen Resten der Weihnachtsgans zu kämpfen hat.

Am allerschlimmsten ist es, zum ersten Mal im Jahr im Bikini vor die Welt zu treten. Ein Albtraum in Weiß! Oftmals zusätzlich verschandelt durch hektische Versuche mit dem Selbstbräuner, der bei mir nie das hinterlässt, was auf der Tube steht: «eine zarte, seidig schimmernde, gleichmäßige Bräune, die Ihrem Äußeren jugendliche und sommerliche Frische verleiht».

Immer wieder stehe ich fleckig und unglücklich am Strand, wie ein uralter Schecke auf dem Weg zum Schlachter.

Und jedes Mal frage ich mich, wie ich das rettende Wasser erreichen soll, ohne für immer meine Würde zu verlieren.

«Marie, das Hummer-Essen bei meinem Chef beginnt in fünfzehn Minuten. Bist du endlich so weit?»

Franks Stimme klang deutlich genervt.

«Dein Chef ist ein fieser Machtmensch. Können wir nicht zu Erdals Silvesterparty gehen?»

«Ist das dieser Schwule, der dich von seinem Freund befruchten lassen will?»

«Jetzt sei nicht so eklig.»

«Ich wünsche mir auch ein Kind und spreche trotzdem nicht wildfremde Frauen an, ob sie Lust hätten, mir eins auszutragen.»

«Würdest du bitte aufhören, mich mit deinem Kinderwunsch zu drängen.»

«Nicht ich dränge, Marie, die Zeit.»

«Und dazu noch meine Eltern, deine Eltern, mein Gynäkologe und nicht zu vergessen deine traditionsbewusste Firma, bei der keiner in der Chefetage weniger als zwei Kinder hat. Auf einmal haben es alle so eilig, als wäre ich übermorgen mit einem Schlag verdorrt.»

«Mit der drängenden Zeit meinte ich, dass unten das Taxi wartet. Was hältst du davon, wenn ich alleine zu meinem Chef gehe und gegen eins zur Party komme?»

Frank gelang es leider immer, mir mit wenigen gezielten Bemerkungen den Wind aus den Segeln zu nehmen. Frustrierend. Meine ganze schöne negative Energie verpuffte regelmäßig ungenutzt ins Nichts. Es machte einfach keine Freude, sich mit diesem Mann zu streiten, weil er sich weigerte, mitzumachen. Wir hatten auf diesem Gebiet gänzlich unterschiedliche Interessen.

Nachdem Frank aufgebrochen war, beschloss ich, meinen nun ziellos herumstreunenden Ärger an dem Glätteisen auszulassen, und sperrte das biestige Gerät fluchend und mindestens für immer und ewig in den Badezimmerschrank.

Ich wusch mir die Haare, hüllte mich in meinen Crystal-Carrington-Gedächtnis-Bademantel aus rosafarbener Seide, zog graue Wollsocken mit Noppensohle an, griff zu Süßwaren und Alkohol und beschloss, in mich zu gehen statt auf die Party.

Hamburg, am 31. Dezember, zehn Uhr abends

Meine liebste Tante Rosemarie,
warum, habe ich gerade gedacht, sollte ich nicht nochmal so
mutig sein wie mit siebzehn? Weißt du noch? Ich verbrachte
Silvester in selbstgewählter, erhabener Einsamkeit und schrieb
törichte Liebeskummer-Gedichte in mein Tagebuch. Ich habe
sie dir irgendwann beschämt vorgelesen, und du hast nicht ge-
lacht – was ich dir hoch anrechne. Heute trinke ich keinen

süßen Sekt, schreibe keine Gedichte an Tom Mahlmann und habe statt Liebeskummer nur einen harmlosen Streit mit Frank.
Mir fällt auf, dass ich schon lange keinen Liebeskummer mehr hatte und dass ich mich manchmal danach zurücksehne.
Klingt das lächerlich? Selbst wenn, ich bin sicher, du wirst auch diesmal nicht über mich lachen. Erinnerst du dich an meine Marlene-Dietrich-Phase? Ich war ungefähr fünfzehn, hatte gerade angefangen zu rauchen, trug nur noch schwarze Klamotten, hielt mich für verrucht und wahnsinnig existenzialistisch. Die Erwachsenen waren alle Spießer, die einzige Ausnahme warst du. Es gab ein Lied, das ich damals ständig hörte:
«Wenn ich mir was wünschen dürfte,
möcht ich etwas glücklich sein,
denn wenn ich gar zu glücklich wär,
hätt ich Heimweh nach dem Traurigsein.»

Damals machte ich mir keine Sorgen, dass ich jemals Heimweh nach dem Traurigsein bekommen würde. Glück war etwas für oberflächliche Idioten, fand ich. Mit meinen fünfzehn Jahren Lebenserfahrung konnte mir keiner mehr was vormachen. Ich war stolz darauf, ungeheuer unglücklich und damit auch ungeheuer tiefsinnig zu sein.
Zum Glücklichsein gehört, finde ich, dass etwas passiert, etwas Neues, Unerwartetes, was die Gefühle verwirbelt. Glück ist ein Ausnahmezustand. Wie Erdal wiederfinden. Mit dir aus deiner Wohnung im zwölften Stock auf den Alexanderplatz runterschauen und sich aufs kommende Jahr freuen. Nach einer Magen-Darm-Grippe für zwei Tage endlich mal wieder unter fünfundsechzig Kilo wiegen. Oder Silvester allein im Bademantel feiern.

Was wird mich wohl nächstes Jahr glücklich machen? Im Moment sieht es so aus, als würden allmählich all meine Klein-Mädchen-Wünsche in Erfüllung gehen. Weißt du noch, wie ich mir als pubertierendes Zahnspangen-Monster meine Zukunft ausgemalt habe? Ich sah mich als Ehefrau und Mutter in einem Häuschen mit Garten und programmierbarem Rasensprenger. «Und was noch?», hast du gefragt.

«Wie was noch?», hab ich gefragt. «Dann bin ich glücklich.»

«Na, mein Liebchen, wir werden sehen.» Du schienst nicht besonders überzeugt von meinem Lebensentwurf.

Rasensprenger gehören immer noch zu meiner Vorstellung vom Glück. Dieses sanfte Prasseln und ein Kind, das dazu in seinem Bettchen einschläft. Ich nehme die Wäsche von der Leine, denn auch das gehört für mich zum Glück. Wäsche an der Leine.

In Wirklichkeit hole ich meine Wäsche aus dem Trockner, und das Einzige, was ich in den Abendstunden begieße, ist das Töpfchen Basilikum auf dem Küchenfensterbrett. Trist, oder?

Jetzt bin ich sechsunddreißig, und meine Wäscheleinen-Idylle ist zum Greifen nah. Ich habe den richtigen Mann dazu und bin sehr zufrieden. Wirklich verdammt zufrieden. Alles läuft gut. Aber Mist, warum bin ich nicht so glücklich, wie ich sein sollte? Muss ich mich einfach erst daran gewöhnen, dass endlich alles gut ist? Was will ich denn noch? Bitte sag es mir, Tante Rosemarie, was fehlt mir zu meinem Glück? Du musst es doch wissen. Du hast dich nie quälen lassen von deinen Sehnsüchten, du hast sie dir erfüllt. Du hast dich nie damit zufriedengegeben, zufrieden zu sein.

Wo magst du überhaupt in diesem Moment sein? Geht es dir auch gut? Bei dir in Südafrika müsste jetzt bald das neue Jahr beginnen.

Ich legte den Stift beiseite. Noch zwei Stunden bis Mitternacht. Draußen schossen verfrühte Raketen in den Himmel. Mir war, als hätte meine Tante mir die Antwort bereits gegeben. Ich ging in mein Arbeitszimmer und öffnete die Kiste mit der Aufschrift «Briefe – erhaltene und nicht abgeschickte».

New York, im Dezember 1992

Marie, mein Liebchen,
nun bin ich also endlich hier, in der Stadt, in der man an den Wolken kratzen kann. Die Wohnung, die mir eine Freundin für einen Monat überlassen hat, liegt im sechsundfünfzigsten Stockwerk. Du würdest es lieben. Schaut man aus dem Fenster, fühlt man sich unendlich klein und unendlich frei. Ich bin sechzig Jahre alt und von meinem Leben begeistert! Ich weiß jetzt, wie richtig es ist, dass ich mich nach fünf Jahren von meinem zweiten Mann scheiden lasse. Bei unserem letzten Telefonat hast du nach den Gründen gefragt. Wir hätten doch so harmonisch und zufrieden gewirkt. Aber Zufriedenheit klingt für mich nach Ruhestand und Lebensabend. Ich habe Hans geheiratet, weil ich ihn geliebt habe. Das tue ich nicht mehr. Du hast geschimpft, ich würde es mir zu leicht machen, lieber vorschnell gehen, als mich den Schwierigkeiten zu stellen.
Marie, du bist zwanzig und frisch verliebt. Auch ich glaube an die große Liebe. Immer wieder. Aber man weiß auch, wann sie vorbei ist. Es war ein Sonntag im Oktober. Wir saßen beim Frühstück, und Hans aß sein Spiegelei. Er hat es immer auf die gleiche Art gegessen: erst das Eiweiß, Stückchen für Stückchen, bis nur noch das gelbe Herz übrig war. Und das hat er sich dann immer mit der Gabel in seinen weit aufgerissenen Mund

geschoben. Manchmal lief ihm etwas Eigelb das Kinn runter.
Ich fand das niedlich, später dann nicht mehr. Und an diesem
Oktobersonntag habe ich mich geekelt. Da wusste ich, es ist
vorbei. Du findest das voreilig, unfair, grausam? Aber worauf
sollte ich warten, wenn ich mir doch sicher war? Dass die Angst
vor dem Alleinsein nachlässt? Das wird sie nicht.
Du hast recht, man darf es sich nicht zu leicht machen und bei
der ersten schweren Krise die Koffer packen. Das wäre Feigheit,
kein Mut. Aber glaubst du, der Weg des geringsten Widerstandes
hätte mich in den sechsundfünfzigsten Stock eines Hochhauses
in Manhattan geführt?
Was ich nicht leiden kann, sind Leute, die aus Bequemlichkeit
und Angst die kleine, vermeintlich sichere Lösung wählen. Die
sich Jahr um Jahr quälen lassen von der Sehnsucht nach einem
gewagten Leben und der Angst, etwas im Leben zu wagen. Wie
viele Menschen halten Beziehungen am Leben, die längst eine
angemessene Beerdigung verdient hätten. Meine erste Ehe muss-
te noch der Tod scheiden. Heute besorge ich das lieber selbst.
Sicherheit ist eine Illusion. Das Leben verändert sich sowieso. Da
ist es doch besser, ich mische ein bisschen mit, statt es nur mit
mir geschehen zu lassen, meinst du nicht?
Lass dir von deiner alten Tante etwas sagen: Geh, bevor das,
was mal Liebe war, zusammenschrumpelt wie eine zu heiß
gewaschene Wollsocke. Erinnere dich lieber an etwas Großes,
statt dich mit der Mittelmäßigkeit anzufreunden. Sei mutig und
glücklich, mein Kleines. Ich umarme dich.

Deine Tante Rosemarie

Noch eine Stunde bis Mitternacht. Ich hätte Rosemarie jetzt
gerne angerufen, aber wie immer, wenn sie ein Abenteuer

suchte, ging sie nicht an ihr Handy. Ich setzte mich an den Schreibtisch und beendete den Brief an sie.

Liebste Tante Rosemarie, ich wünsche dir für das neue Jahr unzählige Sehnsüchte. Du wirst dich an etwas Großes erinnern, so viel ist schon mal sicher.
Bei dir ist es jetzt Punkt zwölf.
Happy New Year!
Deine Marie

Und in diesem Moment verschwand eine zweimotorige Propellermaschine von den Radarschirmen des Flughafens in Kapstadt.

«Das könnte ein Penis sein.»

«Sind Sie sicher?»

«Nein. Es könnte sich genauso gut um einen Daumen oder eine Schamlippe handeln.»

«Ah ja, verstehe.»

Ich kann auf dem Bildschirm überhaupt nichts Menschenähnliches, geschweige denn Penisähnliches erkennen. Für mich sieht das Ganze aus wie eine pulsierende Kreuzung aus einer Kaulquappe und einer Portion Grießbrei. Aber das sage ich natürlich nicht, denn so was kann sich ja im Laufe der Jahre durchaus noch rauswachsen.

Leonie scheint ebenfalls ein wenig besorgt zu sein. Während der Arzt mit dem Ultraschallgerät über ihren Bauch fährt, deutet sie auf das, was ein Embryo sein soll, und fragt:

«Und das da, dieser seltsame Knubbel, ist das normal?»

«Frau Goldhausen, Ihrem Kind geht es gut, und dieser seltsame Knubbel ist das Gehirn.»

«Hauptsache, es hat keinen Penis!»

Der Arzt dreht sich irritiert zu Erdal um. Karsten legt seinem Freund beruhigend die Hand auf die Schulter.

«Und Sie wollen alle drei mit rein?», hatte die entsetzte Sprechstundenhilfe gefragt, und auch mein Arzt war nicht begeistert gewesen von dem Menschenauflauf in seinem Behandlungszimmer: «Das ist eine Vorsorgeuntersuchung und kein öffentlicher Besichtigungstermin!»

Erdal löchert den Arzt mit medizinischen Detailfragen zu Toxoplasmose, Eisenmangel und frühkindlicher Förderung im Mutterleib bis hin zu möglichen Komplikationen bei Geburt und Einschulung. Er hatte die vergangenen Tage fast ausschließlich vor dem Computer verbracht und in Schwangerschaftsforen mit anderen werdenden Müttern gechattet, um sich ein umfassendes Bild über seine Schwangerschaft und die darauffolgenden zwanzig Jahre zu machen.

«Nun machen Sie sich mal nicht verrückt.» Der Arzt klappt ungeduldig den Mutterpass zu, steht auf und schüttelt Erdal ungefragt die Hand zum überfälligen Abschied.

«Dieser Rat kommt leider fast vierzig Jahre zu spät», sagt Karsten leise, was ihm vernichtende Blicke von Erdal und verständnisvolle Blicke von mir und Dr. Thor einbringt.

Wenige Minuten später verlassen wir die Praxis. Leonie hat sich bei Karsten untergehakt, mir bleibt die undankbare Aufgabe, Küppi zu beruhigen. Der fand den Arzt ungewöhnlich kurz angebunden und vermutet nun, dass mit dem Baby etwas nicht in Ordnung sei, was uns Dr. Thor bloß noch nicht sagen wollte und stattdessen seine Besorgnis hinter einer schroffen Fassade verborgen hatte.

«Ich finde, er hat dir mit Engelsgeduld erklärt, dass es keine medizinischen Studien gibt, die beweisen, dass man einem Embryo bereits eine Fremdsprache beibringen kann, und dass du deswegen nicht in Anwesenheit der Mutter ausschließlich überlautes Türkisch gegen die Bauchdecke sprechen musst.»

«Das habe ich aber gelesen.»

«Ja, du hast vor allem zu viel gelesen.»

«Ich nehme meine Aufgabe eben ernst.»

«Das kann man wohl sagen. Ich glaube, du hast sogar schon etwas zugenommen.»

Statt zum Leichenschmaus zu gehen, waren Leonie und ich nach Hamburg gefahren.

Zu dem Schmerz über den Tod von Tante Rosemarie war nun die Aufregung über Leonies Schwangerschaft gekommen und die Aussicht, einem Kind zu Vätern zu verhelfen. Ich hatte Erdal angerufen.

«Bitte, Küppi, du musst jetzt ganz ruhig bleiben. Neben mir im Auto sitzt meine Cousine Leonie. Sie hat keinen Job, kein Geld und keinen Mann. Aber dafür ist sie schwanger. Ich bringe sie in zwei Stunden bei euch vorbei, und wenn ihr euch versteht, dann ... Erdal?»

Ich hörte lautes Keuchen.

«Ich geb dir Karsten. Ich muss erst mal in eine Plastiktüte atmen.»

Karsten leitet ein Einsatzkommando der Hamburger Polizei und ist so ausgeglichen und auf freundliche Weise ernst, dass ich ihn immer am liebsten fragen möchte, ob er nicht bitte mit sofortiger Wirkung die Verantwortung für mich und mein Leben übernehmen könne. Absolut der Typ Mann, mit dem einem nichts passieren kann. Groß, breite Schultern, muskulös und mit einer beruhigenden, deeskalierenden Ausstrahlung. Neben so einem willst du sitzen, wenn der Pilot durchsagt, man habe einen sehr unruhigen Flug vor sich und die Passagiere sollten bitte während der nächsten sechs Stunden angeschnallt bleiben. So einen willst du bei dir haben, wenn du in einer Bank bist, die gerade überfallen wird, wenn du dich in einem Aufzug befindest, der gerade stecken bleibt, oder wenn du in der Bar von einem Typen angemacht wirst, der garantiert irgendwas mit dem organisierten Verbrechen zu tun hat.

Ich gebe es nur ungern zu, dass Männer, die mit Schusswaffen umgehen können und wissen, wie man jemandem das Genick bricht, einen archaischen Reiz auf mich ausüben. Leider hat man heutzutage ja kaum noch Gelegenheit, Männer bei solcherlei Tätigkeiten zu beobachten. Wann kann ein Mann denn noch männlich sein? Mir ist ja schon immer ganz biologisch und geradezu wildnishaft zumute, wenn Frank auf den Balkon rausgeht, um dort Salbei zu ernten. Jammerschade, dass die Sehnsucht nach einem Cowboy, der dich ungefragt zu sich in den Sattel hebt und mit dir in die Prärie davongaloppiert, in aller Regel unerfüllt bleibt.

Selbstverständlich würde ich in der Öffentlichkeit das genaue Gegenteil behaupten, aber es ist möglich, sich als moderne und emanzipierte Frau ab und zu heimlich und verschämt nach einem altmodischen, unemanzipierten Mann zu sehnen. Sekundenweise natürlich nur und in sehr, sehr schwachen Momenten stelle ich mir einen Versorger vor, auf dessen Name Konto, Wohnung und Auto angemeldet sind, der nicht über seine Befindlichkeiten spricht und den Fernseher lauter stellt, wenn ich mit ihm darüber diskutieren möchte, warum er sich am Morgen so flüchtig, ja geradezu lieblos von mir verabschiedet hat.

«Hatte es eilig. Krisenfall», würde er grunzen und das Thema damit ohne Diskussionsmöglichkeit beenden. Wenn ich so einen heiraten würde, gäbe es keine mühsamen Ge-

spräche, ob ich meinen Namen und meinen Job behalten soll. Ach, wie sehne ich mich manchmal nach jemandem, der weiß, was für mich das Beste ist, statt dass ich es immer wieder selber mühsam herausfinden muss.

Völlig klar, dass ich es im wahren Leben keine Stunde mit so einem indiskutablen Macho aushalten würde. Aber wenn ich es könnte, würde es mein Leben viel übersichtlicher machen. Ist halt einfacher, wenn nur einer sagt, wo es langgeht, und die Rollen klar besetzt sind und nicht immer wieder neu verteilt werden müssen.

Wer macht Abendessen? Wer macht Karriere? Wer geht mit dem Collie raus und wer in Mutterschutz?

Das sind Fragen, die sich meine Mutter nie gestellt hat. Je emanzipierter du bist, desto schwieriger ist deine Beziehung.

Ich habe eine Statistik gelesen, nach der Ehen eine signifikant höhere Chance haben, zu halten, wenn die Gattin Hausfrau und Mutter ist, kein eigenes Geld verdient und mit ihrem Mann in einer Kleinstadt lebt. Ist eine Frau dagegen voll erwerbstätig, steigt das Scheidungsrisiko um fünfundzwanzig Prozent. Das Fazit der Studie habe ich mir bedauerlicherweise gemerkt: «Tun sich zwei zusammen, die sich weiter als individualistische Selbstverwirklicher verstehen, dann können sie den Gang zum Standesbeamten eigentlich gleich bleibenlassen.»

Na, bravo! Für mich persönlich heißt das: Wenn ich meinen Beruf aufgebe, nach Lüdenscheid umsiedele, mich finanziell versklave und für regelmäßige Mahlzeiten sorge, wäre die Lebenserwartung meiner Ehe bombig.

Es ist für die Beziehungshygiene immer von Vorteil, wenn man dem Mann glaubwürdig das Gefühl vermittelt, er sei zu irgendwas gut. Aber je emanzipierter du bist, desto weniger hast du es nötig, dich auf jemand anders zu verlassen, und desto weniger hat der Mann an deiner Seite den Eindruck, er würde gebraucht. Und jetzt mal ehrlich: Wozu auch? Fernseher programmieren sich selbst. Waschmaschinen werden geliefert. Du bist Selbstversorgerin. Deine Sorgen und Nöte teilst du mit Freunden. Und Sex ist schon seit einiger Zeit nichts mehr, was notgedrungen mit tiefen Gefühlen einhergehen muss.

So gesehen sind Beziehungen gefährdeter denn je. Und ihr größter und ernstzunehmendster Widersacher ist: die moderne Frau.

Das Einzige, wozu du einen Mann in deinem Leben brauchst, ist: Liebe. Und, herrje, wir wissen doch alle genau, was für eine überaus heikle, wackelige und unzuverlässige Angelegenheit die Liebe ist.

Und ich, ich weiß es leider ganz besonders genau. Schließlich habe ich den Bestseller «Hauptsache Liebe?» redigiert und dabei ungefähr achtmal gelesen. Streckenweise kann ich das Buch auswendig. Zum Thema Cowboy-Phantasien meint Michael Conradi:

«Die meisten Beziehungen und ein Drittel aller Ehen scheitern, weil es die Beteiligten nicht ertragen wollen, dass sich ihre Vorstellung von Liebe und die Realität immer weiter auseinanderbewegen: Routine statt Romantik, Pantoffeln statt Pfennigabsatz, Couchpotatoe statt Cowboy. Wer vom Partner erwartet, Erfüller sämtlicher Bedürfnisse zu sein, wird sich über kurz oder lang trennen und das neue Glück so lange auskosten, bis es erste Gebrauchsspuren zeigt. Ich halte die Liebesehe für ein total misslungenes Konzept, denn sie ist der Versuch, Feuer und Wasser zu mischen. Immer mehr

Ehen scheitern, weil sie aus Liebe geschlossen werden und der Hoffnung auf ewige Leidenschaft. Je höher die Ansprüche, desto kürzer die Beziehung. Jedem sollte klar sein: Leidenschaft gibt es nur außerhalb der Ehe. Wer Leidenschaft will, muss sich trennen oder seinen Partner betrügen.»

Ich habe mit Conradi schon erbittert über seine desillusionierten Standpunkte gestritten, zuletzt bei drei Flaschen Barolo bei seinem Lieblingsitaliener «Cucina d'Elisa».

Er nannte mich eine alberne Ziege, die sich mit Ende dreißig immer noch weigert, aus ihrer rosa Puppenstube auszuziehen. Ich beschimpfte ihn als verbitterten Zyniker, der zwei Frauen betrügt und ohne Hoffnung dahinvegetiert.

«Hoffnung ist eine hübsche Sache, aber für eine Beziehung leider nicht zu gebrauchen», hatte er entgegnet. «Konzentrieren Sie sich bei der Partnerwahl lieber auf Pragmatisches: sonntags ‹Tatort› oder lieber die Rosamunde-Pilcher-Verfilmung? Bausparvertrag oder Luxusreisen? Zweisamkeit oder Geselligkeit?»

Am liebsten hätte ich ihm mit störrischem Fußstampfen mein Lieblingsargument entgegengeschleudert: «Was Sie da sagen, klingt richtig, aber es fühlt sich total falsch an. Manno!» Aber ich wusste, er würde sich durch so was nicht beeindrucken lassen. Wenn er in seinen Artikeln meine Standpunkte verwertet, klingt das meist so: «Eine ebenso weitverbreitete wie höchst naive Ansicht ist…»

«Ich finde, Sie sollten Ihren Freund heiraten, Rosemarie. Sie haben mir doch erzählt, dass er Ihnen kürzlich einen Antrag gemacht hat.»

«Und wie kommen Sie jetzt bitte darauf?»

«Ich habe über Sie nachgedacht. Vergessen Sie Ihre alberne Bedenkzeit. Sagen Sie ganz schnell Ja.»

Ich war ein wenig gerührt.

«Herr Conradi, ich wusste ja gar nicht, dass in Ihnen ein Romantiker steckt.»

«Sie irren. Sie sollten Ihren Freund heiraten, weil Sie ihn nicht lieben. Und das ist geradezu ideal für eine Langzeitehe.»

«Das, Herr Conradi, ist eine Unverschämtheit.»

«Nein. Das, Frau Goldhausen, ist die Wahrheit.»

Ich schlug ihm vor, eine Überdosis der Beruhigungstabletten zu nehmen, die ich ihm besorgt hatte, und ging zeitnah.

Leonie war von meinem Vorschlag, ihr Kind mit Hilfe zweier schwuler Ersatzväter großzuziehen, nicht im Geringsten moralisch entrüstet. Je mehr ich ihr auf der Fahrt nach Hamburg von Erdal und Karsten erzählte, desto größer wurde ihre Begeisterung.

«Seitdem Ehen nicht mehr halten, sind Patchworkfamilien doch der Normalzustand. Bei mir ist es allerdings schiefgegangen. Meine Stiefmutter und ihre pubertierende Tochter konnten mich nicht leiden, und mein Vater war zu schwach, um denen ihr dauerndes Mobbing auszutreiben. Und schau mich an: Ich bin in Therapie, seit ich zwanzig bin. Ich habe keinen Job und keine Beziehung länger als zwei Jahre durchgehalten, und meine Selbstfindungstrips in fernen Ländern haben das Gefühl von Leere vergrößert. Ich weiß, man soll mit fast dreißig nicht mehr alles aufs Elternhaus schieben, aber ich bin nicht geliebt worden und habe deshalb nicht gelernt, mich selbst zu lieben. Und jetzt habe ich Angst, eine Mutter zu sein, die ihrem Kind keine Liebe geben kann.»

«Du wirst dich prächtig mit Erdal verstehen. Nach sechs Jahren Behandlung hat ihm sein Therapeut letzte Woche eröffnet, dass er so weit ist, alleine klarzukommen. Jetzt sucht Erdal einen neuen Therapeuten, der ihn nicht unverschämterweise für gesund hält.»

«Was hat er denn?»

«Besser du fragst, was er nicht hat. Er kriegt zum Beispiel keine Luft mehr, wenn ihm etwas nicht passt. Und dann hat er noch so Sachen wie Höhenangst, Platzangst und Flugangst.»

«Flugangst habe ich auch. Aber zwanzig Tropfen Valium eine halbe Stunde vor dem Start, und ich bin so cool, dass ich die Maschine selber fliegen könnte.»

«Erdal weigert sich, Beruhigungsmittel zu nehmen. Sollte das Flugzeug ins Meer stürzen, fürchtet er, der Einzige zu sein, der nicht überlebt, weil er vor lauter Benommenheit die Schwimmweste nicht anlegen konnte.»

«Und du, Marie, ist das Leben gut zu dir? Meine Stiefmutter hält dich immer als leuchtendes Beispiel hoch, wenn sie mir beweisen will, wie verpfuscht mein Leben sei. Es ist immer die gleiche Leier: ‹Die Marie verdient schon lange ihr eigenes Geld, und sie hat so einen angenehmen Freund, der sie sicher bald heiraten wird.›»

«Wie grauenvoll. Du musst mich ja hassen.»

«Im Grunde hat sie ja recht. Ich beneide dich: ein geordnetes, klares Leben und genau wissen, wohin man will, und irgendwann dort ankommen. Lebensziel erreicht. Punkt. Ich bin nur Umwege gegangen. Ich habe noch nicht mal eine Lohnsteuerkarte.»

Sie wischte sich mit einer störrischen Bewegung die Augen.

«In meiner Handtasche sind Taschentücher.»

«Danke.»

Ehrlich gesagt tat es mir ganz gut, dass jemand mein Leben zur Abwechslung mal für beneidenswert hielt. Ich beschloss, ab sofort dankbar und glücklich zu sein. Vielleicht sollte ich schon mal langsam die Pille absetzen? Und wenn ich doch bei Kellermann & Stegele bleiben würde?

Schlecht ging es mir da ja wirklich nicht, und sich selbständig zu machen ist ja ein Risiko, zu dem einen keiner zwingen kann.

Was ist denn auch eigentlich so verkehrt daran, nur einen Mann zu lieben, sich zu zweit selbst zu verwirklichen und sich über Weihnachts- und Urlaubsgeld zu freuen? Heutzutage kommst du dir ja schon spießig vor, wenn du weißt, von wem du schwanger bist. Nur weil endlich alles gut ist, ist das kein Grund, mit einem Abenteuer alles aufs Spiel zu setzen.

Und schon gar nicht mit fast siebenunddreißig.

Eine Frau, die rasant auf die vierzig zugeht, sollte lebenswichtige Entscheidungen nur nach reiflicher Überlegung, mindestens zehn Therapiestunden – und am besten erst etliche Jahre nach ihrem vierzigsten Geburtstag treffen.

Denn es ist schwer, zu unterscheiden: Bist du wirklich unglücklich? Oder wirst du einfach nur alt?

Ich kenne nicht wenige Frauen, die aus Torschlusspanik bereits mit Anfang dreißig kuriose Entscheidungen treffen. Eine Kollegin, vierunddreißig, hat sich gerade im Ausland ein paar ihrer Eizellen einfrieren lassen. «Irgendwann kann ich die Dinger ja mal befruchten lassen. Das nimmt mir den Zeitdruck.»

Irgendwann ist das keine biologische Uhr mehr, die da sanft in dir tickt, sondern ein ausgewachsenes Sprengstoff-

paket mit Zeitzünder, eingestellt auf deinen vierzigsten Geburtstag.

Als Frau hast du komischerweise Zweifel, ob das Leben nach diesem magischen Datum überhaupt weitergeht. Als würden, bedingt durch eine tschernobylhafte Reaktorkatastrophe im Inneren deines Körpers, aus deiner Gebärmutter ein verstrahlter Champignon werden, dein Bindegewebe tot umfallen und deine sexuelle Attraktivität in ihre Elementarteilchen zerfallen und in die Weite des Weltalls geblasen.

Ich übertreibe? Nein. Das ist der Grund, warum nicht selten Frauen in dieser prekären Lebenszeit Männer heiraten, mit denen sie vorher nicht mal Mittag essen gegangen wären. Oder, ups, aus Versehen schwanger werden, obschon die Verhütung in den letzten zwanzig Jahren doch immer astrein geklappt hat. Auf einmal muss alles ganz schnell gehen, und ein Erzeuger muss her. Das kann der Tankwart sein, der Kellner des Lieblingsrestaurants oder sonst jemand, von dem man nicht mal den Nachnamen kennt.

Die vierzigjährige Frau neigt zu panischen Rundumschlägen. Sie kündigt ihren Job, verlässt ihren Mann, sogar ihr Haustier – alles aus dem panischen Gefühl, jetzt sei der letzte Zeitpunkt für Selbstverwirklichung und Neuanfang. Nur vergisst sie darüber, sich zu fragen, ob sie überhaupt neu anfangen will.

Da werden arglose Männer verlassen, die sich nach einem Jahr Selbstverwirklichung dann doch als die bestmöglichen rausstellen. Bloß dass dieser Bestmögliche seinen Liebeskummer zwischenzeitlich mit Hilfe seiner noch nicht lange volljährigen Assistentin überwunden hat, die zum zweiten Mal schwanger von ihm ist.

Nein, ich möchte wirklich nicht irgendwann feststellen,

dass ich meinen Zug verpasst habe und frei und einsam auf einem zugigen Bahnsteig stehe, auf dem der Verkehr eingestellt worden ist. Und wenn ich dann alt und unbeweglich geworden bin, muss ich eine meiner verheirateten Freundinnen anrufen, damit sie vorbeikommt und mir den Reißverschluss am Rücken meines Kleides zumacht. Aber meine Freundinnen haben dann bestimmt keine Zeit, weil sie rund um die Uhr damit beschäftigt sind, Enkelkinder zu hüten, Marmelade einzukochen und mit ihren Männern das Regionalprogramm zu gucken, falls die dann noch leben. Ansonsten müssen die Gräber ja auch in Schuss gehalten werden.

«Dann bleibt der Reißverschluss eben ein Stückchen offen», hatte Tante Rosemarie gesagt, als wir uns unlängst mal wieder über meine Lebensmitte-Krise unterhalten hatten. «Es mag wohl sein, Marie, dass ich später für meine Freiheit zahlen muss. Dass ich einsam sein werde und keinen habe, der mich ins Krankenhaus fährt, falls ich mir den Oberschenkelhalsknochen breche. Und dann stell dir mal vor, Marie: Vielleicht breche ich mir niemals meinen Oberschenkelhalsknochen! Was mache ich dann? Ich bin immerhin schon über siebzig, und meine Knochen sind bisher heil geblieben!»

«Ich fahr dich ins Krankenhaus, egal was du dir brichst», hatte ich ihr versichert. Aber wie so oft hatte mich auch dieses Gespräch mit ihr verunsichert und beunruhigt.

Tante Rosemaries verdammter Hang zu Freiheit und Selbstverwirklichung hatte mich schon immer irgendwie nervös gemacht. Wie ein Zwiebackkrümel in meinem Bett. Immer wenn ich gerade eine kuschelige Stellung gefunden hatte, in der ich es mir bis an mein Lebensende hätte einigermaßen gemütlich machen können, pikste mich etwas leicht

in den Hintern. Das war dann Tante Rosemarie, die sich wegen Spiegeleiern scheiden ließ, Pilates lernte und aus ihrer Wohnung in Berlin die Kochnische rausreißen ließ, weil sie nie wieder kochen wollte.

Zu meinem letzten Geburtstag und zu meinem Leidwesen hatte sie mir eine CD mit ihrem neuen Lieblingslied geschickt. Auch noch selbst gebrannt! Das Lied höre ich bis heute nur ungern, weil ich mich immer auf der Stelle faul und feige fühle.

Die große Freiheit ruft wieder an,
Du musst entscheiden: Gehst du dran?
Die große Freiheit funktioniert nur allein,
Du musst entscheiden:
Wie frei willst du sein?

Lass alles fallen, stehen und liegen,
Lass sie sich weiter selbst betrügen.
Raus aus der Reihe, Schluss mit dem Warten,
Wer nur ansteht, kann nicht starten.
Goodbye, goodbye, goodbye,
Ab heut bist du frei!

Verdammt, warum konnte ich nicht so wie andere Menschen auch eine Tante haben, die sich mit betreutem Wohnen und Pflegestufe eins zufriedengab? Nein, meine Tante musste ja ständig in Bewegung bleiben, und dabei machte ich mir mehr Sorgen um ihren Oberschenkelhalsknochen als sie.

Was war ich noch? Ach ja, dankbar und glücklich. Eine erwachsene Frau in einer langsam gereiften Beziehung. Ich mache mich eben nicht gleich vom Acker, sobald das Glück erste Gebrauchsspuren zeigt. Oder suche mir einen Geliebten, der mir ein paar Luxusbedürfnisse erfüllt. Ich will eine gemeinsame Vergangenheit haben. Nicht nur den eigenen Haaren beim Grauwerden zuschauen.

Irgendwie hat Conradi ja leider recht: Je pragmatischer man an eine Ehe herangeht, desto besser sind die Chancen, auch eine geraume Zeit verheiratet zu bleiben. Und so gesehen, kann ich getrost damit rechnen, vom Tod geschieden zu werden.

Ich weiß bei Frank genau, worauf ich mich einlasse. Bei ihm bin ich vor unliebsamen Überraschungen sicher. Ich kann mich nicht erinnern, dass Frank jemals etwas getan hat, womit ich nicht gerechnet hätte. Wir haben noch nie in der Öffentlichkeit rumgeknutscht, er hat mich noch nie angeschrien, er ist noch nie vor mir auf die Knie gefallen, er hat mich noch nie warten lassen.

Frank hat meine Erwartungen niemals enttäuscht. Er hat sie allerdings auch niemals übertroffen.

«Ich nutze die Zeit
während des Beischlafes
lieber sinnvoll»

Um kurz nach sechs hielten Leonie und ich vor Erdals Villa, die er sich mit seiner florierenden Catering-Firma verdient hatte. «Er liebt Weihnachten über alles», sagte ich entschuldigend.

«Ach was.»

Leonie betrachtete die Villa mit einer Mischung aus Verzückung und Entsetzen. Fenster und Balkone waren mit Tannengirlanden und Lichterketten geschmückt. Im Garten weideten blinkende Rehe, und auf der Freitreppe vor der Eingangstür stand ein zwei Meter hoher Plastikelch mit roter Mütze, der seinen Kopf hin- und herbewegte.

«Erdal findet es eine Schande, dass die Adventszeit auf vier Wochen begrenzt ist, und möchte sich diese gesellschaftliche Bevormundung nicht länger gefallen lassen. Bei ihm ist vom zwanzigsten November bis zum zwanzigsten Januar Weihnachtszeit. Wir kommen also gerade noch rechtzeitig. Morgen wird alles abgebaut.»

Ich klingelte. Eine Sekunde später riss Erdal die Tür auf. Er trug einen schwarzen, mit Strasssteinen besetzten Nicki-Hausanzug, seine Füße steckten in rosa Plüschpantoffeln.

«Kommt rein, ihr lieben Täubchen! Leonie, du musst doch furchtbar erschöpft sein von der Fahrt. Möchtest du die Füße hochlegen, und ich mache dir eine Wärmflasche? Entschuldige, aber ich bin irgendwie so, so ...»

«Beschwipst, wolltest du sagen. Ihr müsst entschuldigen, er hat vor Nervosität ein wenig zu viel Sekt getrunken. Hallo, ich bin Karsten.»

Leonie schmolz dahin.

«Karsten, du weißt genau, dass kohlensäurehaltiger Alkohol die Kapillargefäße weitet und so gegen stressbedingte Atembeschwerden schützt. Für mich ist Sekt Medizin, kein Laster. Sonst noch jemand ein Schlückchen? Goldi? Karstibärchen? Leonie, Schatz, du darfst ja leider nicht mehr, aber ich habe dir Schwangerschaftstee besorgt. Tässchen?»

Leonie war durch die Raummaße sichtlich eingeschüchtert.

«Wir haben hier unten fast alle Wände rausnehmen lassen, um einen Raum zu schaffen, in dem Erdal seinen drei Grundbedürfnissen nachgehen kann: essen, fernsehen, feiern», erklärte ihr Karsten.

«Habt ihr euch wie alle Paare bei der Einrichtung gestritten?»

«Wir haben eine klare Regelung: Ich bin für die Hardware zuständig, Erdal für die Software. Das heißt, ich habe den Tisch ausgesucht, er die Schwäne aus Murano-Glas darauf. Die Sofas sind von mir, die herzförmigen Kissen von ihm.»

«Dass du dich auch immer gleich von mir distanzieren musst, Karsten. Ohne mich wäre es hier so steril wie in einem Operationssaal. Wir ergänzen uns eben perfekt, Häschen.»

«Ist ja gut. Ich wollte nur nicht, dass Leonie denkt, ich sei für den Kunstrasen auf dem Kaminsims verantwortlich.»

Ich starrte Karstens Hüften und Oberschenkel mindestens genauso fasziniert an wie Erdal den winzigen Babybauch von Leonie. Herrgott, was war nur los mit mir? Hatte ich zu wenig Sex?

Nun ja, nach Jahren mit demselben Mann ist es wohl normal, dass auch der Sex alltäglicher geworden ist. Was keineswegs heißen soll, dass er täglich stattfindet oder ich seinetwegen auf die ersten Minuten vom großen Sat-1-Film verzichten würde.

Sex ist eingebettet in profane Tätigkeiten. Vorher hast du noch eine Maschine vierzig Grad Buntes eingeräumt, und nachher müssen unbedingt noch die gurgelnden Heizkörper entlüftet werden.

Und auch die Gesprächsthemen, die vor, während und nach dem Akt aufkommen, sind längst nicht mehr so erotisch aufgeladen wie in den ersten Monaten. Ich finde, wenn man sich schon etwas länger kennt, kann man im Bett nicht auf einmal so tun, als hätte man sich erst eine Stunde zuvor an einem Tresen kennengelernt und sei lüstern ins nächste Hotelzimmer gerannt. Nein, ich kann das Genital meines Freundes nicht jedes Mal so begeistert begrüßen, als begegnete ich ihm zum ersten Mal.

Immerhin hatten wir uns irgendwann mal versprochen, im Bett nicht zu telefonieren, keine Fachlektüre zu lesen und nicht über Beziehungsprobleme zu reden. Daran halten wir uns redlich, und ich bemühe mich auch, nach dem Sex eine angemessene Frist von etwa drei bis fünf Minuten vergehen zu lassen, ehe ich nachschaue, ob die Wäsche schon durchgelaufen ist.

Was ich nicht so gut unter Kontrolle habe, sind meine Gedanken während des Geschlechtsaktes. Manchmal frage ich mich währenddessen einfach nur, woran andere Frauen wohl dabei denken und ob es normal und erlaubt ist, wenn diese Gedanken nicht immer direkt mit dem Mann zu tun haben, mit dem man es gerade zu tun hat.

«Ich denke an Wladimir Putin oder Nicolas Sarkozy», hat Regina mir mal gestanden, die einen ausgeprägten Hang zu mächtigen Männern hat. «Und wenn gar nichts mehr geht, stelle ich mir vor, wie viel Fett ich gerade verbrenne und dass die Angelegenheit insofern wenigstens nicht ganz umsonst ist.»

Ich war natürlich schockiert über Regina. In erster Linie allerdings deshalb, weil ich selbst überhaupt keine glamourösen Sexualphantasien zu bieten habe. Es gelingt mir einfach nicht, mir beim Sex einen Mann vorzustellen, der sowieso nie mit mir schlafen würde, oder mir beim Sex eine Art von Sex vorzustellen, die ich mit dem Mann, der gerade mit mir schläft, sowieso nie haben würde. Dazu bin ich zu pragmatisch. Ich nutze die Zeit während des Beischlafes lieber sinnvoll.

Als ich das letzte Mal mit Frank geschlafen habe, auch schon wieder ein paar Wochen her, habe ich mich zum Beispiel gefragt, warum Barbapapas keine Beine haben und wie sie sich eigentlich fortbewegen. Eine interessante Fragestellung, die meines Wissens noch nirgends hinreichend beantwortet wurde. Immerhin war ich so taktvoll, dieses Problem mit mir selbst auszumachen und mich ein wenig über mich selbst zu wundern – allerdings nur so lange, bis mich Frank kurz nach Abschluss des Aktes als solchem unvermittelt fragte: «Sag mal, lebt Inge Meysel eigentlich noch?»

Ich war kurzzeitig verblüfft über so viel Nüchternheit beziehungsweise über die Rücksichtslosigkeit, mit der mich

Frank seiner Nüchternheit selbst in so einem Moment aussetzte. Aber statt Frank mit einem gutgezielten Tritt aus dem Bett und eventuell auch aus meinem Leben zu befördern, überlegte ich eine Weile und sagte dann, dass ich mir nicht ganz sicher sei, aber ich würde das gleich im Internet nachschauen, da es mich jetzt auch interessieren würde. Zuvor müsse ich aber schnell den Reis fürs Abendessen aufsetzen.

«Ich mag doch nicht so gern Reis», sagte Frank und suchte unter meiner Decke nach seinen Boxershorts.

«Ich weiß. Deshalb gibt es bei uns ja auch fast immer Nudeln», sagte ich vorwurfsvoll und ging nackt ins Bad. Die Zeiten, in denen ich peinlich genau darauf achtete, dass Frank meine Oberschenkel nicht von hinten zu sehen bekommt, sind ja auch schon lange vorbei.

«Sie ist explodiert?»

Ich nickte.

«Und es ist nichts von ihr übrig geblieben?»

Ich schüttelte den Kopf.

«Und selbst wenn etwas übrig geblieben wäre, hätten es die wilden Tiere aufgefressen. Man hat schließlich drei Tage gebraucht, um das Wrack zu finden.»

«Von wilden Tieren gefressen?»

Erdal schnappte nach Luft. Karsten reichte ihm wortlos das Asthmaspray.

«Die Behörden in Kapstadt hatten Schwierigkeiten, Rosemaries Identität festzustellen. Das Flugzeug hatte ja ihr Freund gechartert. Erst als man in seinem Hotel nachfragte, fand man ihren Namen im Gästeverzeichnis. Die Beamten sagen, die Maschine sei frontal gegen eine Bergwand geprallt und explodiert.»

«Und dieser Joachim», Erdal senkte seine Stimme, soweit es ihm möglich war, «ist er schuld?»

«Es gibt keine Erklärung für das Unglück. Laut Flugschreiber haben alle Instrumente funktioniert, und die Nacht war klar. Die Flugsicherheit in Kapstadt sagt, die Maschine sei exakt um Mitternacht von ihren Radarschirmen verschwunden.»

«Kanntest du ihren Freund?», fragte Karsten.

«Meine Tante sagte, er sei ein erfahrener Pilot, aber sie war halt sehr verliebt. So viel also zur romantischen Liebe.»

Ich merkte selbst, wie verbittert und töricht das klang, aber ich brauchte jemanden, dem ich meine Verzweiflung in die Schuhe schieben konnte.

Joachim Graf: Wenn du nicht schon tot wärst, würde ich dich umbringen!

«Es ist etwas von ihr übrig geblieben», sagte ich in die schweigende Runde und griff in meine Handtasche. Man hatte mir den Überrest meiner Tante per Expresspäckchen geschickt, mit der lächerlichen Aufschrift «FRAGILE». Als könne irgendwas, das an einer Bergwand explodiert ist, zu zerbrechlich sein, um den Postweg von Kapstadt nach Hamburg heil zu überstehen.

«Ist das ein Knochen?», hauchte Erdal.

«Nein, ein Flaschenboden.» Karsten hielt das grüne Glasstück gegen das Licht. «Hier in der Mitte ist ein Wappen eingelassen.»

«Ich weiß», sagte ich, «es ist das Wappen von ‹La Grande Dame›, dem Lieblingschampagner meiner Tante, den sie immer nur zu ganz besonderen Anlässen getrunken hat.»

«So gesehen war das ja wohl einer», sagte Erdal. Karsten räusperte sich verlegen.

«Das stimmt», sagte ich versöhnlich. Streng genommen hatte Erdal ja recht.

«Hat Rosemarie eigentlich ein Testament hinterlassen?», fragte Leonie.

«Nein. Und die Million ist auch verschwunden. Wer war bloß dieser Joachim? Warum hat sie es zugelassen, dass er sich während des Fluges mit Champagner besäuft? Es ist unerträglich, das niemals zu erfahren.»

«Ich könnte mir vorstellen», sagte Leonie, «dass Rosemaries eigener Tod ihr sehr gut gefallen hätte. Eine Explosion. Keine Leiche. Ein leerer Sarg. Und viele offene Fragen.»

*«Mit dreißig spricht
eine Frau nicht mehr über ihr Gewicht.
Sie hält es»*

Mit einem lauten Platschen fällt etwas unter mir ins Klo. Ich ahne Schreckliches. Ich springe von der Schüssel auf und starre hinein.

Da schwimmt er, der Sender, den der Tontechniker hinten an meiner Hose befestigt hatte mit der Bemerkung: «So, Frau Goldhausen, ab jetzt können alle hören, was Sie sagen. Wenn Sie also Geheimnisse haben, sollten Sie sie nicht gerade in den nächsten zwei Stunden ausplaudern.»

Ich schaue auf die Uhr. Die Show beginnt in zwanzig Minuten, und mein Sender liegt im Klo. Ich fische das Teil aus dem Becken, wasche mir die Hände und versuche, mit möglichst würdevoller Miene die Toilette zu verlassen. Vielleicht hat ja keiner was gemerkt.

Auf dem Gang kommt der Mann vom Ton auf mich zugelaufen, dicht gefolgt von meiner Freundin Regina, die mir das Ganze hier eingebrockt hat.

«Frau Goldhausen, was ist denn los? Erst haben wir so merkwürdige Geräusche gehört, und dann war Ihr Signal plötzlich weg.»

«Nun ja, ich musste nochmal schnell, und da ist mir das Teil dummerweise ...»

«... ins Klo gefallen? Das macht doch nichts. Das passiert hier ständig.»

Regina hörte nicht auf zu kichern. «Von wegen, das passiert hier ständig. Ich arbeite seit zehn Jahren beim Fernsehen, aber so blöde, den Sender im Klo zu versenken, ist noch keiner gewesen.»

«Danke, Regina. Ich hätte mit dieser gutgemeinten Lüge sehr gut leben können. Wie gut es sich mit Lügen leben lässt, weißt du ja wohl am besten. Wie geht es denn dem werten Herrn Gemahl und dem lieben Liebhaber?»

«Oh, Frollein Goldhausen sind etwas verstimmt?»

«Nicht verstimmt, nur sehr nervös.»

«Dann nimm dir ein Beispiel an deinem Herrn Conradi. Der sitzt in seiner Garderobe, trinkt Rotwein und ist die Ruhe selbst. Ein guter Typ übrigens. Warum hast du uns nicht längst mal vorgestellt?»

«Du hast zwei Männer, er hat zwei Frauen. Da schien mir kein Bedarf an zusätzlichen Bekanntschaften zu bestehen.»

Regina hatte mich gebeten, Michael Conradi zu einem Auftritt bei «Bertram» zu überreden, einer auf Gefühliges spezialisierten Talkshow, für die sie Gäste castete und betreute.

Der Moderator ist Theo Bertram, ein Anfang-vierzig-Jähriger mit gutem Witz, Schlagfertigkeit und einer Spur Bösartigkeit. Nicht unerheblich für seine guten Quoten dürfte sein, dass er ein wenig an Gérard Depardieu erinnert, nur größer und schlaksiger und mit einer schuljungenhaften Art, sich zu bewegen, als habe er sich an seine eigene Größe noch nicht ganz gewöhnt.

Bertram ist seit Jahren gerüchtefrei verheiratet und mit drei Kindern gesegnet – alle von derselben Frau, einer schmalen, südamerikanisch anmutenden Schönheit mit langem, seidig glänzendem, dickem Haar, wie man es sonst ausschließlich aus Werbespots für langes, seidig glänzendes, dickes Haar kennt.

Ich frage mich wirklich, wie diese Frauen das machen: Passen Minuten nach der Entbindung wieder in ihre 27er Miss-Sixty-Jeans und rennen leichtfüßig zwei Wochen später hinter ihrem Jogging-Kinderwagen an der Alster entlang. Für mich immer noch demütigend ist die Szene, wie Heidi Klum vier Wochen nach der Geburt ihres zweiten Kindes in Unterwäsche für Victoria's Secret über den Laufsteg schwebte. Man sah ihr nichts an. Und ich? Ich habe noch nicht mal ein einziges Kind bekommen – was man mir leider auch nicht ansieht.

Michael Conradi hat ein zwiespältiges Verhältnis zu öffentlichen Auftritten. Einerseits liebt er es, Mittelpunkt zu sein und sich selbst reden zu hören. Andererseits setzt er sich selbst so unter Erfolgsdruck, dass er schwerstes Lampenfieber hat. Trotz seiner Gefallsucht trat er deshalb fast nie im Fernsehen auf.

Sogar Lesungen sind für ihn eine Katastrophe. Und für mich auch. Bereits Tage vorher muss er rund um die Uhr beruhigt, ermutigt oder abgelenkt werden. Wir hatten bereits mit sämtlichen legalen Beruhigungsmitteln herumexperimentiert, aber keines hatte ihm die Auftrittsangst nehmen können.

Ich hatte mein Möglichstes gegeben, dass er bei «Bertram» zusagt. «Das Thema des Abends lautet: ‹Ist die Ehe ein Auslaufmodell?› Dazu haben Sie doch bestimmt eine Menge zu sagen. Außerdem ist Bertram intellektuell Ihre Liga. Wenn schon Talkshow, dann seine.»

Ich hatte Bertram vor einem Jahr kennengelernt. Nun ja, kennengelernt ist vielleicht eine übertriebene Formulierung. Ich hatte ihn und seine Frau Anuschka von weitem in echt gesehen.

Regina hatte mich ins Hotel Louis C. Jakob mitgenommen, wo alljährlich die Zeitschrift «Gala» das «Couple of the year» kürt.

Die Kriterien, nach denen diese Auszeichnung vergeben wird, haben sich mir ehrlich gesagt nicht völlig erschlossen. Wenn ich es richtig verstanden habe, muss man verheiratet sein, sich nicht so betrügen, dass es jeder mitbekommt, mindestens ein gemeinsames Kind in die Welt setzen und am Abend der Preisverleihung nichts Besseres vorhaben.

In den vergangenen Jahren hatte die «Gala» nicht immer ein glückliches Händchen bewiesen. Kurz nachdem sie zum Paar des Jahres ernannt worden waren, hatten sich sowohl Til und Dana Schweiger als auch Natalia Wörner und Robert Seeliger getrennt. Wer nach der Scheidung den Preis – einen Montblanc-Füller für zwölftausend Euro – behalten durfte, ist meines Wissens nicht überliefert.

Ich musste einige «Gala»-Ausgaben verpasst haben, denn ich erkannte die Gewinnerin des Vorjahres nicht. Ich hielt sie für eine äußerst frühreife Vierzehnjährige, die an diesem Abend mal länger aufbleiben durfte, aber schon mal ihr so gut wie durchsichtiges Nachthemd angezogen hatte.

Gerade wollte ich Regina eine abfällige Bemerkung über die Jugend von heute zuzischeln, als die Vierzehnjährige die Bühne betrat und einen wahnwitzigen Schmollmund machte, von dem niemand annahm, dass er auch noch anfangen würde zu sprechen.

«Guten Abend», piepste sie, «ich bin Sylvie van der Vaart

und möchte mich erst mal entschuldigen, dass mein Mann nicht da ist, aber Rafael spielt heute Abend gegen Hertha.»

Dann sprach sie noch ein bisschen übers Muttersein («Gaaanz, gaaanz toll!!!») und beschloss den Vortrag mit den weisen Worten: «Ich glaube, man muss auch ein bisschen spannend bleiben für den Partner. Das ist sehr wichtig. Man muss knackig bleiben füreinander.»

Dann schwenkte sie ihren zugegebenermaßen unheimlich knackigen Size-Zero-Hintern und machte Platz für das neue Traumpaar: Theo und Anuschka Bertram.

Während Anuschka – äußerlich eine gelungene Kreuzung aus Carla Bruni und Königin Rania von Jordanien – ihre Dankesworte sprach, fragte ich mich, wie spannend und knackig mein Partner und ich eigentlich noch füreinander waren.

Ich stellte mir mich selbst in meiner Lieblingsjogginghose vor, ein hellgraues Ungetüm, in dem selbst Sylvie van der Vaart aussehen würde wie ein überbelegtes Zweimannzelt. Diese Hose trage ich zu Hause gerne in Kombination mit einem farblich nur bedingt passenden wiesengrünen Kapuzensweatshirt.

Wenn ich weiß, dass mich niemand außer Frank zu sehen bekommt, bin ich ungeschminkt. Damit die Haut besser atmen kann. Das bekommt meiner Haut auch sehr gut. Meinem Aussehen nicht.

Auch die Brille, die ich dann statt der Kontaktlinsen trage, steht mir gar nicht so besonders gut. Aber ich sitze im Verlag oft stundenlang vor dem Computer, und da brauchen meine Augen eben ab und zu etwas Entspannung.

Dunkel erinnere ich mich an die Zeiten, als ich mich vor jeder Begegnung mit Frank einer Rundumerneuerung unterzog. Das reichte von den frisch gepeelten Füßen über die im Push-up-BH ungemütlich hoch gequetschten Brüste bis zu gefärbten Kontaktlinsen und dem Lidstrich, der gemäß dem «Brigitte»-Sonderheft «Die große Schminkschule» «hauchfein über den Wimpern aufgetragen und dann zum Augenwinkel hin rauchartig verwischt wird».

Damals trug ich noch hohe Schuhe und Kleid, wenn Frank und ich kochten. Heute lugen unter der fast bodenlangen Schürze meine Birkenstocks hervor. Und «rauchartig verwischen» tue ich meinen Lidstrich nur noch an hohen Feiertagen und runden Geburtstagen.

Aber wäre es nicht auch allzu albern, wenn ich nach neun Jahren Beziehung immer noch versuchen würde, meinen Partner mit «fühlechten Gel-Einlagen» im BH zu beeindrucken, obschon er doch längst um die mickrige Wahrheit darunter weiß? Warum soll ich mir den Holzboden und die Fußsohlen mit Pfennigabsätzen ruinieren, nur um Beine optisch zu verlängern, die mein Partner sich sowieso nicht mehr anschaut?

Das ist Alltag. Na und, Frau van der Vaart, Miss Superknackig, Romantik und Alltag verstehen sich eben nicht besonders gut. Und ich frage mich, ob das bei den «Couples of the year» wirklich so anders ist.

Wollen Sie mir wirklich weismachen, verehrte Sylvie, dass Sie in Hotpants und Stilettos am Herd stehen, sich einen Hauch Parfüm hinter die Öhrchen tropfen, bevor sie abends geschminkt ins Bett gehen? Und tagsüber das Feuilleton der «FAZ» studieren, damit Sie beim Abendbrot dem Herrn Gemahl was Spannendes zum Ausgleich für seinen Fußballeralltag zu erzählen haben? Lassen Sie sich nie gehen, Frau van der Vaart?

Und überhaupt, was ist eigentlich so schlimm, wenn man

sich gehenlässt? Ich will Entspannung statt Spannung. Ich will mich in meiner Beziehung nicht so fühlen wie in einer knapp sitzenden Jeans ohne Stretchanteil.

Was sollte ich denn tun, um spannend zu bleiben? Neun Jahre lang den Bauch einziehen? Mit verstopften Poren ins Bett gehen und mich erst heimlich abschminken, wenn der Typ neben mir sicher eingeschlafen ist? Mir ständig neue

Hobbys, Eigenschaften, Eigenarten, Interessen, Verehrer oder gar Liebhaber zulegen?

Muss man wirklich unaufhörlich «an seiner Beziehung arbeiten»? Auch als voll berufstätige Frau? Also ehrlich, das ist mir zu anstrengend.

In ihrer Dankesrede sprach Anuschka Bertram von Vertrauen, Loyalität, Liebe und Verantwortungsbewusstsein als den Grundpfeilern einer guten Ehe.

Jawoll, da hatte sie recht, die gute Frau. Knackig kann man auf Dauer ja sowieso nicht bleiben. Ich nickte befriedigt in mich hinein. Regina gähnte. Ich antwortete mit einer sträflich hochgezogenen Augenbraue, eine Mimik, die ich vor vielen Jahren in stundenlanger Gesichtsgymnastik vor dem Spiegel eingeübt hatte.

Anuschka nahm den Zwölftausend-Euro-Füller entgegen und küsste anmutig ihren Mann. Ich seufzte aus Versehen etwas zu laut.

«Guter Typ, dieser Bertram, oder? Leider moralisch einwandfrei, keine Affären. Da bohrst du auf Beton.»

«Ja und? Ich will doch gar keine Affäre.»

«Das sagst du jetzt. Aber warte, bis du erst verheiratet bist.»

Michael Conradi hatte sein Erscheinen bei «Bertram» an Bedingungen geknüpft. In seiner Garderobe müssten Barolo, Valium und Betablocker, die die Herzfrequenz reduzieren, sein, unauffällig verpackt in einem Präsentkorb von Butter Lindner. Was mir ein wenig schmeichelte: Die Redaktion musste ihm schriftlich bestätigen, dass ich vor, während und nach der Sendung ständig in seiner Nähe sein würde.

«Hervorragende Idee», hatte Regina gesagt. «Wir verkabeln Marie, setzen sie in den Zuschauerraum, und irgendwann wird Bertram sie direkt ansprechen und fragen, wie sie den berühmten Michael Conradi entdeckt hat.»

Ich war von Reginas Plan nur mäßig begeistert. Ich gehöre zu der Generation, die noch bei «Am laufenden Band» mitgeraten hat. Frank Elstner, Hans Rosenthal, Wim Thoelke, Jock Ewing und Ben Cartwright – ja, das waren doch allesamt Vaterfiguren für mich! Ich habe im Frotteeschlafanzug, den warmen Dr.-Oetker-Vanillepuding direkt aus dem Kochtopf essend, vor dem Fernseher gesessen und Thomas Gottschalk und Adam angebetet, den eindeutig bestaussehenden der Brüder von der Ponderosa Ranch. So was legt man nicht einfach ab. So eine über Jahre geprägte Achtung wird man nicht so schnell wieder los.

Kameras flößen mir Respekt ein, und immer wenn ich mir «Bauer sucht Frau» oder das Casting für «Deutschland sucht den Superstar» anschaue, merke ich doch sehr deutlich, dass das bei vielen anderen Menschen nicht mehr so ist.

Hauptsache ins Fernsehen. Egal wie. Auch wenn die Frisur nicht sitzt und der IQ nicht messbar ist.

Meine Devise lautete bisher: Hauptsache nicht ins Fernsehen, egal wie. Kameras machen mich nun mal nervös. Und wirklich, wenn ich das deutsche Fernsehprogramm betrachte, wünschte ich mir sehr, dass das ein paar mehr Leuten auch so ginge.

«Ach übrigens», hatte mir Regina noch mitgegeben, «du weißt, dass Fernsehen fett macht, oder? Du siehst auf dem Bildschirm vier Kilo dicker aus, als du bist.»

«Na und? Wichtig ist doch, was ich sage, und nicht, wie

ich dabei aussehe. Ich will doch nicht Germany's next Topmodel werden.»

Ich sagte das in jener strengen Tonlage, die man gemeinhin bei Frauen vorfindet, die sich die Achselhaare nicht rasieren, ihre Menstruationsbeschwerden mit Eigenurin behandeln und unter einer gelungenen Konversation eine Diskussion über das deutsche Bildungssystem im internationalen Vergleich verstehen.

Ich schwieg abweisend, beschloss aber selbstverständlich in diesem Moment sofortigen Totalverzicht auf Kohlenhydrate, Zucker, Alkohol, Fett und generell auf feste Kost nach achtzehn Uhr. Vier Kilo in fünf Tagen!? Das musste doch irgendwie zu schaffen sein.

Regina hatte ja auch echt leicht reden mit ihrer teenagerhaften Figur. Ich mag es eigentlich nicht besonders, wenn Menschen, die mir nahestehen, ständig dünner sind als ich. Selbst ernährungsmäßig kritische Phasen wie Adventszeit, Osterfeiertage oder Urlaub in einem Hotel mit täglichem All-you-can-eat-Buffet gehen an Reginas Körper spurlos vorbei.

Wobei man sagen muss, dass Reginas Motivation, ein ideales Gewicht zu halten, natürlich auch viel größer ist als meine. Wenn ich einmal die Woche heimlichen Sex mit einem bekannten Politiker hätte, würde ich auch dafür sorgen, dabei nicht wie ein lüsternes Hängebauchschweinchen auszusehen.

Zumal bei Regina ja immer die Möglichkeit dazukommt, dabei auch noch entdeckt zu werden. «Sollte es jemals ein Paparazzi-Foto von ihm und mir geben», so ihr nachvollziehbarer Standpunkt, «will ich darauf auf jeden Fall jünger und schöner und dünner aussehen als seine Frau.»

Grauenvoll ist für Regina die Vorstellung, im Pediküre-Salon die «Bunte» aufzuschlagen und ein unvorteilhaftes Foto von sich zu entdecken mit der Schlagzeile: «Für so eine Frau riskiert er alles! Warum?»

Seit Regina ihre Affäre hat, sind ihre Oberschenkel viel straffer, ihre Füße und ihre Unterwäsche viel ansehnlicher und unsere gemütlichen Abende viel ungemütlicher geworden.

Meist kommt sie direkt vom Kurs «Super Sweat – Power pur für alle, die bereits eine ausgezeichnete Grundausdauer haben», isst von den Spaghetti mit Gorgonzolasauce und Salat nur den Salat und von der Packung Toffifee gar nichts. Nicht schwer zu erraten, in wessen Fettdepots an einem solchen Abend die versammelten Kalorien landen.

Wann immer ich mit Regina das Fitnessstudio besuche, komme ich mir neben ihr auf der Matte vor wie etwas Großes und Schwabbeliges, was die Flut mühsam an Land gespült hat. Ich versuche dann immer, nicht darüber nachzudenken, was ich da gerade tue. Es gibt ja so einige Dinge, über die man lieber nicht genauer nachgrübeln sollte, während man sie tut. Schuhe kaufen gehört in der Regel dazu. Und Innereien essen. Es empfiehlt sich auch nicht, über dem Atlantik zu grübeln, warum so ein Flugzeug eigentlich fliegen kann. Und wenn einer auf dem Laufband anfängt, sich klarzumachen, womit er da gerade seine Zeit verbringt, kommt er sich schneller blöd vor, als er zwei Kalorien verbrannt hat. Tausende von Trotteln rennen auf der Stelle, um etwas loszuwerden, was ihr Körper sowieso nicht gebraucht hat. Wie beknackt muss man denn eigentlich sein, wenn man den einen Zivilisationsirrsinn «Mehr essen, als man braucht» mit dem anderen Zivilisationsirrsinn «Sich bewegen, ohne

voranzukommen» bekämpft? Hat man je bedauernswertere Kreaturen gesehen als eine Gruppe Frauen beim «Complete Body Workout»? Der Kurs, den ich versuche, regelmäßig zu besuchen, ist immer sehr voll und wird geleitet von einer unglaublich muskulösen Frau namens Silke.

Silke kann sich überhaupt nicht vorstellen, dass es auf dieser Welt Körper gibt, die nach zwanzig Sit-ups zum Boykott aufrufen. Wobei die Bodenübungen ja noch vergleichsweise harmlos sind, weil man zwischendrin aufhören und so tun kann, als müsse man seine Schuhe neu binden oder seinen Wasserhaushalt ausgleichen. Viel schlimmer ist die erste Viertelstunde «Aufwärmen», nach der mir jedes Mal bereits der Hitzekollaps droht. In für mich unübersichtlicher und viel zu schneller Folge verlangt uns Silke Schrittfolgen ab, für die es noch nicht mal deutsche Vokabeln gibt: Double-Knee-Lift, V-Step right, Marching, Cross to side, Leg curl, V-Step left.

Nun tue ich mich mit dem Auseinanderhalten von rechts und links ja schon in meiner Muttersprache schwer, und so passiert es mir regelmäßig, dass ich das kollektiv und harmonisch wogende und stampfende Gebilde dünstender Körper fundamental durcheinanderbringe, wenn ich meinen Ausfallschritt gegen das Schienbein meiner Nachbarin und somit in die falsche Richtung mache.

Was waren das doch für herrliche Zeiten, als Sport noch «Trimm dich» und nicht «Indoor Power Fatburning» hieß und man einfach essen konnte, statt sich zu ernähren. Aber leider ist die Zeit des unbekümmerten Drauflosessens und Drauflosrennens schon lange vorbei.

Wehe, du verlässt beim Joggen die aerobe Zone. Und Walking sei angeblich sowieso besser, weil es das Bindegewebe nicht unnötig belastet. Aerobic geht total auf die Knochen, und Spinat hat ja längst nicht so viel Eisen, wie unsere Mamas glaubten.

Und auch die Kartoffel spielt ja eine durchaus umstrittene Rolle in nationalen und internationalen Ernährungspyramiden. Von diesen Pyramiden, jede selbstverständlich mit Hilfe von promovierten Super-Experten erschaffen, gibt es ja mittlerweile mehr Varianten als Ehen von Zsa Zsa Gabor.

Natürlich habe ich eine jede dieser Ernährungspyramiden persönlich besichtigt, natürlich kenne ich alle Ernährungstipps, und ich weiß auswendig, wie hoch der glykämische Index von Croissants ist, wohingegen ich mich auf die ganz genaue Anzahl unserer Bundesländer lieber nicht festlegen würde.

Alle Theorien zum Abnehmen sind mir bekannt. So das Gewäsch: «Verbotene Speisen verlieren ihren Reiz, sobald sie erlaubt sind.» Ein Hähnchenschnitzel im Knuspermantel bleibt reizvoll, ob erlaubt oder verboten.

Ich habe Abitur gemacht, einen Bestsellerautor entdeckt und einen klugen Mann an mich gebunden, aber ich habe trotzdem irgendwie nicht so richtig kapiert, dass es nicht Hunderte verschiedene Diäten geben würde, wenn eine von ihnen wirklich funktionieren würde, und dass Kate Moss tausendprozentig lügt, wenn sie sagt: «Ich esse alles, was ich will – sogar Schokolade.»

In meinem Bücherregal parkt in zweiter Reihe – getarnt durch eine Fontane-Schmuckkassette – die «Für immer jung, schön, schlank, und das ganz ohne Mühe»-Kollektion. Der einzige Trost: Ich bin diesbezüglich nicht die einzige arme Irre, die ich kenne. Ich habe Freundinnen, die viel Geld für Übergepäck bezahlen, weil sie nie ohne ihre Fettwaage in

Urlaub fliegen. Ich habe Freundinnen, die sich die Kontaktlinsen rausnehmen, bevor sie sich wiegen, um das Ergebnis nicht zu verfälschen. Ich habe Freundinnen, die mittlerweile wirklich glauben, gedünstetes Gemüse sei ein köstliches Gericht und es ginge doch nichts über einen knackigen Salat ganz ohne Dressing.

Die fortschreitende kollektive Gewichtsneurose lässt sich auch immer wieder eindrucksvoll bei Einladungen zum Abendessen besichtigen. Jedes Mal ist ein Gast dabei, der gerade auf Kohlenhydrate verzichtet und sich durch die Anwesenheit von Teigwaren persönlich beleidigt fühlt. Dann gibt es einen, der, so wie ich, gerade gelesen hat, dass man sich bei Essenseinladungen auf die Beilagen konzentrieren soll. Der isst dann allen anderen die grünen Bohnen weg.

Das wiederum hat zur Folge, dass der obligatorisch anwesende Vegetarier zu kurz kommt und in der Küche hektisch nach irgendwas gesucht wird, was im weitesten Sinne als Rohkost durchgehen kann.

Derweil schaut ein anderer schnell mal in seinem Weight-Watchers-Handbuch nach, wie viele Points eigentlich die als Nachspeise angekündigten Marillenknödel haben und ob sich eventuell vorher bei der Lasagne was einsparen ließe.

Dann ist immer eine dabei, meist eine Frau mit Konfektionsgröße sechsunddreißig, die behauptet, sie sei ein «ganz unkomplizierter Esser». Und der Gastgeber bemerkt erst beim Einräumen des Geschirrs in die Spülmaschine, dass die Dame ihre Portion nicht gegessen, sondern bloß in unappetitliche Mikroschnipsel zerteilt und dann, um weitere Essaktivität vorzutäuschen, auf ihrem Teller hin und her geschoben hat.

Und selbst die einzige Übergewichtige am Tisch, die ungefragt sagt: «Wer mich liebt, liebt mich so, wie ich bin», macht nicht den Eindruck, als gehöre sie selbst zu denen, die sie so lieben, wie sie ist. Alles in allem eine etwas unentspannte Runde. Dafür aber mit einem Top-Body-Mass-Index.

Meine ungemütliche Tante Rosemarie hatte mir zu diesem Thema einen denkwürdigen Vortrag gehalten. Ich war gerade bei den Vorbereitungen zu meinem dreißigsten Geburtstag, als sie mich in Hamburg besuchte.

«Hallo, mein Liebchen! Oh, du bist aber moppelig geworden ...»

Ich wusste natürlich, dass sie recht hatte, aber ich war eine derart undiplomatische Form von Ehrlichkeit aus meinem Freundeskreis nicht gewohnt. Es gab sogar Leute, die mir durchaus glaubhaft versichert hatten, dass bei mir fünf, sechs Kilo mehr überhaupt nicht auffallen würden.

«Frank», entgegnete ich patzig, «sagte neulich zu mir: ‹Was soll ich mit einem dieser dürren Models, die Suhrkamp für eine Zigarettenmarke halten?› Süß, oder?»

«Ja, süßes Geschwätz. Glaubst du wirklich, dass Frauen ab Kleidergröße sechsunddreißig abwärts nicht bis drei zählen können und dass die Alternative zum Dicksein automatisch Doofsein ist? Das Gerücht haben dicke Frauen in die Welt gesetzt, um davon abzulenken, dass Schlanksein eine Frage der Disziplin ist. Und du gehörst nun mal nicht zu den passiven Schönheiten. Du musst was für dein gutes Aussehen tun. Abnehmen zum Beispiel. Und zwar ohne zu jammern. Bisher warst du entweder unglücklich, weil du dich zu dick fandest oder weil du gerade auf Kohlenhydrate verzichtet hast. Oder weil du zwar schlank warst, aber bereits sicher, dass du dein Gewicht nicht hältst. Dein jeweiliger Körperzustand musste immer und unter allen Umständen thematisiert werden. Ich habe Briefe von dir, die beginnen mit: ‹Liebe Tante Rosemarie, ich habe zwei Kilo abgenommen.› Damit ist jetzt Schluss. Mit dreißig spricht eine Frau nicht mehr über ihr Gewicht. Sie hält es. Es ist natürlich viel leichter, mit dem Rauchen aufzuhören, als maßvoll zu essen. Rauchen musst du nicht. Essen schon. Wenn du beim täglichen Kampf gegen das zweite Stück Kuchen immer als Verlierer hervorgehst, schlägt sich das nicht nur auf dein Gewicht nieder. Essen ist Charakter. Finde einen Mittelweg.»

«Mittelwege sind mittelmäßig», sagte ich trotzig.

«Nein. Mittelwege sind die Wege, die am schwersten zu finden sind. Es gibt keine dicken Menschen. Nur faule.»

Leider ist Disziplin ja nichts, was man einfach so hat wie braune Haare oder blasse Haut. Disziplin ist eine unzuverlässige Eigenschaft, ähnlich wie Treue, Selbstbewusstsein und der Vorsatz, sich um ein Patenkind in einem notleidenden Land zu bemühen.

Durch den Besuch einiger Super-Sweat-Kurse in Kombination mit Mangelernährung und einer figurformenden Strumpfhose war ich jedoch innerhalb von fünf Tagen einigermaßen fernsehtauglich geworden.

Und hier bin ich: Rosemarie Goldhausen, in wenigen Minuten live auf Sendung!

Ich setze mich in die vorderste Zuschauerreihe. Auf dem Sessel vor mir wird gleich Conradi Platz nehmen.

Die Strumpfhose drückt mir recht unangenehm den Bauch flach und behindert mich deutlich beim Atmen. Aber was soll's, wer schlank aussehen will, kann nicht auch noch atmen wollen, das weiß man ja als Frau.

Ich versuche mich zu beruhigen. Aber wie? Tief durchatmen kann ich ja leider nicht. Zum Glück fällt mir etwas ein, was meine Pulsfrequenz zumindest aus dem roten, total anaeroben Alarmbereich bringt: Mein Haar sitzt!

Dieser Zustand war mir bisher völlig fremd, und ich bin erstaunt, wie unendlich viel Gelassenheit es mit sich bringt, wenn man sich nicht andauernd fragen muss, was wohl gerade auf dem eigenen Kopf vorgeht.

«Was dagegen, wenn ich kurz Hand anlege?», hatte mich das freundliche Mädchen in der Maske gefragt.

«Mach ruhig», hatte ich mit dem resignierten Tonfall einer Mutter von drei wirklich schwer erziehbaren Kindern geantwortet.

Und dann geschah das Wunder. Sie bürstete und föhnte, zupfte und knetete, und ich verwandelte mich vor meinen eigenen Augen in die Frau, die ich immer schon sein wollte: pflaumenfarbener Lidschatten, der meine Augen optisch vergrößerte und meine Schlupflider in ihre Schranken verwies. Dazu ein Make-up, das aus meiner Haut die Haut einer ungeschminkten Fünfzehnjährigen machte. Bei den Konturen meiner Lippen hatte das Mädchen gekonnt geschummelt – wenn ich so was selber versuche, sehe ich regelmäßig aus wie die aufgespritzte Gattin eines auf nicht ganz legalen Wegen zu Reichtum gekommenen Düsseldorfer Bauunternehmers.

Aber das Allerbeste war meine Frisur. Ich will nicht unbescheiden sein, aber ich fand, ich sah auf dem Kopf original aus wie Winona Ryder. Glatt und seelenruhig lag mein Haar an meinem Kopf an, eine mädchenhafte Strähne fiel mir wie zufällig in die Stirn. Keine Kringel, keine Stacheln, keine unerwünschten Beulen und Borsten. Ist das herrlich, wenn man nicht man selbst ist!

Theo Bertram kommt ins Studio und plaudert zum Aufwärmen mit einigen Zuschauern in der vorderen Reihe. Er schaut mich, wie ich finde, lange an – und ich kann ihn verstehen.

Sein taubenblaues Hemd ist beckmannmäßig weit geöffnet. Haare auf der Brust! Ausgerechnet jetzt, wo ich mich mental auf meinen bevorstehenden Auftritt konzentrieren sollte, fällt mir ein, dass ich tatsächlich noch nie mit einem Mann geschlafen habe, der Haare auf der Brust hatte. Bisher hatte ich das allerdings noch nicht als Manko empfunden. Aber jetzt, wo ich in wenigen Monaten in den sicheren Hafen der Ehe einfahre, in dem ich vermutlich keinen behaarten Männern mehr begegnen werde, erscheint es mir wie ein ungeheuerlicher Verzicht.

Ich habe in meinem Leben mit sechs Männern geschlafen, von denen ich mir, bei ehrlicher Analyse, drei hätte sparen können. Erdal, mit dem ich neulich darüber gesprochen hatte, meinte, das sei doch ein respektabler Schnitt, denn einen Ausfall von fünfzig Prozent müsse man mindestens einkalkulieren. Was ihn jedoch völlig aus der Fassung brachte, war die Anzahl meiner Sexualpartner.

«Goldimaus, da bist du ja quasi noch Jungfrau!», hatte er entsetzt gerufen. «Hattest du etwa auch noch nie Gruppensex? Sex mit einer Frau? Mit zwei Frauen? Auf einer öffentlichen Veranstaltung unter dem Tisch? Nicht mal auf dem Klo?» Ich hatte verlegen verneint, und Erdal hatte mehrfach den Kopf geschüttelt und mir dann ungefragt versprochen, niemandem von meiner Schmach zu erzählen.

Ich blieb zurück mit dem äußerst ungutem Gefühl, in meinem Leben Wesentliches versäumt zu haben, für das es nun bald endgültig zu spät sein würde.

Ups. In meiner Handtasche klingelt es.

«Herr Conradi? Das passt jetzt gerade wirklich nicht so gut. Wo stecken Sie überhaupt? Die Show geht gleich los!»

«Regen Sie sich jetzt bitte nicht auf, Marie, aber ich sitze im Taxi auf dem Weg nach Hause.»

«Herr Conradi!»

«Sie wissen, ich bin ansonsten eher der pflegeleichte Typ, aber das war mir einfach zu viel. Das Valium hat auch gar nicht so gut angesprochen wie sonst. Könnte es sein, dass das Verfallsdatum bereits überschritten ist? Nicht dass ich Ihnen deswegen Vorwürfe machen würde, aber …»

Regina rennt auf mich zu, Panik im Gesicht.

«Wo ist der verfluchte Kerl?»

«Weg.»

«Wie weg?»

«Etwas Dringendes mit seiner Frau, aber nichts wirklich Schlimmes.»

«Verdammt! Dann musst du Conradis Platz einnehmen. Du kennst sein Buch ja auswendig. Marie, du schaffst das. Und halt bloß die Knie zusammen. Das sieht sonst scheiße aus im Fernsehen.»

Ich schaffe es gerade noch, mir einen von Conradis Betablockern in den Mund zu schieben.

«Noch fünf Sekunden», ruft der Aufnahmeleiter, und es entsteht eine Stille, wie man sie aus Katastrophenfilmen kennt, kurz bevor der Staudamm bricht, der Meteor einschlägt oder die Atombombe gezündet wird. Mein Herz rast davon, und Theo Bertram sagt in die Kamera:

«Herzlich willkommen! Unser Thema heute Abend: Ist die Ehe ein Auslaufmodell? Darüber diskutiere ich mit dem Musiker Sebastian Lederer, der Lektorin Rosemarie

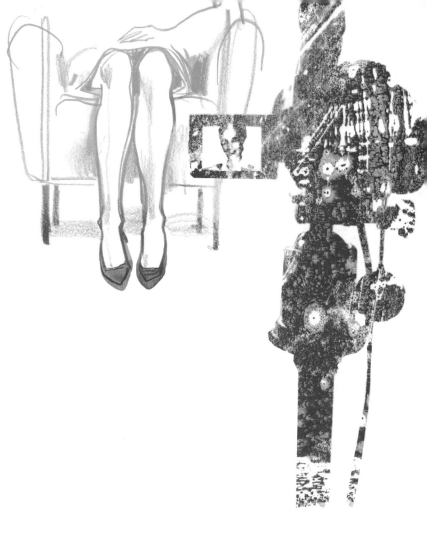

Goldhausen und Hubertus Weber, dem Zweiten Bürgermeister und Familiensenator der Freien und Hansestadt Hamburg.»

Das konnte doch nicht sein! Regina hatte es fertiggebracht, ihren Liebhaber einzuladen!

Der Mann ist mir besser bekannt unter dem Kosenamen Hubbi. Als ich ihn das letzte Mal sah, stand er im Trainingsanzug im Flur meiner Wohnung und trug eine Schwimmbrille.

Frank war auf Geschäftsreise, und ich hatte den beiden für den Abend unsere Wohnung geliehen. Sie wollten ihr dreijähriges Affärenjubiläum auf ganz besondere Weise feiern: mit der Simulation von Alltag.

«Wir wollen zusammen kochen, zusammen fernsehen, Sex haben auf dem Küchentisch, auf der Waschmaschine und so weiter. Na, du weißt schon, endlich das tun, was normale Paare jeden Tag tun. Das ist für uns der absolute Ausnahmezustand!» Ich hatte Regina nicht gesagt, dass meine Waschmaschine noch Jungfrau war – und der Küchentisch höchstwahrscheinlich auch, wir haben ihn allerdings gebraucht gekauft.

Seiner Frau hatte Hubbi gesagt, er werde den Abend im Fitness-Center verbringen und ausgiebig schwimmen. Um sein Alibi möglichst wasserfest zu gestalten, hatte sich Hubbi zehn Minuten bevor er unsere Wohnung wieder verließ, seine Schwimmbrille aufgesetzt. So würde er seiner Frau mit unglaublich glaubwürdigen Abdrücken um die Augen entgegentreten.

Was ich an dieser Begegnung mindestens so eindrücklich fand wie die Schwimmbrille im Gesicht des Zweiten Bürgermeisters, war die Tatsache, dass er sich überhaupt nicht schämte oder lächerlich vorkam.

Aber ehrlich gesagt hat man ja oft den Eindruck, dass Politiker generell überhaupt nicht mehr wissen, wann sie sich schämen oder lächerlich vorkommen sollten.

Trotzdem bewunderte ich seine stoische Selbstsicherheit.

Er begrüßte mich in meinem Flur mit einer so selbstverständlichen Gastgeberattitüde, als würde nicht ich, sondern er hier seit Jahren wohnen. Kein Zeichen von Verlegenheit. Beneidenswert.

Und dieser Mann sitzt mir jetzt als Verfechter von Treue und Ehe gegenüber, und ich befürchte, er kommt sich auch dabei kein bisschen doof vor.

«Herr Weber», fragt Theo Bertram, «Sie sind seit achtzehn Jahren verheiratet. Sind Sie auch glücklich verheiratet?»

Hubbi räuspert sich und wirft mir einen schwer zu deutenden Blick zu.

«Absolut. Aber ehe ich auf Ihre Frage eingehe, lassen Sie mich sagen, dass für die CDU die Ehe ein zentraler ...»

Ab dann habe ich nur wenig Erinnerung an die nächsten neunzig Minuten. Ich registriere noch, dass Hubbi mich versehentlich immer «Frau Goldmann» nennt, aber ansonsten bin ich wie in Trance. Ich höre meiner Stimme zu, höre mein Herz rasen und mein Blut rauschen. Ich versuche, nicht in Panik aus dem Studio zu rennen oder in Tränen auszubrechen. Ich versuche, die Knie zusammenzuhalten. Ich versuche zu überleben.

Und ich überlebe.

Aber nur fast.

Vor mir wird eine Tafel hochgehalten: «Noch zwei Minuten.»

Ich hab's geschafft! Mein Puls ist vollkommen ruhig geworden. Rosemarie Goldhausen: Fernsehstar!

Bei meinem Schlusswort zitiere ich sogar noch Conradis Lieblingsspruch von Sokrates: «Heirate oder heirate nicht – du wirst es in jedem Fall bereuen.» Das Publikum lacht und klatscht, und ich lausche zufrieden meinem Herzschlag. Wirklich ein attraktiver Mann, dieser Theo Bertram. Ob ich zu wenig Sex habe?

Ich spüre die Haarsträhne auf meiner Stirn, die sich in den letzten neunzig Minuten keinen Millimeter von der Stelle bewegt hat.

Mein Haar ist die Ruhe selbst.

Ich bin auch die Ruhe selbst.

Bum. Bum. Bum ... Mein Herz schlägt. Langsam. Irgendwie fast zu langsam, oder?

Komisch, denke ich, irgendwie ist mir so komisch.

Bum.

Und dann hört mein Herz einfach auf zu schlagen. Schade eigentlich. Hoffentlich finden sie einen Grabstein, auf den mein Name draufpasst.

Ich falle tot vom Stuhl.

Und das Letzte, was ich denke, ist: Halt bloß die Knie zusammen, Marie, das sieht sonst scheiße aus im Fernsehen!

«Betrogene Männer
haben gemeinhin ja nur wenig
Sinn für Humor»

Ich fürchte, ich falle gleich tot um. Vor unterdrücktem Lachen.

Erdal sitzt neben mir und atmet gerade ganz tief in seine Gebärmutter hinein.

Er trägt einen pinkfarbenen Trainingsanzug, seine kurzen Pummelbeinchen hat er zu einer Art Yogi-Schneidersitz verknotet. Seine Augen sind geschlossen.

Leonie und Erdal hatten mich gezwungen, zum Schwangerschaftsyoga mitzukommen. «Nach dem, was gestern im Fernsehstudio passiert ist», hatte Leonie gesagt, «werden dir sanfte und kreislaufschonende Bewegungen guttun.»

Das Blöde am Fernsehen ist ja, dass Leute dabei zuschauen. Und zwar immer mehr, als man denkt. Und in diesem speziellen Fall auch noch wesentlich mehr, als man möchte.

Sogar jetzt, zwischen den ganzen runden Frauen – hier ist es mir tatsächlich peinlich, die Dünnste zu sein, eine völlig neue Erfahrung –, habe ich den Eindruck, dass mich die eine oder andere wiedererkennt.

Hat da nicht eben eine heimlich ein Auge geöffnet, um mich damit spöttisch anzuglotzen? Nein, meine Fernsehberühmtheit hatte ich mir wirklich anders vorgestellt.

«Das versendet sich», hatte Regina gesagt, als ich mit zusammengekniffenen Beinen auf dem Studioboden liegend wieder zu mir gekommen war. Mit Hilfe von Theo Bertram und Hubbi versuchte ich, so elegant wie möglich aufzustehen. Dabei rutschte mir die Packung Betablocker aus der Tasche.

«Wie viel hast du davon genommen?», fragte Regina.

«Drei oder vier, glaube ich.»

«Kein Wunder, dass du umgekippt bist. Das Zeug fährt den Kreislauf so derartig runter wie bei einem Reptil im Winterschlaf.»

Ich fühlte mich plötzlich wieder schwummerig und sank, ganz ehrlich: ohne Absicht, gegen Theo Bertrams Schulter.

Erdal, mit dem ich spätabends telefonierte, hatte sich zunächst unheimlich gefreut, weil er davon ausging, dass Frauen grundsätzlich nur dann ohnmächtig werden, wenn sie schwanger sind. «Das ist doch toll für Gloria-Luna, dann wächst sie nicht allein auf!»

Auf meiner Mailbox waren fünf Nachrichten. Zwei von meiner Mutter, die mich hysterisch fragte, in welches Krankenhaus man mich gebracht hätte, und drei von Conradi, der mich mit Grabesstimme um sofortigen Rückruf bat.

Zum ersten Mal rief ich nicht sofort zurück. Da es ihm mit Sicherheit nicht um mein Wohlergehen ging, sondern den Schaden, den ich durch meine fahrlässige Ohnmacht seinem Ansehen zugefügt haben könnte, musste das Gespräch warten. Zunächst musste ich die Schmach verarbeiten und meine Gefühle analysieren. Ich glaube nämlich, dass gestern etwas Entsetzliches geschehen ist: Könnte sein, dass ich mich verlieben könnte.

«Spürt euer Baby, schickt ihm positive Energie und spannt euren Beckenboden an.»

Ich versuche, meinen Beckenboden anzuspannen, aber ich weiß gar nicht genau, wo sich das Ding eigentlich befindet und wozu es gut ist.

Was ich in meinem Unterleib spüre, sind Mottenkugeln beim Bowling oder Schmetterlinge beim Balztanz. Mein Herz fühlt sich an wie eine gut geschüttelte Mineralwasserflasche kurz vor der Explosion, und ich habe übertrieben gute Laune. Und keinen Hunger.

Ja, ich fürchte, die Symptome sind eindeutig: frisch verknallt!

«Visualisiert eure Gebärmutter, nehmt sie in beide Hände und streichelt sie sanft.»

Ich schiele zu Erdal rüber. Ich habe den Eindruck, dass er viel mehr Kontakt zu seiner Gebärmutter hat als die meisten der zehn werdenden Mütter, die sich zum Schwangeren-Yoga versammelt haben.

Erdal, das muss man sagen, ist hier einer der engagiertesten Teilnehmer, und nach anfänglichem Zögern hat ihn die ganze Gruppe als eine der Ihren akzeptiert.

Mich hingegen streifen immer noch argwöhnische Blicke. Eine unschwangere Frau ist in der Schwangerengruppe auf wenig nachvollziehbare Weise weniger willkommen als ein ebenso unschwangerer Schwuler.

Leonie sitzt zu meiner Rechten und streichelt sich selig lächelnd den Bauch. Auf der Herfahrt meinte sie sogar, sie hätte das Baby gespürt. Erdal hatte sofort beide Hände und sein Ohr auf ihren Bauch gelegt und ein türkisches Kinderlied gebrüllt, das wir alle schon auswendig kannten. Als sich nichts regte, meinte Leonie, dass es vielleicht nur eine Blähung war. Die Vorstellung, dass Erdal sich minutenlang zärtlich mit einem verklemmten Pups beschäftigt hatte, beschämte ihn jedoch nicht im Geringsten. Er war der perfekte werdende Vater.

Leonie war bei Erdal und Karsten in eines der Gästezimmer gezogen und ließ sich jeden Morgen von den beiden daran erinnern, ihre Folsäuretabletten zu nehmen. Die regelmäßige Zupfmassage der Bauchdecke – Erdal fand, seinem Bauch könne etwas Straffung durchaus auch nicht schaden – absolvierten Leonie und er jeden Abend gemeinsam auf dem Sofa.

Mit hochgelegten Beinen, einem Kännchen «Frauentee» und einer Tüte «Joghurt-Gums mit null Prozent Fett» saßen die beiden vor dem Fernseher, während Karsten so heroische Dinge tat wie in schwindelnder Höhe eine kaputte Glühbirne ersetzen. Die alte Kommode von Erdals Tante abbeizen und zum Wickeltisch umbauen. Nach Einbruch der Dunkelheit um die Alster joggen.

Erdal war manchmal etwas übereifrig und musste in seine Schranken gewiesen werden.

So weigerte sich Leonie, Weißkohlblätter in ihren BH zu stopfen, um sicherheitshalber bereits jetzt den Milchfluss anzuregen. Und jeden Abend in Konzertlautstärke Mozarts «Kleine Nachtmusik» zu hören, um dem Kind den Zugang zu klassischer Musik zu erleichtern, hatte sie irgendwann auch keine Lust mehr.

Vor ein paar Tagen hatte ich mit der Kleinfamilie «Germany's next Topmodel» geschaut, beschämend konzentriert und fasziniert dafür, dass ich einen intellektuellen Beruf ausübe. Auf den Fluren unseres Verlages ist es gemeinhin kein Gesprächsthema, ob Elena auf dem Laufsteg wirkt wie eine besoffene Giraffe ohne Navigationssystem oder ob Gina-Lisa ohne Hair Extensions einer sehr, sehr kranken Ratte gleicht.

«Ich wette, dein Verleger ist heute auch früher abgehauen», meinte Erdal. «‹Unverschiebbarer Anschlusstermin›, wird er gemurmelt haben. Und jetzt sitzt er mit gelockerter Krawatte vorm Fernseher und rätselt, was Hair Extensions sind und warum seine Frau nach drei Kindern so ganz anders aussieht als Heidi Klum.»

«Ich fürchte, du hast unrecht. Der sitzt gerade in einer Titelkonferenz, die sich elend lang hinzieht, und fragt sich, warum es so wenig Synonyme für ‹Bachblüten› und ‹Kräuterkunde› gibt.»

«Marie, diese Sendung sehen so viele Leute, da müssen einfach etliche dabei sein, von denen wir nicht glauben, dass sie dabei sind. Wir zum Beispiel. Und dein Verleger.»

«Pssst», zischte Leonie.

Erdal und ich verstummten. Schwangeren Frauen muss man gehorchen, ansonsten regen sie sich auf, bekommen frühzeitige Wehen und verbringen Wochen im Krankenhaus.

Im Fernseher sagte Heidi Klum: «Du hast heute alles gegeben. Aber uns war das nicht genug.»

Das Mädchen – ich habe ihren Namen vergessen, aber sie hatte fast peinlich lange Beine – brach in Tränen aus.

Und Erdal und Leonie brachen auch in Tränen aus.

Ich schaute mich irritiert um.

«Entschuldige, das müssen die Hormone sein. Seit Tagen bin ich so nah am Wasser gebaut, dass ich bei jeder Kleinigkeit losheule, selbst bei Tierfilmen oder Johannes B. Kerner.»

«Und was ist es bei dir, Erdal?», fragte ich streng.

«Wenn du danach gehst, ist Erdal seit Jahren hochschwanger», antwortete Karsten für ihn.

Erdal konnte grad nicht sprechen, weil er sein tränenüberströmtes Gesicht tief in eine Serviette vergraben hatte.

Ich fühlte mich wohl.

Leonie schien mir abgesehen davon, dass sie gerade bitterlich weinte, sehr glücklich zu sein. Sie hatte mich gefragt, ob ich ihr bei der Geburt beistehen könne und Patentante werden möchte.

Die Sache mit der Geburt, da hatte ich doch etwas gezögert. Neulich hatten wir uns eine Neugeborenen-Station angeschaut, die einen sehr guten Ruf hat. Selbst durch die geschlossenen Türen der Kreißsäle drangen Geräusche zu mir, die mich an den Film «Kettensägenmassaker im Mädchenpensionat» erinnerten.

Ich finde, Gebärende sollten sich etwas zusammenreißen, können sie doch nicht wissen, wer gerade draußen vorbeikommt und wen sie mit ihrem Gekreische womöglich fürs Leben traumatisieren.

Außerdem waren mir all die grauenerregenden Geburtsgeschichten wieder eingefallen, die Mütter ja gerne auch ungefragt erzählen, oftmals während eines eben noch köstlich schmeckenden Essens.

So wie alte Onkel hingebungsvoll von Front, Kriegsgefangenschaft und mehr schlecht als recht amputierten Gliedmaßen berichten, schildern Mütter stolz und anschaulich Dammschnitte und Zangengeburten.

Bei der einen hat die Narkose nicht gewirkt. Eine hat nach achtundvierzig Stunden Wehen dann doch einen Kaiserschnitt bekommen. Und eine erzählte in aller Ausführlichkeit, dass sie zwei Jahre nach der Geburt immer noch inkontinent sei und nur auf weichen Gummibällen sitzen könne. Sie schloss ihren unwillkommenen Vortrag mit dem Satz: «Nach zwanzig Stunden war die Saugglocke eine Offenbarung, obschon ich dachte, mich zerreißt es.»

Ich reagierte mit schlagartiger Appetitlosigkeit. Und bekam dann noch den oberdämlichen Standardsatz zu hören: «Aber in dem Augenblick, in dem du dein Kind in den Armen hältst, hast du alles vergessen.»

«Ach was», hatte ich missmutig gesagt, «wenn du alles vergessen hättest, könntest du ja kaum seit einer Viertelstunde Schauergeschichten erzählen. Nee danke, ich will kein Kind, ich will lieber noch 'n Bier.»

Ich beschloss, Leonie vorsichtig den Gedanken an einen Wunschkaiserschnitt schmackhaft zu machen. Eine geräuscharme und zeitlich überschaubare Angelegenheit, wie mir schien. Es wird schon seinen Grund haben, dachte ich mir, warum immer mehr Frauen freiwillig per Kaiserschnitt entbinden, besonders so schöne und reiche Leute wie Claudia Schiffer und Angelina Jolie. Vorbildlich fand ich die Haltung meiner Freundin Regina: «Es gibt ja keinen Orden fürs natürliche Gebären. Meinen Kaiserschnitt fand ich super. Zack, raus damit! Außerdem hatte ich keinen Bock, nachher eine gullideckelgroße Vagina zu haben.»

Also wenn das kein überzeugendes Argument ist.

«Oooooong Naaaamoooooooo! Guru deeeeeeeev namoooooooooo!»

Ich reiße in panischem Schrecken und einem Herzinfarkt nahe die Augen auf. Mitten in die Stille und meine turbulenten Gedanken hinein, brüllt die Yoga-Anführerin unvermittelt ihr Entspannungsmantra. «Und jetzt suchen wir den Dialog mit unserer Gebärmutter.» Aber meine Gebärmutter schweigt. Beharrlich.

Dafür klingelt mein Handy. Beharrlich.

«Herr Conradi, es passt jetzt gerade nicht so gut.»

«Gut, dann reden wir eben in den nächsten Tagen.»

«Was? Moment!»

Ich haste alarmiert zum Ausgang. Einen derart klein-lauten Conradi, der sich ohne Gegenwehr abwimmeln lässt, hatte ich noch nie erlebt. Hier musste ein wirklicher Notfall vorliegen.

Die werdenden Mütter schauen mir mit kollektiver Abneigung nach, und zwar mit dieser unerträglichen Mia-Farrow-artigen Form sanfter Aggression, wie sie Schwangeren oft zu eigen ist, die sich eigentlich zu erhaben vorkommen, um so ein profanes Gefühl wie Ärger überhaupt zu empfinden.

Erleichtert, den vorwurfsvollen Gebärmüttern entkommen zu sein, setze ich mich vor der Turnhalle auf eine Bank.

«Herr Conradi, wenn es um meinen gestrigen Auftritt bei ‹Bertram› geht, möchte ich mich wirklich bei Ihnen entschuldigen. Ich hatte ein paar zu viel von Ihren Betablockern genommen und ...»

«Ich habe die Sendung nicht gesehen.»

«Entschuldigen Sie, aber das kränkt mich jetzt mal. Ich springe für Sie ein, und Sie interessiert nicht die Bohne, wie ich mich gemacht habe. Ich muss schon sagen, sehr feinfühlig, Herr Conradi.»

«Meine Frau betrügt mich.»

«Oh!»

«Sie glaubte natürlich, ich säße in dieser Talkshow. Als ich dann vorzeitig nach Hause kam, lag sie mit einem Mann in unserem Ehebett. Ist das nicht unglaublich geschmacklos?»

Ich ziehe es vor, einfühlsam zu schweigen und Herrn Conradi in dieser angespannten Lage nicht darauf hinzuweisen, dass er seine Frau bereits seit Jahren betrügt.

«Ich weiß, was Sie jetzt gerade denken. Aber erstens war das Ehebett für mich immer tabu, und zweitens wusste meine Frau, auf wen sie sich einließ. Ich bin ein hundertprozentig loyaler, aber kein treuer Ehemann. Das ist jedem klar, der mich kennt. Aber meine Frau hat mir in all den Jahren den Eindruck vermittelt, eine durch und durch monogame Person zu sein. Das nenne ich wahren Betrug!»

«Wie haben Sie reagiert?»

Man kennt die Situation ja aus etlichen schlechten Filmen, die nach Mitternacht auf RTL 2 laufen. Im eigenen Ehebett erwischt: Irgendwie peinlich, wenn einem eine derart verstaubte Szene im eigenen Leben widerfährt. Das ist ja dann bei all dem Ärger, den man sowieso schon hat, noch nicht einmal eine gute Geschichte. Aber auch das sage ich Herrn Conradi natürlich nicht. Betrogene Männer haben gemeinhin ja nur wenig Sinn für Humor.

«Wie ich reagiert habe, Marie? Angemessen, würde ich sagen. Immerhin habe ich einen Bestseller darüber geschrieben, wie man in Krisensituationen präzise Entschlüsse fasst.»

«Gut, dass Sie die Nerven bewahrt haben. Sonst macht man sich in so einer Situation auch noch zum Volltrottel. Ich wusste immer, dass Sie ...»

«Marie, ich habe seine Hose und seine Boxershorts aus dem Fenster geschmissen, mit dem Kaminhaken die Spiegeltür des Kleiderschrankes zerschlagen und den Typen als stummelschwänzige Ratte beschimpft. Das Kapitel in meinem Buch ‹Diskrete Untreue – ein modernes und intelligentes Rezept› werde ich für die nächste Auflage überarbeiten.»

«Haben Sie danach schon mit Ihrer Frau gesprochen?»

«Natürlich nicht. Ich bin nicht an mein Telefon gegangen. Ich will sie leiden sehen, bis sie mich auf Knien um Vergebung anfleht. Aber sie hat gar nicht versucht, mich anzurufen. Und ihr Handy ist ausgeschaltet.»

«Kannten Sie den Mann in Ihrem Bett?»

«Ja. Und Sie kennen ihn auch. Ich verdanke Ihnen, dass ich ein Bestsellerautor bin, aber Sie sind es, die meiner Frau einen Liebhaber besorgt hat. Ich finde, wir sind jetzt quitt.»

«Ich habe wirklich Schwierigkeiten, Ihnen zu folgen, Herr Conradi.»

«Es ist Carlos, der Pilates-Lehrer, den Sie meiner Frau und mir empfohlen haben. Nach der ersten Stunde bin ich nie wieder mitgegangen. Ich bin nicht der Typ, der sich zu Sphärenklängen mit einem Gummiball unterm Arsch auf einer grünen Turnmatte rumwälzt. Ich dachte, dass meine Frau mich nach der zweiten gemeinsamen Pilates-Stunde nicht mehr lieben würde, falls sie das überhaupt jemals getan hat. Ich hätte doch auch keinen Respekt vor einem Mann, der Thera-Bänder als Trainingsutensilien akzeptiert. Ich bin über fünfzig. Da spielt man entweder Golf oder Fußball in der Altherrenmannschaft von St. Pauli. Alles andere wäre lächerlich. Meine Frau ist dann immer ohne mich zum Pilates gegangen und hat Carlos zu ihrem Personal Trainer gemacht. Sie dürfen jetzt ruhig lachen, Marie.»

«Was werden Sie jetzt tun?»

«Das, was ich gerade tue.»

Conradis Stimme ist plötzlich so kalt, dass mir angst und bange wird. Ich sehe mich bereits in einem Pilates-Studio

Leichenteile zusammensammeln, in Müllbeutel verpacken und in einer stürmischen Nacht in der Elbe versenken.

«Wo sind Sie?»

«Am Flughafen. Ich verschwinde.»

«Das können Sie nicht machen! Was wird aus unserem neuen Buch?»

«Ein Bestseller. Heißt es nicht immer, dass große Prosa nur durch großes Leid entstehen kann? Demnach habe ich diesmal beste Voraussetzungen. So, ich muss ins Flugzeug einsteigen. Und bitte sagen Sie niemandem, wo ich bin.»

«Aber ich weiß doch gar nicht, wo Sie hinfliegen.»

«Ich melde mich bei Ihnen, sobald ich angekommen bin. Und zu niemandem ein Wort. Das gilt auch für meine Frau. Und versuchen Sie erst gar nicht, mich zu erreichen. Ich habe mein Handy zu Hause gelassen.»

«Was ist mit Ulrike?»

Conradis Geliebte konnte doch jetzt darauf hoffen, seine zweite Frau zu werden.

«Ich habe ihr einen Brief geschrieben, der sie hoffentlich fürs Erste beruhigen wird. Ich habe ihr das Ganze als schriftstellerisches Experiment verkauft. Und das ist es im Grunde ja auch.»

«Ich habe genau so viel Sex, wie ich haben will»

Vier Uhr. Die schwärzeste und einsamste Stunde der Nacht. Ich schaue hinunter auf die Welt. Früher lag sie mir zu Füßen. Früher fühlte ich mich erhaben und wie verzaubert, wenn ich hier saß und auf die Straßen Berlins blickte. Wie eine heimliche Herrin auf ihrem zwölf Stockwerke hohen Thron. Aber früher saß ich hier ja auch nie allein.

Heute und ohne dich ist mein Thron die kalte Fensterbank in deinem winzigen Appartement am Alexanderplatz. Strom und Heizung sind seit Wochen abgestellt. Die Fenster haben immer schon schlecht geschlossen, und die Kälte hat auch das Letzte von Rosemarie Goldhausen mitgenommen: ihren Geruch nach Magnolien.

«Nächsten Monat zieht ein neuer Mieter ein», hatte der Hausmeister gesagt und mir ein Paket in die Hand gedrückt. «Das ist für Sie. Viel ist es ja nicht, was Ihre werte Frau Tante Ihnen hinterlassen hat. Mein Beileid.»

Mit zitternden Händen hatte ich das Paket geöffnet: ein in Seidenpapier verpacktes Buch und ein Paar hochhackige Riemchenschuhe mit einer verblichenen roten Stoffrose auf der Spitze.

Wieder und wieder hatte mir Tante Rosemarie die Geschichte von den Schuhen erzählt. Als ich noch klein war,

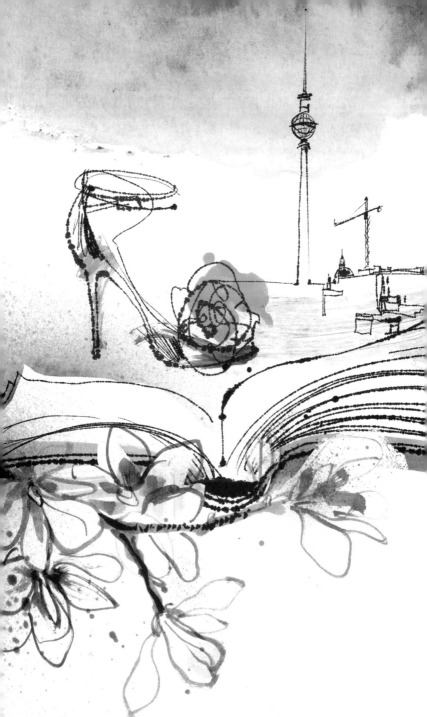

und auch als ich größer wurde. Aber Rosemarie hatte mir nie gesagt, dass es die Schuhe tatsächlich gab und dass sie sich sogar die Mühe gemacht hatte, sie die ganzen Jahre aufzubewahren. Ich hatte immer angenommen, die Geschichte sei symbolisch gemeint gewesen, wie ein Märchen, erfunden, aber irgendwie trotzdem wahr.

Ich liebte es, wenn sie den Arm um mich legte und mich mit ihrem Magnolien-Parfüm umhüllte, meist wundervoll ergänzt durch einen Hauch von schottischem Whisky, von dem sie üblicherweise am späten Nachmittag ein Glas trank. «Es waren wunderschöne Schuhe», sagte sie dann. «Und die Absätze waren für damalige Verhältnisse wagemutig hoch. Du kannst dir das nicht vorstellen, aber ich hatte wirklich sehr schicke Beine mit schlanken Fesseln. Ich war dreiundzwanzig, und meine Mutter war so froh, dass sich doch noch ein Mann gefunden hatte, der mich heiraten würde, dass sie mir erlaubte, diese sagenhaft teuren Schuhe zu kaufen. Ich habe sie nur ein einziges Mal in meinem Leben getragen. Aber bis zum Altar habe ich es mit ihnen nicht geschafft.»

An dieser Stelle machte Rosemarie immer eine bedeutsame Pause. Und obschon ich nicht nur die Geschichte, sondern auch die Pausen auswendig kannte, war ich jedes Mal wieder gespannt, wie es weitergehen würde.

«Ich war wirklich eine schöne Braut, viel zu schön für die Ehe, die dann folgte. Aber auf dem Weg zur Kirche brach mir auf dem Kopfsteinpflaster ein Absatz ab. Mein Bräutigam wartete schon, und in der Eile konnte der Schuh natürlich nicht mehr repariert werden. Würde ich dir ein Märchen erzählen, wäre jetzt selbstverständlich ein Prinz des Weges gekommen, um mich in letzter Sekunde vor dem Fehler zu bewahren, den ich dabei war zu machen. Aber so war es nicht. Deine Mutter wurde gezwungen, der Trauung auf Strümpfen beizuwohnen, und ich wurde gezwungen, die Schuhe deiner Mutter zu tragen. Und die hatte Senkfüße und trug klobige braune Schnürschuhe – ein Sonderangebot, du kennst sie ja. Und das ist der Grund, warum ich auf meinen Hochzeitsfotos immer nur bis zu den Waden abgebildet bin und warum ich beim Walzer aussah wie ein Flusspferd in einem Albtraum in Weiß.»

Ich betrachte die Schuhe. Sie sind ungetragen, aber es ist deutlich zu sehen, dass der rechte Absatz angeklebt wurde. Tante Rosemarie hat die Schuhe irgendwann reparieren lassen. Aber wann? Und warum?

Noch ein weiteres Geheimnis, das sie mit in ihr leeres Grab genommen hat.

Ich wickle das Buch aus dem Seidenpapier: das Tantenbuch! Ein halbes Jahrhundert lang hat sie darin ihre Lieblingsstellen aus Büchern, Filmen und Gesprächen notiert. Wie oft hat sie mir daraus lachend oder weinend vorgelesen.

Ihre Handschrift war steif und streng und passte schon lange nicht mehr zu ihr. Sie war nur noch eine Erinnerung an die Zwänge und Unfreiheiten, von denen sie sich befreit hatte. Sie hatte die falsche Schrift, ich die falschen Haare.

Ich fange an zu blättern:

«Einen Fluss in seine Bäche zerlegen.
Einen Menschen verstehen.»
(ELIAS CANETTI)
«Unsere Verletzungen müssen Nester für Blumen werden.»
(PETER HANDKE)

«Wer nicht verzweifeln kann, muss nicht leben …
Harmonie ist der Friedhof des Gefühls.
Solange man noch unglücklich sein kann, kann man
auch noch glücklich sein.»
(MARTIN WALSER)

«Die Ehe ist eine Hölle bei gemeinsamem Schlafzimmer.
Bei getrennten Schlafzimmern ist sie nur noch ein Fegefeuer.
Ohne das Zusammenwohnen wäre sie vielleicht das Paradies.»
(JÜRGEN VON DER LIPPE)

«Falls ich einmal sterbe …»
(PROMETHEUS)

Und es beginnt im kalten Zimmer nach Magnolien zu riechen. Nein, keine Einbildung. Es ist, als sei sie in den Raum getreten, als stünde sie am Fenster, direkt hinter mir, würde mir über die Schulter sehen, hinunter auf Berlin. Wie so oft. Ich drehe mich um. Natürlich ist sie nicht da. Ich bemerke, dass einige Seiten im Tantenbuch fleckig sind und manche Stellen sogar noch ein wenig feucht. Tante Rosemarie muss ihr Parfüm ausgelaufen sein. Lange kann das nicht her sein.

Du lebst nicht mehr, aber ich kann dich noch riechen.

Ich schließe die Augen und trinke einen Schluck irischen Whiskey, den ich mitgebracht habe. Auf dein Wohl!

Ich bin noch gar nicht wirklich dazu gekommen, Abschied zu nehmen, zu trauern, mir klarzumachen, was es für mich bedeuten wird, ohne dich sein zu müssen.

Seit deiner Beerdigung ist mein Leben unerwartet lebendig und ungewohnt unübersichtlich: eine schwangere Cousine, ein wiedergefundener Freund, ein verschwundener Bestsellerautor und Herzrasen beim Anblick eines Talkshow-Moderators – trotz einer Handvoll Betablocker.

Seit du tot bist, komme ich nicht zur Ruhe. Ist das dein Vermächtnis? Hast du mir statt einer Million Euro eine Million Zwiebackkrümel in meinem Bett hinterlassen?

Mein jetziger Gemütszustand würde dir gefallen – der eigentlich kein Zustand ist, sondern eine Katastrophe. Ich komme mir vor wie eine Erdbebenregion kurz nach einem Beben. Nichts ist mehr an Ort und Stelle.

«Eindeutig ist nur der Tod», hast du immer gesagt. Und in deinem Fall stimmt noch nicht einmal das.

Ich stelle mir deine letzten Sekunden vor. Hattest du noch Zeit, Angst zu haben? Um dein Leben zu fürchten? Hast du geschrien, geflucht? Oder gebetet? Wurden Sekunden zu Stunden? Lief noch einmal dein ganzes Leben im Zeitraffer vor dir ab? Und wenn ja: Welche Rolle habe ich gespielt? War ich für dich Sorge oder Hoffnung? Und, Tante Rosemarie, hast du Schmerzen gespürt, als du im Feuerball verglüht bist?

Mir schmerzt das Herz bei den Gedanken an deinen Tod und bei den Gedanken an mein Leben ohne dich.

Es riecht doch so, als wärst du noch da! Als würdest du, vertrauter, lieber Anblick, in deinem türkisfarbenen Morgenmantel neben mir am Fenster sitzen, die nackten Füße in heruntergekommenen Herrenpantoffeln, in der einen Hand ein Glas Whisky, die andere auf meinen Arm gelegt.

«Ach, mein Liebchen», würdest du sagen und dann irgendwas erzählen, was ich jetzt so gerne hören würde.

Ich weine zum ersten Mal, seit ich weiß, dass du tot bist. Und dann aber auch gleich so laut und so verzweifelt, dass ich beinahe mein Telefon nicht höre. Es ist Theo Bertram, und ich weiß, Tante Rosemarie, dass du Verständnis dafür gehabt hättest, dass ich da jetzt wirklich drangehen muss.

«Goldhausen», sage ich mit triefnasser Stimme.

«Hier spricht Theo Bertram. Störe ich?»

«Nein. Ich tue mir nur grad selber leid.»

«Oh. Ich hoffe, das hat nichts mit mir zu tun?»

Typisch, solche Männer beziehen immer alles auf sich – und haben damit auch meistens sogar noch recht. Natürlich hat meine derzeitige Krise auch mit ihm zu tun. Er hat mich geküsst! Mich, eine fast verheiratete Frau!

Nach einer Talkshow gibt es für die Teilnehmer ja noch etwas, was sich Get Together nennt. Und da hatte sich, wie ich fand, Theo Bertram durchaus um mich bemüht. Als ich ihm zum Abschied formvollendet die Hand geben wollte, ignorierte er sie und küsste mich.

Nicht stürmisch, nicht leidenschaftlich, eher sanft wie eine Feder. Und ehe ich verstanden hatte, was los war, und in innerliche Verhandlungen treten konnte, ob ich diesen Kuss erwidern sollte – war er auch schon vorbei.

«Frau Goldhausen, sind Sie noch dran? Mein Kuss bei unserer Verabschiedung – ich hoffe, er hat Sie etwas durcheinandergebracht.»

Er hat seiner Stimme einen unanständigen Klang verliehen, der mir wohlig das Rückgrat herunterkrabbelt. Erst jetzt fällt mir auf, dass es vier Uhr morgens ist.

«Herr Bertram», sage ich mit verspäteter Entrüstung, «es ist vier Uhr morgens!»

«Verzeihen Sie bitte. Ich komme gerade von den Lead Awards in den Deichtorhallen. Ich bin etwas angetrunken und deswegen mutig genug, Sie anzurufen. Aber der Zeitpunkt ziemt sich natürlich nicht. Soll ich mich später nochmal melden?»

«Was meinen Sie mit später? So gegen halb sechs vielleicht? Es ist schon in Ordnung, ich war sowieso noch wach. Ich sitze auf der Fensterbank einer Berliner Hochhauswohnung und trauere um meine tote Tante.»

Keine Ahnung, warum ich das sage, warum ich so offen bin einem Mann gegenüber, der mich erst einmal gesehen hat, mit Fernseh-Make-up im Gesicht, und der mich auf der Straße nicht wiedererkennen würde. Aber mir gefällt es, in einem kalten, leeren Zimmer mit einem beinahe Fremden zu telefonieren. Ich komme mir ungewöhnlich vor. Und das ist mir in meinem Leben nicht oft genug passiert. Wo immer sie auch ist, ich bin mir sicher, Tante Rosemarie lächelt gerade.

«Sind Sie Ihrer Tante ähnlich?»

«Leider nicht. Bisher zumindest nicht.»

Anderthalb Stunden später lege ich auf. Lange her, dass ich jemandem so viel von mir erzählt habe – und dass jemand so viel von mir wissen wollte.

Und morgen habe ich eine Verabredung!

«Wenn Sie ohnehin in Berlin sind, begleiten Sie mich doch zum Filmball. Mein Fahrer wird Sie um halb acht abholen. Guten Morgen, Marie, und danke für die schöne Nacht.»

So langsam vermehrt sich die Anzahl meiner Probleme so rasend schnell wie die Kelly Family zu ihren besten Zeiten. Noch vor wenigen Wochen war ich eine Frau, die sich lediglich zwei Fragen beantworten musste: Soll ich kündigen und mich selbständig machen? Soll ich noch in diesem Jahr heiraten, und muss ich meine bescheuerte Familie wirklich dazu einladen?

Aber mittlerweile ist alles unendlich viel komplizierter geworden. Nicht nur dass ich nicht weiß, ob ich überhaupt heiraten soll, es stellt sich nun auch die Frage, wie ich mich selbständig machen soll, wenn mein berühmtester Autor verschwunden bleibt. Oder eine lebenslange Schreibblockade hat wegen der Szene in seinem Ehebett. Oder künftig lieber experimentelle Lyrik verfassen will, weil er das Trauma einfach nicht verwinden kann.

Erschwerend hinzu kommt, dass ich keine Ahnung habe, wie ich bis heute Abend um halb acht auch nur annähernd so aussehen soll, wie Theo Bertram mich in Erinnerung hat.

Ich bin innerhalb kürzester Zeit von einer in sich ruhenden und rationalen Frau zu einem aufgescheuchten, gefühligen Hühnchen mutiert.

«Regina, es ist was passiert.»

«Och nee, und ich hatte mich so auf eine Hochzeit gefreut, bei der die Braut endlich mal nicht schwanger ist.»

«Das ist es nicht. Ich habe Frank betrogen.»

«Gratuliere. Willkommen im Club. Endlich wirst du erwachsen. Ist es dein schnuckeliger Autor? Ich wusste von Anfang an, dass es irgendwann zwischen euch funken wird.»

«Es ist Theo Bertram.»

«Das glaube ich nicht! Du hast mit Theo geschlafen?»

«Geschlafen nicht. Aber die ganze Nacht telefoniert, und das sehr intim.»

«Ich bitte dich, mit mir führst du doch auch dauernd intime Gespräche. Wahrscheinlich fühlst du dich sogar von Erdal besser verstanden als von deinem Freund. Es ist normal, dass man mit dem eigenen Partner keine aufregenden Gespräche mehr führt. Dafür hat man Freunde.»

«Was ist denn noch alles normal? Für gute Gespräche hat man Freunde. Für guten Sex hat man Affären. Und für alles andere hat man Handwerker. Kannst du mir bitte einen vernünftigen Grund nennen, warum ich heiraten sollte?»

«Du scheinst Conradis Buch nicht gelesen zu haben. Es gibt nur einen einzigen vernünftigen Grund zu heiraten: weil es vernünftig ist.»

«Lass uns dieses Thema vertagen. Ich habe eine viel wichtigere Frage: Wie schaffe ich es heute Abend, keinesfalls auch nur annähernd so auszusehen, wie ich normalerweise aussehe?»

«Gar kein Problem.»

Ich muss mich sehr zusammennehmen, um nicht auf der Stelle vor Scham im Boden zu versinken. Ich habe mich immer gefragt, was für schmerzfreie Idiotinnen so etwas tun. Jetzt weiß ich es: Es sind Frauen, die in Not sind. So wie ich.

Ich sitze an einem verkaufsoffenen Samstag in einem Edelkaufhaus in Berlin-Mitte und lasse mich von einer Mitarbeiterin der Chanel-Beauty-Abteilung sachgerecht schminken.

Dazu muss ich natürlich zunächst völlig abgeschminkt werden. Und der Zustand «abgeschminkt» ist einer, den ich mir für besuchsfreie Wochenenden ohne jegliche Außenkontakte vorbehalte.

Die Chanel-Fachkraft, eine üppige und resolute Endfünfzigerin, hat meine Haare mit Spangen aus der Stirn geklammert und mir einen grünen Plastikumhang um die Schultern gelegt, der meine unvornehme Blässe unvorteilhaft unterstreicht und um eine ungesunde Grün-Nuance erweitert.

Als Frau Chanel dabei ist, mir eine belebende Lotion auf meine fahle, stellenweise etwas rotfleckige Epidermis aufzutragen, kann ich meinen eigenen Anblick nicht mehr ertragen und lasse den Blick über die unerfreulich vielen Menschen schweifen, die sich am späten Nachmittag durch die Galeries Lafayette schubsen.

Ich sehe ihn sofort!

Und ich frage mich, ob es sein kann, dass mich das Schicksal bereits für eine Untreue bestraft, die ich noch gar nicht begangen habe. Theo Bertram ist eindeutig auf dem Weg Richtung Chanel.

«Bitte, tun Sie was! Der Mann dahinten, der aus dem Fernsehen, der darf mich hier auf keinen Fall sehen.»

Frau Chanel legt mir ein großes Kosmetiktuch übers Gesicht. Ich halte den Atem an. Der kleinste Lufthauch könnte verhängnisvolle Folgen haben.

«Darf ich Sie kurz stören?» Unverkennbar seine Stimme.

«Ich hätte gerne aus der Herrenserie die regenerierende Lotion mit Lipoproteinen, das Anti-Shine-Balsam und die Total-Revitalizer-Creme.»

«Sehr gern. Möchten Sie auch den neuen Skin Caviar für die Augenpartie?»

«Nein danke, den hab ich schon.»

«Das macht dann zweihundertvierzehn Euro.»

Die Kasse piept.

Mein Handy klingelt.

«Oh, Sie sind's. Das ist jetzt gerade wirklich sehr ungünstig, Herr Conradi», flüstere ich unter meinem Kosmetiktuch. «Können Sie sich ausnahmsweise kurz fassen?»

Nicht zu glauben, dass ich meine Karriere aufs Spiel setze und Gefahr laufe, meinen besten und überempfindlichsten

Autor zu verprellen, bloß damit mich Theo Bertram nicht ungeschminkt und mit Klammern im Haar sieht. Ich denke allerdings, die meisten Frauen würden Verständnis für mich aufbringen.

«Na dann, leben Sie wohl, Marie. War das kurz genug?»

Aufgelegt.

«Der Fernsehtyp ist weg.»

Frau Chanel nimmt mir das Tuch vom Gesicht. Mein Angstschweiß und die belebende Lotion sind zu einem schmierigen, glänzenden Film geworden.

«Entschuldigen Sie, habe ich meinen Schirm hier vergessen? Oh, Marie! Ich hätte Sie fast nicht erkannt!»

«Hallo, Theo.»

Das Schicksal meint es derzeit wirklich nicht gut mit mir.

Ich habe immer angenommen, dass ich eher eine Frau sei, die ihre Probleme mit sich selber ausmacht. Jetzt denke ich, dass diese Annahme falsch war.

Es lag wahrscheinlich einfach daran, dass ich zu meinen Zahnspangenzeiten keine Freunde hatte, mit denen ich meine Probleme besprechen konnte. Und später hatte ich einfach nicht genug Probleme. Und vor allem keine interessanten.

Jetzt habe ich beides: gute Freunde und gute Probleme.

Leonie liegt auf dem Sofa, hält sich den dicken Bauch vor Lachen, und ich bin schon ganz in Sorge, dass das Baby womöglich ein Schleudertrauma erleidet. Regina lauscht meinen Erzählungen so fasziniert, dass sie tatsächlich reflexartig ein paar Erdnussflips isst. Erdal klammert sich an sein herzförmiges Sofakissen und starrt mich erschüttert an: «Er hat dich ungeschminkt gesehen? Mein Gott, das tut mir so leid.»

«Ein bisschen viel Realität für den Anfang», sagt Regina. «Mein Geliebter hat mich in drei Jahren noch nicht mal ohne Foundation und Wimperntusche gesehen.»

«Du hast seit drei Jahren einen Geliebten?» Dafür, dass Erdal selbst keine treue Seele ist, wirkt er verblüffend empört. «Also, das könnte ich ja nicht, zwei Menschen lieben. Mein Herz kann ich immer nur einem schenken, nicht wahr, Karstipuschel?»

«Ich empfinde es als absoluten Luxus, zwei Männer zu haben», sagt Regina.

«Ich empfinde es als absoluten Luxus, einen Mann zu haben, der mir reicht.»

Wir alle schauen ergriffen Karsten an, der sich normalerweise bei solchen Diskussionen überhaupt nicht äußert, und wenn, dann nicht so emotional.

Erdal und Leonie steigen Tränen der Rührung in die Augen, Regina nimmt noch eine Handvoll Erdnussflips, und ich überlege, wer von beiden denn nun recht hat.

«Kann einem ein Mann überhaupt genug sein, ohne dass man ungebührlich viele Abstriche hinnehmen muss?», frage ich. «Und was ist, wenn dir der, den du hast, nicht genug ist: Ist er dann automatisch der Falsche?»

«Wenn einer nicht reicht, braucht man eben zwei», sagt Regina.

«Wenn einer nicht reicht, braucht man einen anderen», sagt Karsten.

«Meint ihr, ich soll Frank heiraten?»

«Die Frage ist die Antwort», sagt Erdal, «und die heißt: nein. Zweifel sind ein schlechtes Fundament für eine Ehe.»

«Träume sind ein noch viel schlechteres Fundament für eine Ehe», sagt Regina. «Du weißt, was du von Frank erwarten kannst und was nicht. Du wirst nicht enttäuscht werden.»

«Weil du schon enttäuscht bist.» Karstens Satz führt zu einem ungemütlichen Schweigen.

«Warst du jetzt eigentlich mit Theo Bertram auf dem Filmball, oder hat er die Verabredung abgesagt, nachdem er wusste, wie du ungeschminkt aussiehst?», fragte Leonie.

«Doch, ich war auf dem Filmball. Und ich muss sagen, dass Frau Chanel ganze Arbeit geleistet hatte. Ich war wirklich sehr gut geschminkt, und sie hatte sogar meine Haare einigermaßen in den Griff bekommen.»

«Unvorstellbar, wenn man dich jetzt so sieht.»

«Erdal, bitte, jetzt lass sie doch erzählen!»

«Natürlich, entschuldige, Leonie Liebes.»

«Ich bin sogar das erste Mal in meinem Leben im Blitzlichtgewitter über einen roten Teppich gelaufen – allerdings allein, denn Herr Theo Bertram konnte sich ja schlecht mit mir zusammen fotografieren lassen. Ich kam mir total billig vor, wie eine Promi-Nutte, mit der man sich besser nicht öffentlich zeigt. Aber man soll sich neuen Erfahrungen ja nicht verschließen. Wann fühlt man sich schon mal wie eine Promi-Nutte?»

«Jetzt siehst du mal, wie das ist», sagt Regina. «Es hat aber auch seinen Reiz, die Unerkannte im Hintergrund zu sein. Du musst bloß aufpassen, dass du auf dem roten Teppich nicht hinter jemand wirklich Berühmtem hergehst. Dann stehst du da fünf Minuten im kleinen Schwarzen in der Kälte, bis Iris Berben endlich weitergeht.»

«Hast du Stars kennengelernt?», will Erdal wissen. «Ist Hape Kerkeling wirklich so schnuckelig?»

«Die Promis haben regelrecht einen Bogen um mich gemacht. Wenn du der einzige Unbekannte auf so einer Veranstaltung bist, fällst du natürlich auf. Die dachten wahrscheinlich alle, ich hätte meine Eintrittskarte beim großen HappyDigits-Gewinnspiel bei Karstadt gewonnen. Man scheint mir anzusehen, dass ich leidenschaftlich PayPal-Punkte sammle und Vorzugskundenkarten von Esso und Budnikowski besitze. Sicherlich ein Erbe meiner Mutter. Meist befinden sich in meinem Portemonnaie wesentlich mehr Kundenkarten als Geldscheine.»

«Wie war dieser Theo Bertram zu dir?», fragte Karsten.

«Er hat immer mal wieder kurz mit mir gesprochen. Als mir das zu blöde wurde, sagte er, ich solle um halb eins in eine Bar in Neukölln kommen. Dort würden wir kein Aufsehen erregen.»

«Und?», flüstert Erdal.

«Ich bin nicht hingefahren.»

Bis auf Karsten sehen mich alle vorwurfsvoll an, als hätte man einen Kübel Eiswasser über ihnen ausgegossen.

«Och Manno», beschwert sich Erdal. «Ich hätte so gern gewusst, wie Theo Bertram nackt aussieht. Ob er untenrum rasiert ist und wie sein Hintern in Schuss ist.»

«Gib zu, dass das eine ausgeklügelte Taktik von dir war», sagt Regina. «Prominente Männer verfallen dir auf der Stelle, wenn du dich ihnen entziehst. Ich wette, es ist Theo Bertram noch nie passiert, dass er in einer Bar sitzt und vergeblich auf sein Date wartet.»

«Es war keine Taktik. Aber er ruft mich seither täglich an.»

«Du hättest mit einem echten Promi schlafen können und hast es nicht getan?», fragt Leonie verblüfft. «Ist das nicht etwas widernatürlich? Oder hast du vielleicht gerade eine Pilzinfektion? Ich habe mich nie aufgespart, wenn es um Sex ging.»

«Das sieht man», sagt Regina wenig taktvoll – was ihr bitterböse Blicke von Erdal einbringt, der nur sehr wenig Humor aufbringt, sobald es um die Mutter seines Kindes geht.

Aber Leonie lächelt nur beseelt. Sie sei noch nie so ausgeglichen und zufrieden gewesen wie während der Schwangerschaft, erzählt sie bei jeder Gelegenheit, und sie hoffe sehr, das Baby komme später als errechnet, damit sie diesen Zustand noch länger genießen könne. Nur so zwei, drei Jahre.

Leonies Bauch ist mittlerweile genauso rund wie ihr Po. «Wenn du einen Kaiserschnitt bekommst, musst du aufpassen, dass sie dich nicht auf der falschen Seite aufschneiden», hatte ich neulich zu ihr gesagt.

Für eine Schwangere war ihr Bauch lange Zeit winzig gewesen. Ich muss leider sagen, dass ich nach einer Pizza mit doppelt Käse wesentlich schwangerer aussehe.

Ihre Brüste hatten die Schwangerschaft auch zur Kenntnis genommen und waren entsprechend gewachsen.

«Ich trage jetzt B-Körbchen mit Tendenz zu C», hatte sie mir nicht ohne Stolz erzählt, denn wir Goldhausen-Frauen bewegen uns bei BH-Größen traditionell im nicht messbaren Bereich.

So eine sorglose Schwangerschaft würde ich mir auch wünschen. Jetzt mal abgesehen davon, dass sie nicht weiß, wer der Vater des Kindes ist, was vielleicht nicht jedermanns Sache ist, ist sie wirklich zu beneiden. Karsten hat sich extra

einen halben Tag freigenommen, um drei in Frage kommende Kinderwagen Probe zu fahren, und Erdal ist mittlerweile Spezialist für tibetische Babymassage, Spieluhren, Fruchtwasseruntersuchungen, Wochenbettdepressionen und die Psychologie des Kleinkindes. Nur mit Mühe war er davon abzuhalten, sich schon mal die weiterführenden Schulen im Einzugsgebiet anzuschauen und nötigenfalls zu reformieren.

Erdal, Karsten, Leonie und der Bauch waren die glücklichste Familie, die ich seit langem gesehen hatte.

«Wie wird es jetzt mit Theo und dir weitergehen?», fragt Regina. «Ich hoffe doch sehr, das wird noch was.»

Noch niemals hatte ich von irgendetwas so wenig Ahnung wie derzeit von meinem eigenen Leben.

«Ihr wollt also unbedingt, dass ich den Mann betrüge, den ich höchstwahrscheinlich sehr bald heiraten werde?»

«Du sollst dich ja nicht in Theo Bertram verlieben», sagt Erdal, «du sollst doch nur mit ihm schlafen.»

«Danke, ich habe genug Sex», behaupte ich schamlos.

«Du hast zu wenig Sex», behauptet Regina schamlos.

«Ich gehe mal Bier holen», behauptet Karsten.

«Ich habe genau so viel Sex, wie ich haben will», sage ich.

«Zweimal im Monat?», fragt Regina.

«Manchmal sogar mehr.»

«Du Tier!»

«Kein Grund, ironisch zu werden, Regina. Ich bin seit fast zehn Jahren mit Frank zusammen, da ist es ganz normal, wenn die Beischlaffrequenz nachlässt.»

«Wach endlich auf. Willst du nicht endlich was erleben, statt nur zu leben? Sex statt Aneinandervorbeischlaf? Ist doch schön, wenn man beim Ficken zu zweit ist.»

«Versuch es doch einfach mal», schlägt Leonie in einem Tonfall vor, als handele es sich um eine Probefahrt mit einem japanischen Gebrauchtwagen. «Ich finde ja, dass Sex ohne Liebe mehr Spaß macht. Man kann sich ganz auf die Biologie konzentrieren und braucht keine Angst zu haben, den anderen zu verschrecken. Wenn ich verliebt bin, will ich gefallen – und schon bin ich verspannt und kriege keinen Orgasmus.»

«Und wenn ich mich richtig in Theo Bertram verliebe?»

Erdal schüttelt vorwurfsvoll den Kopf: «Goldi, nun sei doch nicht so pessimistisch. Mit der Einstellung wird das ja nie was!»

«Warum wieder von vorne anfangen?»

«Sie sollten sich auf keinen Fall überschätzen.»

Mein Verleger Dr. Ludwig Stegele sitzt, die Arme vor der Brust verschränkt, hinter seinem Schreibtisch und wartet, dass seine Worte Wirkung zeigen.

Eigentlich müsste ich jetzt lachen. Darüber, dass mein Verleger tatsächlich glaubt, man müsse mich vor Selbstüberschätzung warnen. Hätte ich doch bloß den Mut, ihn genauso von oben herab zu behandeln wie er mich. Aber ich sitze bewegungslos auf meinem Stuhl vor Stegeles monströsem Schreibtisch und fühle mich genau so klein und nichtsnutzig, wie der Herr Verleger und der Designer des Schreibtisches es möchten.

Meine Vorgesetzte Petra Kern sitzt rechts vom Schreibtisch, links der Vertriebschef Bruno Zilinski, mit dem sie seit zwei Jahren heimlich, wie sie glaubt, schläft. Beide wirken hämisch zufrieden.

Die Kern hat es nie verwunden, dass ich den Bestseller entdeckt habe, den sie übersehen hat. Und der Zilinski hasst mich, weil sie mich hasst und er meinetwegen bestimmt etliche vermieste Schäferstündchen hatte.

«Es ist uns durchaus bekannt», sagt Dr. Stegele, «dass Sie Angebote von anderen Verlagen haben. Aber wie lange noch, frage ich mich, wenn bekannt wird, dass Sie den einzigen

Bestsellerautor, den Sie je entdeckt haben, wieder verloren haben?»

Der Vertriebschef räuspert sich: «Mit Verlaub, Herr Dr. Stegele, aber das Wort ‹entdeckt› trifft den Sachverhalt nicht so ganz. Frau Goldhausen hat in Abwesenheit von Frau Kern in deren Korrespondenz geschnüffelt und daraufhin eigenmächtig Conradi kontaktiert. Wir wollen doch bei den Tatsachen bleiben.» Er wischt sich einen imaginären Krümel aus dem Mundwinkel.

«Ach, Bruno, letztendlich ist es doch das Wohl des Verlages, auf das es ankommt. Ich will wirklich nicht nachtragend sein.»

Ich könnte der Kern eine reinhauen, aber auch das tue ich natürlich nicht. Ich schweige und hasse mich dafür.

Stegele klatscht mit der flachen Hand auf seinen Chefschreibtisch. «Das zweite Buch von Conradi ist unser Schwerpunkttitel im kommenden Herbst. Den Vorabdruck habe ich an den ‹Spiegel› verkaufen können, Conradi ist bei ‹Wetten, dass …?› und Jauchs Jahresrückblick eingeladen, wir haben das Deutsche Theater in Berlin für die erste Lesung gebucht, wir werden hunderttausend Euro für Werbung ausgeben, und es ist uns nach zähem Ringen gelungen, den Titel ‹Liebeslügen› schützen zu lassen. Dieses Buch muss unter allen Umständen erscheinen, Frau Goldhausen, sonst ändern sich hier sehr bald die Gesichter. Haben wir uns verstanden?»

«Aber er ist verschwunden», piepse ich unsouverän.

«Er ist verschwunden, weil Sie inkompetent sind und nicht wissen, wie man mit so einem Autor umgehen muss!», kreischt die alte Kern.

Mein Verleger nimmt seine Brille ab und putzt sie in Zeitlupe. Er spielt mit mir, will mich zermürben. Ich kenne diese Strategie. Leider funktioniert sie bei mir trotzdem ganz prächtig.

«Frau Goldhausen, ich gebe Ihnen einen Monat Zeit, uns wenigstens ein Rohmanuskript zu liefern.»

Ich nicke. Und hasse mich dafür.

Als ich bereits an der Tür bin, räuspert sich Petra Kern: «Ach, liebe Marie, eine Kleinigkeit noch. Würdest du bitte heute noch dein Büro räumen und in dein altes zurückziehen? Wir haben ab morgen eine Praktikantin, die Nichte von Herrn Zilinski.»

Zwei Stunden später sitze ich wieder auf acht Quadratmetern mit Blick auf die Garage. Und ehrlich gesagt ist das genau das, was ich verdient habe. Kern und Stegele haben recht. Ich habe mich absolut unprofessionell verhalten und aus lächerlicher, privater Eitelkeit einen Autor nicht angemessen behandelt. Einen Autor, den ich besser kenne als mich selbst. Ich weiß, dass er mir niemals verzeihen wird. Und ich verstehe ihn.

Ich gehe in mein Büro und versinke in Stille und Schmerz. Sechs Sekunden lang. Dann fliegt die Tür zu meinem Kabuff mit einem großspurigen Schwung auf, den ich diesen Räumlichkeiten gar nicht zugetraut hätte, und eine junge, schlanke Schönheit stürmt herein, dicht gefolgt von unserem Pförtner.

«Rosemarie, bitte, dieser Dobermann will mich nicht zu dir lassen. Du bist die Einzige, die mir helfen kann. Wo ist er?»

«Ulrike, ich habe keine Ahnung.»

«Lüg mich nicht an!»

«Du bist seit drei Jahren Conradis Geliebte. Deinetwegen macht er eine Paartherapie. Deinetwegen macht er Sport. Deinetwegen isst er Rohkost. Warum glaubst du, dass er mir eher sagen würde, wo er ist, als dir?»

«Weil du alles weißt. Weil er dir alles anvertraut. Weil er dich braucht. Ich dachte immer, ich sei seine Muse, die Frau, die ihn zu einem guten Autor macht. Aber das bist du.»

«Ich weiß nicht, wo er ist. Ich schwöre es dir.»

«Dann ist er verloren.» Ulrike schlägt die Hände vors Gesicht und weint. Und mir ist so ganz allmählich auch zum Heulen zumute.

«Marie, wenn er sich bei dir meldet, sag ihm, dass ich ihn liebe, dass ich noch nie jemanden so geliebt habe wie ihn. Und dass ich nie wieder jemanden so lieben werde wie ihn.»

Ulrike macht eine dramatische Pause, wie es ihrem Wesen entspricht. Meinem aber nicht, deswegen sage ich eher nüchtern:

«Okay, das kann ich mir merken.»

«Sag ihm, dass ich ‹Hauptsache Liebe?› sehr genau gelesen habe und deswegen meinen Schulfreund Hannes heiraten werde. Ich will endlich vernünftig sein. Die Affäre mit Michael kostet mich so viel Kraft. Ich kann das nicht mehr. Ich will endlich Frieden und wissen, zu wem ich gehöre. Und zu Michael werde ich niemals gehören. Das ist mir klar, seit er von seiner Frau getrennt ist. Er liebt mich nicht. Zumindest nicht so sehr wie ich ihn. Und das kann ich auf Dauer nicht aushalten.»

«Liebst du diesen Hannes denn?»

«Er liebt mich. Und er stört mich nicht.»

Wie Sex. Na ja, fast. Aber wirklich durchaus vergleichbar. Dieser Moment, wenn sie hochzieht und deine inneren Organe ein paar Sekunden brauchen, um sich wieder in ihre Ausgangspositionen zu begeben.

Der Mann neben mir liest Zeitung, unbeeindruckt, als säße er im Bus zur Arbeit. Ist mir unverständlich. Ich liebe das Fliegen. Und ich empfinde es jedes Mal wieder als ungeheuer, dass es überhaupt funktioniert. Wie ein Kind am Affenkäfig drücke ich mir am Flugzeugfenster die Nase platt.

Hamburg verschwindet unter den Regenwolken. Dann blendet mich jäh die Sonne. Was für eine Freiheit! Was für eine Illusion!

Ich hasse es, Entscheidungen zu treffen. Von jeher war ich ein Freund von Zwischenlösungen und Mal-abwarten-wie-es-sich-so-entwickelt-Strategien. Ich habe Angst, irgendwann zurückzublicken und feststellen zu müssen, dass ich falsch abgebogen bin.

Aber genauso viel Angst habe ich, irgendwann zurückzublicken und zu sehen: Da hättest du abbiegen müssen! Keine Entscheidung zu treffen kann mindestens genauso falsch sein, wie die falsche Entscheidung zu treffen. Warum sagt einem keiner, wie es geht?

«Nun sei doch mal ein bisschen mehr wie deine Haare», höre ich dich sagen. Ach, verdammt.

Ich schlage das Tantenbuch auf, wie so oft in den letzten Tagen. Allein ihre Handschrift und der zarte Magnolienduft, den es immer noch verströmt, genügen, um mich geborgen und mutiger zu fühlen. Ich treffe leider auf ein verstörendes Zitat von Schopenhauer:

«Daher werden die meisten Menschen, wenn sie am Ende zurückblicken, verwundert sein, dass das, was sie so ungeachtet und ungenossen vorübergehen ließen, ihr Leben war, eben das war, in dessen Erwartung sie lebten. Und so ist denn der Lebenslauf des Menschen in der Regel dieser, dass er, von Hoffnung genarrt, dem Tode in die Arme tanzt.»

Meine Güte, das war ja auch alles andere als beruhigend.

«Sie haben ein angenehmes Parfüm. Magnolie, nicht wahr?», sagt der Mann neben mir und vertieft sich wieder in seine Zeitung.

Ulrike hatte recht. Ich wusste, wo Michael Conradi ist.

Nachdem ich einmal konsequent nachgedacht und mich, was ja mittlerweile meine Spezialität ist, in seine Lage versetzt hatte, war mir klar, wo ich ihn höchstwahrscheinlich finden würde. Ich hatte sofort einen Flug gebucht. Während ich mich über das Bordmenü hermache, ärgere ich mich mal wieder über mich selbst. Man kann mich ungestraft ungerecht behandeln, man kann mich unbezahlt länger arbeiten lassen. Wäre ich ein Kleidungsstück, dann wäre ich eine gewachste Wind-und-Wetter-Jacke aus der Abteilung Funktionskleidung. Als Auto wäre ich wohl der allradgetriebene Geländewagen eines japanischen Herstellers. Und als Tier? Wahrscheinlich eine doofe Kuh.

«Pflegeleicht» nennt man jemanden wie mich, oder «alltagstauglich» oder auch «geländegängig». Frank liebt meine «Unkompliziertheit», mein Chef schätzt meine «Belastbarkeit».

Rosemarie nannte es immer: «deine gefühlte Zahnspange». «Wofür schämst du dich? Schau mich an. Streng genommen dürfte ich mich mit meinem Aussehen gar nicht mehr vor die Tür wagen. Mein Hals? Jeder Truthahn wäre stolz darauf. Und hast du eine ungefähre Ahnung, wie die Unterseite eines Oberarms aussieht, der bereits den amerikanischen Truppen bei ihrem Einmarsch in Frankfurt zugewinkt hat? Es ist jetzt fünfunddreißig Jahre her, dass ich zum letzten Mal eine ärmellose Bluse getragen habe. Da war Willy Brandt noch Bundeskanzler. Aber mein Innenleben hat weder Falten noch Altersflecken. Willst du sterben mit einer gefühlten Zahnspange im Mund?»

Ich fühle mich oft schlechter, als ich aussehe. Unter den Wind-und-Wetter-Jacken bin ich sicherlich eine der besser geschnittenen. Aber ich bin so lange verspottet worden, dass ich ein feines Gespür für Hohn entwickelt habe. Ich merke sofort, wenn es jemand mit mir nicht ernst meint.

Kein Gespür habe ich, wenn es jemand ernst mit mir meint. Das war sogar bei Frank so. Und der ist nun wirklich nicht der Typ für Spielchen und Unklarheiten. Der hat mich, nachdem er die Software unseres Verlages erneuert hatte, auf ein Getränk eingeladen, mich geküsst, sich verliebt, mir gesagt, dass er sich verliebt hat – und damit war die Sache für ihn klar. War sie ja eigentlich auch.

Ich allerdings rätselte noch eine Weile lang herum, was der Typ wohl an mir finden könnte. Ich unterstellte ihm wahlweise, dass er sich mit mir über die Trennung von seiner letzten Freundin hinwegtrösten oder sich einfach nur eine schöne Zeit machen wolle, bis ihm was Besseres über den Weg läuft.

Es dauerte ein paar Monate – Frank hatte sich erstaunlicherweise immer noch nicht in eine andere verliebt – bis ich bereit war, zu glauben, dass es sich hier um einen Fall von aufrichtiger Zuneigung mit längerfristiger Perspektive handelte.

Mittlerweile bin ich mir Franks Gefühle für mich absolut sicher. Ich weiß, dass er mich liebt – so gut er kann –, und ich weiß, dass es ihm viel zu anstrengend wäre, sich in eine andere zu verlieben. Untreue, unkontrollierte Leidenschaft, eine unkalkulierbare Affäre? Nein, das wären viel zu viele Unwägbarkeiten und zu viel Unvernunft für Frank. Warum wieder von vorne anfangen? Die ganzen Mühen des Sichkennenlernens, des Sicherklärens wieder auf sich nehmen, bloß um in ein paar Jahren wieder am selben Punkt anzugelangen?

Nein, mein Frank ist nicht der Typ für so einen Quatsch. Und ich auch nicht. Oder?

Manchmal allerdings wäre ich gerne wieder neu für jemanden und interessant. Vielleicht sogar überraschend. Vielleicht würde ich feststellen, dass ich ganz anders bin, als ich gedacht habe, unter den Blicken von jemandem, der nicht meint, mich zu kennen.

Ich glaube, ich könnte anders sein mit jemandem, der mich anders sein ließe.

Und könnte dieser Jemand Theo Bertram sein? Einerseits möbelt es mein angeschlagenes Selbstbewusstsein derzeit gehörig auf, dass er mir immer noch jeden Tag eine SMS schickt. Und ich gehe jetzt mal davon aus, dass er nicht ausschließlich an meinen ihm ja kaum bekannten inneren Werten interessiert ist.

Aber was will der von mir? Der Fernsehpreisträger, der von Emanzen wie Spießerinnen gleichermaßen angehimmelt wird, gut aussehend, ständig umgeben von anmutigen und willigen Praktikantinnen, verheiratet mit einer Frau, die sich sicherlich keine einzige Sekunde in ihrem Leben jemals die Frage gestellt hat: Was will der von mir?

Theo Bertrams Hartnäckigkeit schmeichelt mir, aber eine ordentliche Portion Misstrauen ist hier mit Sicherheit angemessen.

«Spröde und unergründlich» hat er mich genannt. Das ist zwar Blödsinn, hat mir aber ausnehmend gut gefallen. Er ist so begeistert und verblüfft davon, dass ich nicht sofort mit ihm ins Bett gegangen bin, dass er sich jetzt tatsächlich richtig ins Zeug legt und mir alle möglichen Eigenschaften unterstellt, die ich gerne hätte.

Kurz vor dem Abflug kam erneut eine SMS von ihm:

«Marie, muss ich Sie in meine Sendung einladen, um Sie endlich wiederzusehen?»

Und ich muss sagen, mein Widerstand schmilzt allmählich dahin. Frank war noch die ganze nächste Woche im Ausland, die Zeit war günstig für ein Abenteuer, und schließlich würde ich Erdal, Leonie und Regina einen großen Gefallen damit tun, wenn ich ihnen endlich den vollzogenen Beischlaf melden könnte. So gesehen sprach ja eigentlich wirklich nichts gegen eine Verabredung mit Theo Bertram.

Meiner mahnenden inneren Stimme stopfte ich kurzerhand das Maul mit dem beliebten Conradi-Satz: «Du bereust nicht das, was du getan hast, sondern das, was du nicht getan hast.»

Ich hatte Conradi immer gesagt, dass dieser Satz gut klinge, jedoch total falsch sei. Aber ich finde, man muss seine Standpunkte auch mal wechseln dürfen. Ich hatte definitiv viel zu viel nicht getan.

Sobald ich Conradi gefunden hatte, würde ich mir Gedanken darüber machen, ob ich vor dem Treffen mit Theo Bertram Selbstbräuner benutzen sollte oder nicht.

Das Problem beim Selbstbräuner ist nämlich, dass er zwar bräunt, aber auch stinkt. Du hast also die Wahl zwischen einem kalkweißen, duftenden Körper oder einem ansehnlich gebräunten, müffelnden Körper. Ich würde zu diesem Thema eine Sondersitzung mit Regina einberufen müssen.

«Bitte klappen Sie die Tabletts hoch und bringen Sie Ihre Sitzlehne in eine aufrechte Position. Wir beginnen den Landeanflug auf Paris.»

Ich war erst einmal in Paris.

An meinem achtzehnten Geburtstag, vor nahezu zwanzig Jahren. Tante Rosemarie hatte mir zu meiner Volljährigkeit ein verlängertes Wochenende in Paris geschenkt. Paris und ich, wir passten so perfekt zusammen, weil wir nichts gemeinsam hatten. Wie ein leidenschaftliches Liebespaar, bei dem sich die Gegensätze anziehen und das nichts hält von der öden Faustregel: Gleich und Gleich gesellt sich gern.

Paris hat mich betört und abgestoßen, inspiriert und eingeschüchtert, alles gleichzeitig. Ich habe die Frauen beneidet, die hier zu Hause sein durften und am frühen Abend in den Straßencafés Wein tranken und mit Männern parlierten, die meiner Meinung nach alle aussahen wie Alain Delon.

Ich mochte es sehr, Französisch zu sprechen, und ich sprach es wirklich gut. Die Sprache, hatte ich den Eindruck, machte einen anderen Menschen aus mir. Sie zwingt einen geradezu, laut und emotional zu werden und jedes Wort mit einer südländisch-ausladenden Geste zu unterstreichen. Es ist nicht so, dass die Pariserin von Natur aus schöner ist als andere Frauen, sie findet sich bloß schöner – und das macht eine ganze Menge aus.

Drei Tage durchstreifte ich mit Tante Rosemarie die Stadt. Wir konnten den Eiffelturm beide nur von weitem leiden. «Er ist wie ein Filmstar», sagte Rosemarie. «Je näher man ihm kommt, desto enttäuschter ist man von ihm.» Wir liebten es, im Palais Royal im 1. Arrondissement Pastis zu trinken, durch das Marais zu bummeln und bei Sonnenuntergang auf dem Pont Alexandre zu stehen. Abends kehrten wir erschöpft zurück an den herrlichsten Ort der Welt: ein großes Zimmer mit einem kleinen Balkon, auf den zwei Klappstühle passten, am Quai d'Anjou auf der Île Saint-Louis, der kleinen Insel hinter Notre-Dame.

Rosemarie hatte das Appartement von einem Bibliothekar zur Verfügung gestellt bekommen, der vor vielen Jahren einmal ihr Liebhaber war.

Nachts saßen wir auf unserem Balkon und schauten auf die Liebespaare in den Cafés runter. Ich freute mich auf mein Leben und versprach mir, einen großen Teil davon in Paris zu verbringen.

Ich bin nie wieder zurückgekommen.

Hamburg passt ja auch viel besser zu mir. Gleich und Gleich gesellt sich gern.

Michael Conradi würde in Paris sein – und zwar meinetwegen. Ich hatte ihm erzählt, wie glücklich ich hier war und dass ich unbedingt noch einmal in der Abenddämmerung auf dem Pont Alexandre stehen und meine Sorgen vergessen wolle. Und ich glaube, das will er auch. Und ich glaube, er hofft, dass ich ihn hier finde.

«Muttermund tut Wahrheit kund»

«Nimm die Hände von meinem Arsch!»

«Liebes, das wird dir guttun.»

«Ich will das aber nicht!»

«Aber alle anderen machen es doch auch.»

«Alle anderen sind ja auch bescheuert!»

Nun, da musste ich Leonie wirklich recht geben, auch wenn es durchaus unpassend war, ihre Meinung hier so laut hinauszutröten. Wir gehörten sowieso schon zu den unbeliebteren Mitgliedern der Gruppe.

Ich darf getrost sagen, dass dieser Geburtsvorbereitungskurs zu den Grenzerfahrungen meines bisherigen Lebens gehört.

In diesem Moment stehen zwölf hochschwangere Frauen vornübergebeugt an der Wand, rufen beim Ausatmen so laut wie möglich Aaaaaaah!, während ihnen gleichzeitig ihre Partner mit beiden Händen kräftig an beiden Pobacken rütteln. Und das ist kein mieser Scherz, sondern die Wehenübung «Apfelschütteln».

Leonie, die dreizehnte schwangere Teilnehmerin, verweigert aus mir verständlichen Gründen die Mitarbeit: «Da ist mir ein Kaiserschnitt ohne Narkose lieber als so was!»

Leonie ist in den letzten Tagen etwas gereizt, was ich gut verstehen kann. Sie hat seit geraumer Zeit ihre Füße nicht

192

mehr gesehen, und wenn sie etwas fallen lässt, überlegt sie sich sehr gut, ob sie es aufhebt oder ob es bis nach der Niederkunft liegen bleiben kann.

Zu den körperlichen Einschränkungen kommt bei Leonie die typische Schwangerschaftsdemenz. Eine hormonbedingte Tüdeligkeit, die dazu führte, dass Leonie vergangene Woche ein halbe Stunde mit der Mülltüte in der Hand spazieren ging, die sie eigentlich hatte entsorgen wollen. Außerdem hatte sich Leonie kaltes Badewasser einlaufen lassen, das Altglas in den Schmutzwäschekorb geworfen und versucht, sich mit der Fernbedienung des DVD-Recorders ein Taxi zu rufen. Dann hatte sie am EC-Automaten ihre Pin-Nummer rückwärts eingegeben, aber geglaubt, die Bank hätte die Zahlenkombination mutwillig geändert, und sich beim Filialleiter bitter beschwert.

Als ich Erdal und Leonie zum Geburtsvorbereitungskurs abholte, standen die beiden trotz strömenden Regens bereits vor der Tür. Aus den geöffneten Fenstern wehten nach verschmortem Plastik stinkende Rauchschwaden.

«Was ist passiert, Erdal?», fragte ich aufs höchste alarmiert.

«Nichts. Leonie wollte schon mal ein paar Schnuller abkochen, hat aber den Topf auf dem Herd vergessen. Kann ja mal vorkommen. So was ist ja gar nichts gegen meine Ohnmacht von gestern Abend. Da hat mir ein Mitarbeiter beim späten Bierchen anvertraut: ‹Das Geräusch beim Dammschnitt werde ich niemals vergessen.›»

Mir persönlich ist dieses ganze Kinderkriegen ja irgendwie viel zu archaisch. Warum, frage ich mich, sollen ausgerechnet Geburten unbedingt «natürlich» verlaufen – wo in unserem Frauenleben doch sonst auch nichts mehr natürlich ist, außer vielleicht das Make-up und die bernsteinfarbenen Strähnchen im Haar. Nein, so viel Natur bin ich einfach nicht gewohnt.

Nehmen wir zum Beispiel die Geburtszange. Ein Anblick, den ich mir und besonders Erdal gerne erspart hätte. Warum muss in Zeiten, wo jede Saftpresse von hochbezahlten italienischen Designern entworfen wird, medizinisches Gerät aussehen, als habe sich seit dem frühen Mittelalter keiner mehr um eine Weiterentwicklung bemüht? Das gilt übrigens ganz genauso für die Saugglocke, die die Hebamme als Anschauungsmaterial herumgehen ließ und deren Anblick Erdal nur mit geschlossenen Augen überstanden hatte.

«Pro Stunde öffnet sich der Muttermund etwa einen Zentimeter», belehrt uns Helga, die Kursleiterin, und hält eine Schautafel hoch, die mich an die eindeutig unangenehmeren Stunden meines Biologieunterrichts erinnert. Jemand sagt: «Muttermund tut Wahrheit kund.» Bei dem Spaßvogel handelte es sich leider um Erdal. Ich denke, die neu erlernten Begriffe «Milchstau», «Kindspech» und «Käseschmiere» vernebeln ihm den Verstand.

«Und jetzt», sagt Helga, «mache ich euch mal vor, wie Wehen klingen, damit die Männer wissen, was geräuschemäßig auf sie zukommt.»

Sie schließt die Augen, um sich voll auf ihre erste Wehe zu konzentrieren.

Was soll ich sagen? Nach der Darbietung – mindestens so gekonnt wie der vorgespielte Orgasmus in «Harry und Sally» – sitze ich da wie vom Donner gerührt und, ungelogen, den Tränen nahe. «Ich hätte dann doch gerne einen Kaiserschnitt», sage ich erschüttert in die Stille, die nach den letzten gellenden Schreien der Hebamme eingetreten war.

Erdal hatte den Raum bereits fluchtartig verlassen, als Helga zum ersten Mal gebrüllt hatte: «Auaaaaaa! Mamaaaa! Ich kann nicht meeeeeehr!»

«Man muss das als Geschenk der Natur sehen, an dem wir innerlich wachsen», sagt Caroline, die Schwangere neben mir.

Natur! Mir reicht es langsam mit Natur. Ich kann die Natur nicht leiden. Ich gehe ja noch nicht mal besonders gern spazieren. Und Caroline hat mich ohnehin von Anfang an verunsichert mit ihren ständigen Stretchübungen, bei denen sie ihre Füße hinter ihre Ohren steckt. Das kann ich nicht mal ohne Achtmonatebauch. Caroline will eine Hausgeburt in einem eigens angemieteten Planschbecken machen und außer Himbeerblättertee nichts Schmerzlinderndes zu sich nehmen.

Wohingegen ich mir den Zugang für das Schmerzmittel ja am liebsten sicherheitshalber schon weit vor der Zeugung zwischen die Rückenwirbel legen und sämtliche Anästhesisten des Krankenhauses mit Delikatesskörben bestechen würde.

«Das war doch bloß vorgespielt», versucht Leonie mich zu beruhigen. Komisch, bei «Germany's next Topmodel» weint sie Sturzbäche, aber diese Horrorvorstellung hat sie absolut kaltgelassen. Versteh einer die Schwangeren.

Und was heißt denn hier «nur vorgespielt»? Der Tod von Winnetou, das Siechtum des englischen Patienten, der Abschied von E. T. und die schlimme Lungenkrankheit von Sissi waren ja schließlich auch «nur vorgespielt». Aber als leidlich phantasiebegabter Mensch geht einem das natürlich trotzdem und auch über Jahre hinweg sehr nahe.

Geburtsvorbereitungskurse, so mein Fazit, sind definitiv

nur was für Schwangere. Ohne eine Extraportion Hormone im Blut lässt sich das Ganze nicht ertragen.

«Und ich dachte schon, Sie finden mich nie!»

Ich stand auf dem Pont Alexandre, und es war fast schon Nacht. Ich hatte ihn nicht kommen sehen.

Den ganzen Tag hatte ich all die Orte abgeklappert, von denen ich ihm vorgeschwärmt hatte, und war immer unsicherer geworden. Was bildete ich mir eigentlich ein? Michael Conradi konnte auch auf Bora Bora oder am Ballermann sein. Was für eine Anmaßung. Was für eine peinliche Selbstüberschätzung. Sonst doch eigentlich gar nicht meine Art.

Würde ich ohne ihn oder ein paar Seiten seines Manuskripts zurückkehren, dann konnte ich meine Karriere bei Kellermann & Stegele vergessen. Dann steht meiner Mutterschaft ja nichts mehr im Wege, dachte ich verbittert.

Was wohl aus der Wohnung geworden war? Ich hatte nicht den Mut gehabt, zur Île Saint-Louis zu gehen. Dort würde ich nur meiner Trauer um meine tote Tante begegnen und meiner Scham vor mir selbst. Ich hatte mein Versprechen nicht gehalten. Ich war nie zurückgekommen.

«Ich kann nun mal nicht aus meiner Haut», versuchte ich mich vor mir selbst zu rechtfertigen. Aber das funktionierte nicht mehr so gut wie sonst.

Ich stellte mich mitten auf den Pont Alexandre und wartete. Zwei Stunden lang.

Michael Conradi sah verändert aus. Nicht mehr so verwöhnt und sich selbst genießend. Er war schmaler geworden, und mit den Barolo-Polstern im Gesicht war auch der leicht blasierte Ausdruck verschwunden. Er sah wund aus. Und das stand ihm gut.

Wir umarmten uns so stakelig, wie wir es immer getan hatten. Jede Körperlichkeit war uns immer irgendwie unangenehm gewesen. Wir waren uns zu nah für unverfängliche Berührungen.

Er räusperte sich. Ich hatte ihn noch niemals verlegen erlebt.

«Ich will nichts wissen. Bitte keine Nachrichten von meinem Verleger, meiner Frau oder meiner Freundin. Ich habe bereits alles entschieden. Ich reise morgen in aller Frühe ab. Wir haben also eine Nacht Zeit. Ich werde Ihnen alles über das Buch erzählen, das ich schreiben werde.»

Um fünf Uhr morgens verabschiedeten wir uns vor dem Hotel «Costes» in der Rue Saint-Honoré.

«Auf Wiedersehen, Marie.»

«Auf Wiedersehen.»

Weltstillstand.

Und dann ging er vorbei. Der einzig mögliche Moment. Die ewig lang währende Sekunde. Man kennt diese Wenn-dann-jetzt-oder-nie-Situationen aus dem Kino. Küssen sie sich, oder küssen sie sich nicht? Werden sie für immer ein glückliches Paar, oder dreht er sich um, weil er wahlweise sein Land oder das Universum retten muss?

In einem Film, der bereits am ersten Wochenende Millionen einspielt, hätte er mich erst geküsst und dann die Welt gerettet.

Aber das hier ist nun mal das wahre Leben.

«Auf die mutigste Frau
der Welt!»

«Hiermit erkläre ich euch zu Mann und Frau.»

Nach Conradis Verschwinden hatte Ulrike eine Blitz-hochzeit mit Hannes organisiert.

Karsten hatte sich geweigert mitzukommen. Er tue sich das Drama nicht mehr an. Erdal weine bei Hochzeiten grund-sätzlich lauter als beide Schwiegermütter zusammen und würde sich beim Brautstraußwerfen jedes Mal rücksichtslos wie ein Rugby-Spieler einer vom Abstieg bedrohten Mann-schaft auf das Gebinde stürzen.

Erdals Schultern fangen jetzt an zu beben wie bei einer sizilianischen Witwe, die ihren von der Mafia ermordeten Mann zu Grabe geleitet. «Das sind die Hormone», flüstere ich Frank zu. Der Arme ist so viel undosierte Emotion in seinem direkten Umfeld nicht gewohnt. Ich weine ja eher selten, und schon gar nicht, wenn ich Zuschauer habe oder Wimperntusche trage. Dazu bin ich zu diszipliniert. Und zu unsicher.

Ich finde, man braucht ein sehr gesundes Selbstbewusst-sein für öffentliche Wut- und Tränenausbrüche, für gewalt-tätige Attacken und Eifersuchtsdramen. Dafür muss es ei-nem ziemlich egal sein, was die anderen von einem denken. Das war es mir leider nie. Ich versuche immer, nicht zu stö-ren, nicht negativ aufzufallen und die Mittagsruhe einzuhalten. Und Frank schätzt mich dafür sehr. Und meine Nachbarn auch.

Schon allein deswegen käme für mich zum Beispiel ein Junggesellinnenabschied, wie ihn Ulrike gestern gefeiert hat, überhaupt nicht in Frage. Im Taucheranzug durch die Fußgängerzone laufen? In der U-Bahn Kondome verkaufen? Als Tanzmariechen in eine Szene-Bar gehen? Im vollbesetzten Restaurant die Orgasmus-Szene aus «Harry und Sally» nachspielen? Das wäre für mich der absolute Horror und ein Grund, nicht zu heiraten. Jemand, über den früher so viel gelacht wurde wie über mich, gibt sich später nicht freiwillig der Lächerlichkeit preis.

Ich traue mich einfach nicht, Leuten auf die Nerven zu gehen. Ich weiß nicht, ob ich die Frauen bewundern oder bemitleiden soll, die ihren Männern auf offener Straße mit ihrem Stiletto Platzwunden in die Birne hauen. Die laut werden, wenn der Kellner findet, der Wein sei aber gar nicht korkig und die Seezunge ganz bestimmt frisch. Und die mit etwas sehr Schwerem und Zerbrechlichem nach der Kollegin schmeißen, von der sie glauben, sie sei scharf auf ihren Freund.

In meinem Leben sind solche südländischen Momente rar gesät. Ich werde nie laut, und die Musik mache ich schon wieder leiser, bevor sich jemand beschwert. Ich glaube eigentlich nicht, dass ich kein Temperament habe. Es bricht bloß selten aus.

«Daran musst du arbeiten», hatte Erdal gesagt. Ich war mit ihm im «Cox» zum Essen verabredet gewesen. Als ich eine halbe Stunde gewartet hatte, rief ich ihn an.

«Wo bleibst du?»

«Wieso? Ich bin im ‹Cox›.»

«Aber da bin ich auch.»

«Das kann nicht sein. Wo denn?»

«Im hinteren Raum, da wo die Toiletten sind.»

«Goldi, mein dummer Schnuppel, wenn du nicht Stammgast oder Maria Furtwängler bist, merk dir Folgendes: Akzeptiere nie den ersten Tisch, der dir angeboten wird. Es ist bestimmt nicht der beste. Das Gleiche gilt für Hotelzimmer, Gebrauchtwagen, Callboys und Kreditkonditionen. Und jetzt schieb deinen Knackarsch zu mir rüber. Ich sitze vorne rechts am Fenster.»

«Aber da waren doch alle Tische reserviert.»

«Ja, für die Leute, die sich nicht neben die Toiletten setzen lassen.»

Wir sitzen im Mittelschiff und haben einen prächtigen Blick auf das Brautpaar vor dem Altar. Ich bin nicht übermäßig gläubig, aber wenn ich Gott wäre, würde ich mich wohl doch ein wenig ärgern, warum ausgerechnet ein Paar wie Ulrike und Hannes kirchlich heiratet.

«Ich hätte ja lieber katholisch geheiratet», hatte Ulrike mir beim Junggesellinnenabschied mitgeteilt. «Die Katholiken machen einfach die bessere Show, und ihre Kirchenlieder sind auch viel melodiöser. Aber Hannes und ich wollen unbedingt, dass unser Kind diesen tollen evangelischen Kindergarten besucht, wo die Kinder von Johannes B. Kerner sind. Und um dort einen Platz zu ergattern, ist es von Vorteil, wenn die Eltern bereits in der Gemeinde getraut wurden.»

«Aber ihr habt doch gar kein Kind.»

«Noch nicht. Aber ich heirate doch nicht einen Mann wie Hannes, um mit ihm allein zu bleiben.»

Na ja, denke ich, durch die Orgelmusik milde gestimmt,

vielleicht braucht ja gerade so ein Paar ganz besonders dringend Gottes Segen.

«Sie dürfen die Braut jetzt küssen.»

Ich schließe die Augen.

Sie ist da.

Ich hatte schon auf sie gewartet. Zwar ist sie nicht eingeladen, doch es war nahezu sicher, dass sie sich diese Gelegenheit nicht entgehen lassen würde. Gut sieht sie aus. Besser als ich. Wie immer. Miststück!

Sie ist die, die immer einen Parkplatz findet. Und zwar den direkt vor meiner Nase. Sie bekommt stets das, was mir gerade fehlt. Sie macht mich nervös, weil sie sich meine Träume erfüllt.

Bis heute weiß ich nicht, ob meine Sehnsucht meine beste Freundin ist oder meine übelste Feindin.

Die Hochzeiten anderer Leute sind jedenfalls ihr Spezialgebiet. Da taucht sie immer auf und quält mich ein bisschen. Die Sehnsucht nach einem anderen Leben, nach einem anderen Mann oder nach keinem Mann. Sehnsucht nach der großen Liebe oder wenigstens nach einer etwas weniger kleinen. Wie immer in ihrer Anwesenheit kommt mir mein Leben mit einem Mal besonders ungenügend gewürzt vor.

Bei Hochzeiten habe ich mir eigentlich immer leidgetan. Ich war immer unverheiratet und blickte sehnsüchtig auf das Brautpaar, dessen Sehnsüchte sich gerade erfüllten.

Heute ist das anders. Mit denen da vorne möchte ich nicht tauschen. Und auch nicht mit den ganzen schmallippigen Damen in den ersten Reihen, die jetzt, wo Ulrike ihrem frisch angetrauten Ehemann anmutig ihre Lippen zum Kuss hinhält, mechanisch die Hand ihres eigenen, längst nicht mehr frisch angetrauten Ehemannes ergreifen und fest zudrücken. Nicht weil sie von Rührung oder zarten Gefühlen übermannt wären. Nee, die wollen sich vergewissern, dass sie nicht ins Leere greifen. Hauptsache, da sitzt einer. Sie wiegen ein wenig den Kopf, lächeln so, als seien sie mit sich im Reinen, und denken: «In ein paar Jahren sind die doch sowieso wieder geschieden. Diese jungen Dinger halten doch nichts mehr aus heutzutage. Mein Mann ist zwar nicht perfekt, und ich könnte ihn dafür umbringen, dass er mit meinen Freundinnen bumst, aber immer noch besser, als allein zu sein.»

Da fragt man sich ja schon manchmal, was eigentlich noch alles besser ist, als allein zu sein. Warum ist es wichtiger, zu zweit als glücklich zu sein? Warum ist es besser, einen miesen Mann als gar keinen zu haben?

Das Orgelfinale übertönt sogar Erdals Schluchzen, und ich fühle mich plötzlich schmerzhaft allein. Dabei bin ich doch gar nicht allein. Oder? Ich hatte nie Angst vorm Alleinsein. Bloß vorm Alleinbleiben. Was ist los mit mir?

Ich greife nach Franks Hand und halte sie fest. Oder halte ich mich fest? Ein bisschen zu fest jedenfalls, unangemessen fest, verzweifelt fest. Hauptsache nicht allein! Ich spüre, dass Frank mich verwundert ansieht. Dann zieht er langsam seine Hand aus meiner und beginnt, sich mit seinem Autoschlüssel die Nagelhäute zurückzuschieben.

Und das ist das Ende unserer Liebe.

«Bist du dir sicher?»

«Hundert Prozent.»

Frank, der sich auf großen Festen immer unwohl fühlt, hatte Leonie um kurz nach zehn nach Hause gefahren. Erdal und ich waren geblieben.

«Nochmal, Goldi, hast du dir das auch gut überlegt?»

«Nein. Das Gute daran, wenn man sich sicher ist, ist ja, dass man nicht überlegen muss.»

«Du wirst dich also von Frank trennen?»

«Ja.»

«Dann lass uns anstoßen. Auf die mutigste Frau der Welt!»

Und nun weine ich doch. In aller Öffentlichkeit. Und es ist mir scheißegal, was die Leute denken. Erdal nimmt mich in seine pummeligen Arme und flüstert mir ins Ohr: «Und weißt du, Schnuppi, was an deiner Trennung besonders erfreulich ist? Ich sage das durchaus auch aus Eigeninteresse: Jetzt könntest du doch endlich ohne schlechtes Gewissen mit Theo Bertram schlafen.»

«Das habe ich schon.»

Ich hatte ihm kurz vor meinem Rückflug eine für meine Verhältnisse ungeheuerlich gewagte SMS geschickt: «Komme heute aus Paris zurück. Wiedersehen heute Abend um neun im ‹East›? Würde mich freuen. Marie.»

Ich kam mir sehr kosmopolitisch und sehr verrucht vor, zwei Eigenschaften, die ich bisher eher nicht mit meiner Person in Verbindung gebracht hätte. Mit einer für mich selbst erstaunlichen erotischen Strategie hatte ich das «East» als Treffpunkt gewählt. Die Bar war auf den ersten Blick harmlos, weil leidlich angesagt, auf den zweiten Blick allerdings auch eine Hotelbar. Sollte ich also gewillt sein, es zum Äußersten kommen zu lassen, würde das lästige Zu-dir-oder-zu-mir? nicht geklärt werden müssen. Eine Frage, die bei

zwei liierten Personen ja ohnehin meist schwer zu beantworten ist.

Frank war zwar noch vier Tage in Dubai, dennoch kam ein
Treubruch in meinem Bett für mich nicht in Frage. Das ging
mir definitiv zu weit. Außerdem hätte ich bis heute Abend
keine Zeit mehr gehabt, mein Bücherregal von minderwer-
tiger Frauenliteratur und meiner «Tim und Struppi»-Samm-
lung zu säubern.

Theos Antwort kam innerhalb von Sekunden: «Ich werde
da sein. Theo.»

Auf dem Rückflug fragte ich mich, ob ich den Verstand
verloren hätte. Und meine vorläufige Antwort lautete: Ja.

Ich war drauf und dran, meine Ehe beziehungsweise das,
was meine Ehe werden sollte, aufs Spiel zu setzen. Und ich
war drauf und dran, meinen Job zu verlieren. Herzlichen
Glückwunsch, Rosemarie Goldhausen, ist es das, was Sie
sich unter Sicherheit, Erwachsensein und Professionalität
vorgestellt hatten? Ihren Freund zu betrügen und ihren Autor verschwinden zu lassen?

Ich würde ohne Michael Conradi und ohne ein Kapitel von «Liebeslügen» zurückkommen. Und ich hatte noch
nicht einmal versucht, ihn aufzuhalten oder umzustimmen.
Denn ich finde, dass er genau das Richtige tut.

Er geht auf Wanderschaft. Er tut das, wovon er immer ge-
träumt hat: durchquert Frankreich und Italien. Läuft sich die
Füße wund und das Herz. Schläft in Herbergen, in denen die
Schnäpse selbst gebrannt werden, ein Kreuz über dem Bett
hängt und Kreditkarten kein Zahlungsmittel sind.

«Und wann kommen Sie von Ihrer Selbstsuche zurück?»

«Ich weiß es nicht.»

«Und Ihre Frau? Und Ihre Freundin?»

«Ich habe ein träges Herz. Ich bin nicht gut im Lieben. Das wissen die beiden. Ich habe anderen nicht viel zu geben. Und ich fange an, darunter zu leiden. Es ist nämlich ein weitverbreiteter Irrtum, zu glauben, dass der, der mehr liebt, automatisch auch mehr leidet. Ich finde es wesentlich schlimmer, nicht lieben zu können, als zu lieben, aber nicht zurückgeliebt zu werden.»

«Sie finden ja immer das, was Ihnen widerfährt, ganz besonders schlimm.»

«Haben Sie schon vergessen, dass meine Frau mich betrogen hat?»

«Na und? Ihr Buch handelt davon, dass man Bedürfnisse auslagern soll, um die Liebe nicht zu überfrachten.»

«Scheißbuch! Natürlich soll man viel wollen. Bloß nicht von einem emotionalen Zwerg wie mir. Das Schlimme ist, ich kann meine Frau sogar verstehen, dass sie mich betrogen hat. Ich halte mich selbst für einen Mann, den man betrügen sollte, weil man sonst an meiner Seite zu kurz kommt. Ist es nicht schrecklich: Verstehen kann ich meine Frau, aber verzeihen kann ich ihr nicht. Ich bin kein Glücklichmacher. Ich bin am besten, wenn ich allein bin. Oder wenn ich mit Ihnen zusammen bin, Marie. Mit Ihnen fühle ich mich fast so gut wie allein. Schade, dass wir nicht zusammen wandern. Aber Ihr Leben ist ja eine einzige Baustelle, und um die müssen Sie sich jetzt kümmern.»

«Was ist mit ‹Liebeslügen›?»

«Vergessen Sie's. Ich schreibe ein ganz anderes Buch. Ein viel besseres. Ich werde Ihnen ab und zu per E-Mail ein paar Seiten schicken. Sie müssen meine Lektorin bleiben, auch wenn Sie sich entscheiden, eine Frittenbude auf den Seychellen zu eröffnen. Kann ich mich auf Sie verlassen, Marie?»

«Ja. Haben Sie zum Abschied einen guten Rat für mich?»

«Ja. Schmeißen Sie ‹Hauptsache Liebe?› weg. Hören Sie auf Ihr Herz und auf Ihre tote Tante. Und hören Sie endlich auf, Ihr Haar glatt zu föhnen!»

Ich betrat das «East» mit einem Selbstbewusstsein, das ich mir selbst nicht zugetraut hätte. Schon gar nicht in Anbetracht des desaströsen Umstandes, dass ich gerade drauf und dran war, meinen Job zu verlieren.

Theo Bertram hatte in einer sehr dunklen Ecke auf einem Sitzsack Platz genommen. Mir ist kein einziger Mensch bekannt, dem es gelänge, auf einem Sitzsack zu sitzen, ohne dabei einen Gutteil seiner Attraktivität und Menschenwürde zu verlieren. Das war bei Theo Bertram nicht anders. Seine Knie ragten wie eine Skischanze steil in die Höhe, sein gestauchter Hals schob sich wie ein Fleischkragen unter sein Kinn.

Ich tat ihm und mir den Gefallen und schaute nicht so genau hin. Ich wollte diesen Mann sexy finden. Ich wollte mit diesem Mann schlafen, koste es, was es wolle. Und ich wollte mir mein Abenteuer nicht durch etwas so Lächerliches wie einen Sitzsack verderben lassen.

Ich trank so schnell wie möglich zwei Champagner: um meinen Mut nicht zu verlieren und um meinen Blick einzutrüben. Mit ein paar gnädigen Promille im Blut sah Theo auf seinem labberigen Sack aus wie Adonis auf einem feurigen Ross.

Ich blinzelte ihm verwegen zu und fand es auf einmal auch gar nicht mehr so schlimm, dass ich in meinem kurzen Rock und mit zusammengepressten Knien auf dem Nachbarsack hocke wie ein Schulmädchen auf der Toilette.

Nach dem dritten Glas sagte Theo, er werde jetzt gehen. Auf Zimmer dreihundertzwei. Dort würde er auf mich warten.

Ich ließ zehn Minuten verstreichen, in denen ich mein Gesicht nachpuderte, mir etwas Parfüm auf Nacken und Dekolleté sprühte und mich wahnsinnig über mich selbst aufregte.

War das wirklich ich? Die Frau, die gleich an Zimmer dreihundertzwei klopfen und mit Theo Bertram, dem Fernsehstar, ins Hotelbett gehen würde?

Nein, das war ich nicht. Zumindest bisher nicht. Ich überlegte kurz, ob ich wieder abhauen sollte. Aber dafür hatte ich mir definitiv zu viel Mut angetrunken. Kurz vor Theos Zimmertür entledigte ich mich meines BHs und meiner Moralvorstellungen.

Und wenige Minuten später hatte ich wirklich sehr, sehr guten Sex. Das lag aber nicht am Sex. Und das lag auch nicht an Theo Bertram. Das lag ganz allein an mir. Im Hotel! Mit einem Fremden! Ich hatte so was noch nie erlebt. Und allein die Tatsache, dass ich es erlebte, reichte mir, um es aufregend zu finden. Wäre ich bei klarem Verstand gewesen, wäre ich enttäuscht gewesen. Aber das war ich zum Glück nicht.

Zunächst nicht.

Theo Bertram schwitzte sehr stark, und sein Haar hatte sich platt und strähnig um seinen Kopf gelegt. Ich betrachtete seine Brust. Da waren zwar Haare drauf, ganz so wie ich es gehofft hatte, aber sie standen in vereinzelten Büscheln unmotiviert herum.

«Es war wunderschön mit dir, Marie.»

Ich nickte gnädig. Mir fiel jetzt auf, dass er ziemlich knitterige Haut hatte dafür, dass er die komplette Chanel-Pflegeserie besaß. Und wer seinen Hintern nicht gesehen hat, da würde ich Erdal beruhigen können, hat auch nichts verpasst.

Mit meinem sich beruhigenden Pulsschlag breitete sich ein interessantes Gefühl in mir aus, ein etwas fades Wie-und-das-soll's-jetzt-gewesen-sein-Gefühl. Wie wenn du aus einem Film kommst, der überschwängliche Kritiken bekommen hat, den du aber einfach nur zweieinhalb Stunden zu lang fandest.

Ich bin wirklich noch nicht so weit, um eine repräsentative Statistik vorlegen zu können, aber ich vermute mal, dass Sex ohne Liebe viel weniger Leuten viel weniger Spaß macht, als sie zugeben. Ist doch wie Nudeln ohne Soße, wie Wimpern ohne Tusche, wie alkoholfreier Wein, fettfreie Mayonnaise, wie ein Aber-diesmal-schenken-wir-uns-nichts-Weihnachten. Im ersten Moment denkst du noch: Hey, fein, es geht ja auch hervorragend ohne. Aber kurz darauf merkst du, dass das Beste fehlt.

«Du bist genau die Richtige für mich», sagte Theo Bertram und drückte seine schweißnasse, karg bebüschelte Brust mit einem unappetitlichen Schmatzgeräusch an meinen Rücken. Ich war sehr verblüfft und zog es vor zu schweigen. «Du bist erwachsen, diskret und in festen Händen. Genau das, was ich gesucht habe. Du willst nicht geheiratet und nicht geschwängert werden, und du willst auch nicht durch mich ins Fernsehen. Du willst einfach nur Spaß haben. Genau wie ich.»

Er bohrte seine schwitzige Nase in mein Ohr, und das kann ich nicht gut leiden.

«Wir werden in Zukunft noch eine ganze Menge Spaß haben», schnaubte er mir direkt in den Gehörgang.

Ich sammelte mich kurz, stand auf und ging ins Bad. Ich machte mir nicht mal die Mühe, meine Oberschenkel und meinen alten Hintern zu verbergen.

Keine zwei Minuten später kam ich zurück ins Schlafzimmer. Theos Lächeln und Erektion fielen abrupt in sich zusammen. Ich war vollständig angekleidet. Meinen Mantel trug ich überm Arm, meine Handtasche über der Schulter.

«Marie, was soll das?»

Er griff hastig nach dem Laken, um seine schrumpelige Blöße zu bedecken. Ich schwieg zwei Sekunden lang, um dem Satz, den ich jetzt sagen würde, den passenden Rahmen zu verschaffen. Denn ich war mir ziemlich sicher, dass ich ihn nur ein einziges Mal in meinem Leben sagen würde.

«Ich bin eine Frau für eine Nacht.»

Ich ging. Und ich erinnere mich nicht, diese Szene jemals in einem Film gesehen zu haben.

Erdal hat mir zugehört, ohne mich ein einziges Mal zu unterbrechen. Eine ganz erstaunliche Leistung für ihn. «Du bist einfach gegangen?», fragt er ehrfurchtsvoll.

Ich nicke so lässig, wie mir überhaupt nicht zumute ist.

«Du trennst dich von deinem Freund, ohne in einen anderen verliebt zu sein? Ohne auch nur die vage Aussicht auf einen neuen Mann in deinem Leben? Donnerwetter, Goldimaus, dazu hätte ich zu viel Schiss.»

«Was glaubst du, was ich habe? Ich bin ein Sicherheitsfanatiker. Weißt du, was ich mir von meinem ersten selbstverdienten Geld gegönnt habe? Einen Bausparvertrag. Die Startseite meines Computers ist Wetter.de, ich habe drei

Rentenzusatzversicherungen, und ich würde nie in einem Land Urlaub machen, in dem ich im Supermarkt keine OB-Tampons kaufen kann. Ich hasse es, wenn ich nicht weiß, was auf mich zukommt.»

Der Bräutigam ist inzwischen sturzbetrunken und torkelt wie ein jugendlicher Neufundländer über die Tanzfläche. Wild gewordene Frauen singen lauter und vor allem viel verzweifelter als Udo Jürgens: «Ich war noch niemals in New York, ich war noch niemals richtig frei! Einmal verrückt sein und aus allen Zwängen fliehen!»

Ulrike bahnt sich einen Weg durch die vibrierenden Tanten und setzt sich neben mich.

«Ich hatte so gehofft, dass er kommt.»

«Wer?»

«Michael natürlich.»

«Michael Conradi? Zu deiner Hochzeit?»

«Ich hatte die heimliche Hoffnung, dass er mich retten würde. Kurz vor dem Jawort hereinstürmt, mich aus der Kirche zerrt und mich mit sich nimmt.»

«Das ist dann ja dumm gelaufen.»

«Was hat er denn gesagt?»

«Wozu?»

«Na dazu, dass ich heiraten werde. Du hast es ihm doch gesagt, oder?»

«Nein. Ich habe ihn nicht gesehen.»

«Aber dann konnte er mich ja auch nicht retten!»

Ulrike wird mit einem Schlag blass unter ihrem perfekten Braut-Make-up. Ton in Ton mit ihrem weißen Kleid steht sie auf und geht zum Ausgang. Ich bin die Einzige, die sieht, wie sie ein Taxi herbeiwinkt.

«Komm, lass deine morschen Knochen klappern.»

Erdal zerrt mich auf die Tanzfläche und hopst los.

Zunächst wiege ich bloß etwas verhalten meine Hüften. Ich bin sonst eigentlich nicht so ein großer Fan von Vicky Leandros. Neben mir stürmen halbverglühte Ehefrauen und abgenutzte Konkubinen die Tanzfläche. Reißen die Arme in die Luft, singen lauthals einen Text mit, von dem sie nur träumen können.

Vielleicht gefällt's mir, wieder frei zu sein,
vielleicht verlieb ich mich auch neu.
Man wird ja sehn, die Welt ist schön, wie's kommt,
ist einerlei!

Bei der zweiten Strophe kenn ich den Refrain bereits auswendig und finde, ich habe mir als Einzige hier von allen das Recht verdient, inbrünstig und glaubhaft mitzusingen.

Ich frag dich, was kann mir schon geschehn?
Glaub mir, ich liebe das Leben! Das Karussell wird sich
weiterdrehn, auch wenn wir auseinandergehn.

Es ist das absolute Pech von Petra Kern, meiner widerwärtigen Vorgesetzten, dass sie aus unerfindlichen Gründen auch auf dieser Hochzeit eingeladen ist und sich zur selben Zeit auf der Tanzfläche befindet wie ich.

Sie schiebt sich quallenartig zuckend an mich heran und ruft mir von hinten ins Ohr: «Freut mich, Marie, dass du dich so gut amüsierst. Beruflich läuft's bei dir ja derzeit leider nicht so gut.»

Ich drehe mich lachend zu ihr um, hole kurz aus und schubse sie in die Reste der Hochzeitstorte.

«Willkommen in der phantastischen Welt der allein lebenden Frauen über dreißig!»

Sollte ich mich in diesem Leben nochmal von jemandem trennen, ist eines schon mal völlig klar: Nie wieder an einem Sonntag! Sonntags bin ich sowieso schon immer tendenziell depressiv. Sonntags, denke ich, sind alle anderen glücklicher als ich. Machen Ausflüge, frühstücken im Bett, zeugen Kinder oder gehen mit den bereits gezeugten Kindern in den Tierpark.

Frank liebt Sonntage, weil er dann endlich im Büro seine Ruhe hat und die liegengebliebene Arbeit erledigen kann. Wahrscheinlich tut er das jetzt gerade auch.

Obschon ich mich beim ersten Kaffee heute Morgen um halb zehn von ihm getrennt habe.

«Damit habe ich gerechnet», hat Frank gesagt, «du hast dich in letzter Zeit sehr verändert.»

«Und warum hast du nichts gesagt oder etwas unternommen?»

«Reisende soll man nicht aufhalten.»

«Damit machst du es dir aber sehr einfach.»

«Nein. Du machst es unnötig schwierig. Es war alles gut so, wie es war. Gibt es einen anderen?»

«Nein.»

«Ich glaube, du bist dabei, einen großen Fehler zu begehen. Aber das braucht ja jetzt nicht mehr meine Sorge zu sein. Du bist wirklich nicht wiederzuerkennen.»

«Ich nehme das einfach mal als Kompliment.»

«Ich muss in ein paar Tagen wieder für drei Wochen nach Dubai. Bis dahin ziehe ich in eine Firmenwohnung.»

«Wenn du zurückkommst, bin ich ausgezogen.»

«Die Nebenkosten für diesen Monat würde ich dir dann voll berechnen. Ist das in Ordnung?»

«Selbstverständlich.»

Wir sind ohne Herzklopfen zusammengekommen, und wir sind ohne Tränen auseinandergegangen. Ich würde nicht sagen, dass unsere Beziehung gescheitert ist. Sie ist einfach nur vorbei.

Der Kummer explodiert am Nachmittag. Ausgerechnet ein Sonntagnachmittag. Du kannst dich nicht mit Arbeit, Kollegenschwätzchen oder Shopping ablenken. Kein Alltag rettet dich, kein Chef verlangt Konzentration. Alle Freunde haben ihren Scheißsonntag längst verplant.

Ich hatte nie Angst vorm Alleinsein. Warum eigentlich nicht?, frage ich mich jetzt. Gibt es noch irgendwas Schlimmeres?

Meine Trennung von Frank ist neun Stunden her, und schon bin ich davon überzeugt, dass ich ohne ihn nie wieder glücklich werden kann.

Wer sucht jetzt die günstigsten Flüge im Internet? Wer findet heraus, welche Geschirrspülmaschine das beste Preis-Leistungs-Verhältnis bietet? Wer holt mir im Kino Popcorn? Wer sagt mir im Kino, ich solle nicht immer dazwischenreden? Wer geht überhaupt mit mir ins Kino? Wer erinnert mich Jahr für Jahr an die Zeitumstellung und erklärt mir, ob es danach früher hell oder später dunkel oder beides wird?

Wer fährt mit mir in Urlaub? Wer fragt mich, wie mein Tag war? Wer wird Zeuge meines Lebens sein? Und wenn ich mir jetzt den Oberschenkelhalsknochen breche? Nicht auszudenken! Lieber mal auf dem Sofa liegen bleiben, um kein unnötiges Verletzungsrisiko einzugehen.

«Ich glaube, du bist dabei, einen großen Fehler zu begehen.»

Verdammt, Frank hatte ja mal wieder so recht!

Er ist aber leider überhaupt nicht der Typ, den ich jetzt reumütig anrufen und um Verzeihung bitten könnte, damit er rechtzeitig zum Beginn vom «Tatort» wieder zu Hause ist und alles wieder so sein kann wie vorher.

Frank ist ein Mann, der einmal getroffene Entscheidungen akzeptiert und nicht revidiert. Leider auch die von anderen Leuten.

Mir ist schlecht vor Leid. Wieso komme ich mir an diesem beschissenen Sonntagabend so unendlich verlassen vor, obwohl ich doch verlassen habe?

Das Sofa erscheint mir auf einmal unnatürlich groß. Ich wickle mich in eine Decke, aber es bleibt kalt.

Ich greife nach einem Glas Wein und meinem trostreichen, duftenden Tantenbuch. Lass mich jetzt nicht im Stich, Rosemarie.

«Ein Leid, das schweigt, befiehlt dem übervollen Herzen:
Jetzt zerbrich.»
(SKAKESPEARE, «MACBETH»)

Das stimmt. Um Schmerzen kommst du eben nicht herum. Und nur weil eine Entscheidung wehtut, heißt das nicht, dass sie nicht richtig ist. Trauer ist kein Argument.

Manchmal wäre ich gern sehr alt. Jetzt zum Beispiel. Endlich Ruhestand. Keine Möglichkeit und keine Sehnsucht mehr, neu anzufangen, sich Herausforderungen zu stellen oder, schlimmer noch, sich ihnen mit schlechtem Gewissen nicht zu stellen. Keiner will mehr was von dir. Du auch nicht. Karriere abgehakt, Sex abgehakt, genug gereist, genug gebildet, genug Kalorien gezählt. Was einem dann noch bleibt? Ich würde einfach friedlich in meinem Lehnstuhl sitzen bleiben, ab nachmittags Sherry saufen, meine Bauchmuskeln vergessen und «Wetten, dass ...?» gucken, das dann von einem jetzt noch ungeborenen Star moderiert wird.

Gegen elf würde ich ins Bett gehen, und wenn ich am nächsten Morgen aufwache und noch nicht tot bin, würde ich mich freuen, denn das ist doch schon mal was.

Statistisch gesehen habe ich noch vierundvierzig Jahre zu leben. Wenn mir nichts Schweres auf den Kopf fällt oder eine tödliche Krankheit dazwischenkommt, werde ich 81,6 Jahre alt. Das habe ich neulich gelesen, und ich fand es nur teilweise erfreulich.

So viel Leben. So viele Jahre noch.

Noch vierundvierzigmal die Fragen beantworten: Was mache ich an Silvester? Eine Fernreise machen, wenn in Deutschland Sommer ist? Weihnachten mit oder ohne Baum? Noch vierundvierzigmal überlegen, ob man jetzt endlich eine große Geburtstagsparty macht oder wieder nur «ein Essen im kleinen Kreis». Noch elf Bundestagswahlen und kein Frank, der mir jedes Mal noch in der Wahlkabine den Unterschied zwischen Mehrheits- und Verhältniswahlrecht erklärt.

Noch sechzehntausendundsechzig Tage. Und die wollen

alle sinnvoll, das heißt möglichst wenig vor der Glotze oder bei YouTube, verbracht werden.

Früher wurde man ja mit Mitte dreißig relativ zuverlässig von einer Seuche, einer Naturkatastrophe oder einer misslungenen Niederkunft beseitigt. Da gab es nur wenig Gelegenheit für Langeweile, Weiterbildung, Online-Dating und Nordic Walking. Da war man in der Regel schon tot, bevor man sich nach dem Sinn des Lebens fragen oder Unmengen an Geld für Anti-Aging-Produkte ausgeben konnte.

Anti-Aging, wie das schon klingt! Wie Anti-Terror! Das lässt vermuten, dass es sich beim Altern um eine bedrohliche Untergrundbewegung handelt, der mit einem Sondereinsatzkommando unbedingt Einhalt geboten werden muss.

«Alt ist immer fünfzehn Jahre älter als ich», hat Tante Rosemarie gesagt. «Ich will nicht so lange leben wie möglich, sondern so gut wie möglich. Und ich will meine Zeit nicht damit vertun, mich darüber aufzuregen, dass ich irgendwann für irgendwas zu alt sein werde.»

Ach, ich wünschte, ich wäre schon zu alt für irgendwas. Zu alt zum Traurigsein zum Beispiel.

Ich werde in einer Woche siebenunddreißig. Ich habe noch vierundvierzig Jahre vor mir. Aber ich weiß nicht mal, wie ich den vor mir liegenden Abend überstehen soll!

«Ruf mich an! Ich warte auf dich! Ruf mich jetzt an!»

Ich schrecke hoch, will nach der Nachttischlampe greifen, stoße aber stattdessen die halbvolle Weinflasche um. Wer spricht? Wo bin ich?

«Worauf wartest du noch? Ruf mich an! Du bist doch genauso heiß wie ich!»

Hä? Langsam wird auch mein Orientierungssinn wach.

Ich bin im Wohnzimmer auf der Couch eingeschlafen und muss mich vor lauter Bedürftigkeit an die Fernbedienung gekuschelt haben.

«Wähle dreimal die Sechs und zweimal die Vier! Komm schon, trau dich!»

Ich schalte den Fernseher aus. Mein Ärmel ist nass vom Weißwein, es ist drei Uhr morgens. Was ist hier eigentlich los? Wo ist mein Bett, mein Freund, mein Kuscheltier?

Ach ja, jetzt fällt's mir leider wieder ein: Ich bin Single. Und das ist wahrscheinlich genau das, was Singles an einem Sonntagabend zu tun pflegen: auf dem Sofa einschlafen, mit ungeputzten Zähnen, verklebten Kontaktlinsen hinter den Augenlidern, die Fernbedienung und eine Flasche Wein im Arm.

Willkommen, Rosemarie Goldhausen, in der phantastischen Welt der allein lebenden Frauen über dreißig!

Ich bin erst fünf Sekunden wach und schon wieder am Heulen.

Als ich das letzte Mal Liebeskummer hatte, war ich siebenundzwanzig. Auch damals hatte ich das Gefühl, nie wieder glücklich werden zu können. Das hatte nicht gestimmt, schließlich war ich zu jener Zeit noch jung und unwissend. Heute ist das anders, ich bin alt und weise, und diesmal bin ich mir ganz sicher: Ich werde nie wieder glücklich werden.

Ich trinke aus der Flasche den Rest Wein, der den Absturz vom Tisch überlebt hat, und überlege, wen ich jetzt anrufen könnte. Niemanden. Das ist ein sehr deutliches Zeichen dafür, dass man älter und erwachsen wird: Um drei Uhr nachts geht keiner mehr, den du kennst, ans Telefon. Vor zehn Jahren hatte ich mindestens fünf Freundinnen, die ich zu jeder Nachtzeit anrufen konnte.

Telefonate bis zur Morgendämmerung waren damals keine Seltenheit. In den Gesprächen ging es meistens darum, warum X noch nicht angerufen hatte und nach welcher Frist es erlaubt sei, selbst bei X anzurufen. Kinderkacke, dachte ich mitleidig und überlegte, ob ich vielleicht doch kurz mal bei Frank durchklingeln sollte, bloß um mal unverbindlich zu fragen, wie es ihm seit der Trennung so ergangen ist.

Dass in diesem Moment mein Telefon klingelt, kann ich kaum glauben, denn das muss Frank sein.

Endlich!

Wer sonst würde um diese Zeit anrufen, wenn nicht ein von Sehnsucht und Leid getriebener Realist, der seine Prinzipien über Bord wirft, um die einzige Liebe seines Lebens, die kurzzeitig auf Abwege geraten ist, zurück ins Nest der glückseligen, immerwährenden Partnerschaft zu heben? Ja, ich will! Ich will!!

Es ist Erdal.

Fruchtblase geplatzt.

«Was meinen Sie mit ‹Passt nicht durch›? Wollen Sie damit sagen, mein Kind ist zu dick?»

Erdal hört einen Moment auf zu pressen und schaut indigniert die diensthabende Hebamme an.

Ich muss sagen, dass er sich bis jetzt sehr wacker gehalten hat. Ich mich allerdings auch. Ach ja, und Leonie auch.

Ich traf auf die beiden um drei Uhr zwanzig vor dem Krankenhaus. Leonie legte sich gerade auf den Parkplatz, um eine Wehe zu veratmen. Der Vollmond schien, und zum Glück war es sehr mild und der Asphalt noch warm vom Tag. Unter anderen Umständen hätte es eine romantische Nacht sein können. Störend wirkte sich lediglich aus, dass ich frisch getrennt und zu romantischen Empfindungen nicht in der Lage war – und dass Leonie sich, immer wieder «Scheißeee-eee!» brüllend, am Boden wand.

Abgesehen von den Schmerzen schien sich Leonie da unten aber recht wohl zu fühlen, und etliche Wehen vergingen, ohne dass sie Anstalten machte, einen geeigneteren Ort fürs Kinderkriegen aufzusuchen, beispielsweise den Kreißsaal.

«Alle zwei Minuten – Leonie, wir gehen jetzt rein», sagte Erdal schließlich resolut.

Leonie war so verblüfft über diese unheimlich männliche Anordnung aus dem Mund von unserem wachsweichen Asthmatiker, dass sie sich widerspruchslos von uns hochhelfen und hineinrollen ließ.

Drinnen begrüßte uns eine Hebamme, von der ich befürchtete, dass es persönliche Spannungen zwischen uns geben könnte. Das neckische Brillengestell, die zusammengewachsenen Augenbrauen und die burschikose Frisur deuteten darauf hin, dass wir es hier mit einer naturnahen, den Schmerz als Teil des Ganzen bejahenden Frau zu tun hatten.

Dafür sprach auch, dass sie Leonie als Erstes fragte, welche Musik sie am liebsten hören wolle und ob sie bei den Räucherstäbchen einen bestimmten Duft bevorzuge. Dann wandte sie sich an Erdal und mich, zog die Nase kraus, beschnüffelte die Luft und fragte: «Haben Sie getrunken?»

Oh, das war mir peinlich. Wie sollte ich das jetzt erklären? Verschütteten Wein am Ärmel, auf dem Sofa geschlafen, keine Zeit mehr zum Umziehen gehabt – das alles klingt doch nach den Ausreden einer üblen Trinkerin.

Glücklicherweise wurde die vorwurfsschwangere Stille durch Leonie unterbrochen, die tatsächlich einen Moment lang in Vergessenheit geraten war. Sie keuchte und schrie mitten aus einer Wehe heraus: «Hallo? Frollein? Ich will dieses Scheißkind kriegen, und zwar so schnell und schmerzlos wie möglich. Holen Sie den Anästhesisten und schieben Sie sich Ihre Räucherstäbchen in den Arsch. Ich kann nicht mehr!»

Die Hebamme lächelte auf eine Dalai-Lama-hafte Weise, die in mir Mordgelüste weckte. Sie senkte gnadenreich den Kopf und sagte in meine Richtung: «Gebärenden muss man verzeihen. Sie befinden sich in einer Extremsituation und meinen das, was sie sagen, nicht ernst.»

«In fünf Minuten ist der Narkosearzt hier! Und das meine ich sehr ernst!», sagte Erdal mit einer Bestimmtheit und Kompromisslosigkeit, die mich erneut erstaunte. Die Hebamme rauschte beleidigt heraus und kam mit einem etwas verschlafenen Arzt und einer sehr, sehr langen Nadel zurück. Ich bin heilfroh, dass Erdal und ich gebeten wurden, den Kreißsaal zu verlassen, während die Narkose installiert wurde.

Zwei Stunden später waren zwar Leonies Schmerzen so gut wie weg, aber das Baby weigerte sich, den Mutterleib zu verlassen.

«Ihr Kind ist nicht zu dick, Herr Küppers, das Becken Ihrer Frau ist zu schmal.»

Es hatte zwischenzeitlich einen Schichtwechsel gegeben, und jetzt haben wir es zum Glück mit einer sehr patenten und vertrauenerweckenden Hebamme zu tun.

«Na, das ist doch mal eine schmeichelhafte Diagnose», sage ich nicht ohne Neid.

Ich hatte mein Lebtag unter eher breiten, ländlichen Hüften gelitten. War nur zu hoffen, dass sich das für eine etwaige Geburt wenigstens als Vorteil erweisen würde. Man hört doch hin und wieder Geschichten von Frauen, die ihr Kind aus Versehen und innerhalb von Sekunden auf der Toilette gebären. Ein absoluter Traum, wenn man mich fragt.

«Was heißt das, mein Becken ist zu schmal?»

Leonie hatte natürlich auch ein berechtigtes Interesse daran, zu erfahren, wie es jetzt weitergehen würde.

«Wenn das Baby in zehn Minuten nicht da ist, machen wir einen Kaiserschnitt. Und übrigens, draußen wartet ein sehr nervöser Herr, der ebenfalls nach Alkohol riecht. Gehört der etwa auch noch dazu?»

«Allerdings!», ruft Erdal hocherfreut. Er hatte Karsten die ganze Nacht nicht erreichen können, was vermutlich am FC St. Pauli lag, der gestern Abend wieder in die Erste Bundesliga aufgestiegen war.

«Ich gehe mal kurz raus und bringe Karsten auf den neuesten Stand. Entspann dich, Leonie. Ein Kaiserschnitt hat auch viele Vorteile. Es kann da unten nichts zerreißen, und die Kinder sehen nicht ganz so zerblötscht aus. In Amerika bieten sie dir sogar an, beim Kaiserschnitt gleich das Fett mit abzusaugen. Ein super Service!»

Leonie, die Hebamme und ich sind jetzt allein.

«So, Frau Goldhausen, jetzt regeln wir das unter Frauen. Manchmal ist die Anwesenheit des Kindsvaters oder was der Herr Küppers auch immer sein mag, auf den letzten Metern doch sehr störend. Also, wenn ich gleich sage ‹Pressen!›, dann tun Sie das mit aller Kraft. Und Sie, junge Dame, Sie stellen sich hinter ihren Kopf und reichen ihr beide Hände zum Zusammendrücken. Fertig? Also los: Pressen!»

Ich weiß nicht, wer von uns am lautesten schreit:

Ich, als mir Leonie ihre Fingernägel so tief in die Handgelenke bohrt, dass ich denke, sie kommen auf der anderen Seite wieder raus.

Oder Leonie, die beim Pressen Schmerzen hat, die stärker sind als die Narkose.

Oder die Ärztin, die Leonie anfeuert wie ein Ostblock-Trainer seine rustikalste Kugelstoßerin.

Oder unser Baby.

Um fünf nach zehn hebt die Ärztin ein schmieriges, sich lauthals beschwerendes Ding in die Höhe – und genau in dem Moment kommen Erdal und Karsten in den Kreißsaal.

«Herzlichen Glückwunsch, Herr Küppers, das ist ja nun wirklich ganz eindeutig Ihr Sohn!»

Es gelingt Karsten gerade noch, Erdal aufzufangen.

«Er ist wirklich besonders schön. Und das sage ich nicht nur, weil er mir so ähnlich sieht.»

Erdal liegt auf Leonies Kreißsaalbett, hat das Baby auf seiner Brust und weint. Karsten sitzt rechts vom Baby und weint. Ich sitze links vom Baby und weine.

Leonie sitzt am Fußende des Bettes, isst ein Käsebrötchen und betrachtet unseren kleinen Sohn. Er hat dichtes schwarzes Haar, lange dunkle Wimpern, gletscherblaue Augen, wunderschön olivfarbene Haut und, nun ja, er ist in der Tat etwas mopsig. Ein zweiter Erdal.

Leonie schüttelt den Kopf: «Ich hätte schwören können, dass ich nicht mit Karim geschlafen habe. Aber diese Hasch-Kekse sind ja manchmal unberechenbar.»

«Wer ist Karim?», schniefe ich.

«War auf der Durchreise. Ein sehr hübscher Türke aus Bodrum, der unglaublich charmant und sehr lustig war und in den ich mich sofort verknallt habe.»

«Das klingt tatsächlich sehr nach mir», schluchzt Erdal.

«Er blieb leider nur eine Nacht und, wie gesagt, ich hatte gedacht, es sei nicht zum Äußersten gekommen. Am nächsten Morgen war er verschwunden, hatte mir aber seine Kette dagelassen, die ich den ganzen Abend bewundert hatte.»

«Was war das für eine Kette?», fragt Karsten, sachorientiert wie immer, jedoch ohne die verweinten Augen von unserem Jungen zu lassen.

«Nichts Besonderes eigentlich, ein Lederband mit einem Amulett daran von Joseph von Nazareth, dem Schutzpatron der Familien.»

«Im Nachhinein doch sehr passend», meinte Erdal.

Wir betrachten eine Weile lang schweigend das Kind, das Karim auf seiner Durchreise zurückgelassen hat, und danken im Stillen dem Schicksal und den fruchtbaren Lenden des Türken aus Bodrum.

Unser Baby macht alles in Zeitlupe: die Augen öffnen und schließen, das Köpfchen drehen, den Mund aufsperren, die Fäuste ballen.

Sein Blick ist einfach unglaublich. Er guckt wie einer, der schon alles gesehen hat, wie einer, der alles weiß. Unendlich weise. Unendlich ernst. Ein bisschen so wie Yoda aus «Star Wars».

Und du schaust durch seine Augen in Tiefen und Weiten, die du noch nie zuvor gesehen hast. Und nein, das ist kein übertriebener Eso-Kitsch!

Und ich muss schon wieder weinen. Erdal natürlich auch.

«Darf ich ihn mal nehmen?», fragt Karsten schüchtern,

und unser kleines Schätzchen liegt gemütlich in seinen riesigen Händen wie in einem extra angefertigten Körbchen. Er trägt immer noch sein St.-Pauli-Fan-Outfit von gestern Abend: ein Kopftuch mit Totenkopf drauf, und auf seinem T-Shirt steht «HSV? Was ist das?».

Unser Baby schmatzt zufrieden. «Also wenn der kleine Goldi-Puschel auch nur ein bisschen nach mir kommt, hat er jetzt Hunger», sagt Erdal bewegt.

Leonie nimmt den Jungen und legt ihn an die Brust. Karsten schaut weg. Ich schaue hin und denke, dass sich das Kinderkriegen definitiv lohnt, wenn man dafür ein halbes Jahr mit solchen Brüsten rumrennen darf. Das muss ja eine völlig neue Lebenserfahrung sein!

Endlich würden mir Männer mal ins Dekolleté schauen statt immer nur in die Augen. Ich müsste nichts Kluges mehr sagen, nicht schlagfertig oder lustig sein. Ich könnte einfach nur dastehen, das Kreuz durchdrücken, und meine Brüste würden den Rest erledigen. Ich glaube nicht, dass ich eine Ausbildung gemacht, einen Beruf ergriffen oder eigenen Humor entwickelt hätte, wäre ich mit zwei Körbchengrößen mehr auf die Welt gekommen.

In der «Vanity Fair» habe ich das Zitat eines brasilianischen Schönheitschirurgen gelesen: «Mit Körbchengröße C lassen sich durchaus ein paar Jahre Studium ersetzen.» Hab ich's doch gewusst. Das funktioniert, wie wir traurigerweise alle wissen, leider nicht andersherum: Bildung ersetzt keine Brüste. Wegen deines «Summa cum laude» lädt dich garantiert kein Unbekannter mit Hintergedanken auf ein alkoholisches Kaltgetränk ein. Und deine rausgewachsene Dauerwelle und deine Schlupflider kannst du nicht mit deinen profunden Kenntnissen in Altgriechisch ausgleichen.

Andererseits: Brüste und Schönheit sind vergänglich. Und wenn du heute schön und doof bist, dann bist du in fünfzehn Jahren nur noch doof. Und das ist dann nicht mehr schön.

«Wollen Sie noch ein, zwei Tage hier ausruhen oder lieber gleich nach Hause?», fragt die Hebamme.

«Nach Hause. Ich bin mit zwei Vätern und einer Patentante ja gut versorgt. Vielen Dank, dass Sie mein Baby auf die Welt gebracht haben. Und vielen Dank dafür, dass ihr meine Familie seid», sagt Leonie zu uns gewandt. Und ich und Erdal und Karsten und die Hebamme weinen.

«Wie soll das kleine Spätzchen denn heißen?», fragt die Hebamme und tupft sich die Augen mit einer Mullwindel.

«Joseph?», schlägt Karsten vor.

«Ja», sagt Leonie. «Joseph Erdal Karsten Karim Goldhausen.»

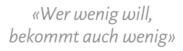

So ist das also, wenn man aufwacht und siebenunddreißig Jahre alt ist. Ich schaue unter die Decke. Ich bin noch da. Ich bin nicht über Nacht zu Staub zerfallen oder zu einer Dörrpflaume zusammengeschrumpelt. Schon mal erfreulich.

Ob ich mir zu meinem Geburtstag eine Brustvergrößerung schenke? Was hatte Erdal gesagt? «Zwei-, dreihundert Gramm auf jeder Seite würden schon genügen.»

Frank hätte so einen Eingriff sicherlich abgelehnt. «Ich liebe dich so, wie du bist», hätte er behauptet. Aber die Wahrheit ist, dass er es wahrscheinlich gar nicht gemerkt hätte. Ich hätte beim Sex eine Gasmaske tragen können, es wäre ihm kaum aufgefallen. Er war nie besonders aufmerksam – was unter anderem daran lag, dass ich nie besonders auf mich aufmerksam gemacht habe.

Aber jetzt muss ich mich ja wieder auf dem freien Markt behaupten, muss Männern gefallen, reizvoll sein, enge Hosen tragen und Brüste, die ein ordentliches Körbchen brauchen. Ich muss signalisieren, dass ich zwar zu haben, aber keinesfalls verzweifelt bin. Ich muss mich lässig an den Mann bringen. Muss suchen, ohne zu brauchen.

Aber ich weiß gar nicht mehr, wie das geht. Genau genommen habe ich es nie gewusst. Bin nicht so der Typ, der mit seinen weiblichen Reizen zu reizen verstünde. Ich werde es wohl lernen müssen, wenn ich post mortem auf ein Doppelgrab spekuliere. Vielleicht frage ich mal Regina. Die soll mir einen Crash-Kurs verpassen in sinnlichem Selbstmarketing. Ich habe schließlich einen zufriedenstellenden Body-Mass-Index von dreiundzwanzig. Verdammt, da wird sich doch wohl jemand finden lassen, der sich des dazugehörigen Bodys erbarmt, oder?

Wie lange werde ich wohl allein sein?

Meine Gedanken schweigen ein paar Sekunden selbstmitleidig vor sich hin. Dann fällt mir was ein. Das gibt es doch gar nicht! Wie komme ich bloß dazu? Ich bin wirklich eine Schande für meine Tante und für alle emanzipierten Frauen. Ich bin freiwillig Single, und zwar aus guten Gründen! Und mir fällt tatsächlich nichts Besseres ein, als panisch zu überlegen, wie ich so schnell wie möglich wieder einen Mann finden könnte. Wie peinlich, Rosemarie Goldhausen!

Ich wollte doch frei sein. Jetzt habe ich mich befreit. Aber frei wozu? Was will ich jetzt anfangen mit meinem Hauptgewinn?

Mir die Titten machen lassen?

Ich sollte erst mal was aus mir machen!

Ich drehe mich um. Neben mir liegt keiner. Ein ungewohnter Anblick.

Ich habe Franks Seite des Bettes abgezogen, um bei seinem Geruch nicht loszuheulen. Aber jetzt finde ich die Aussicht auf eine kahle Matratze, der nicht einmal eine unbenutzte Decke einen Hauch von Bewohntheit und Hoffnung verleiht, auch nicht erquicklich. Sieht aus wie die Eiswüsten am Nordpol.

Ich sollte mir angewöhnen, in der Mitte des Bettes zu

schlafen. Die letzten acht Jahre habe ich am äußersten rechten Rand verbracht, häufig sogar gänzlich unbedeckt, da es sich bei Frank um einen raumgreifenden Schläfer mit Hang zur feindlichen Übernahme von Fremddecken handelte.

Ich rücke probehalber mal etwas nach links. Ein deutlich verbesserter Liegekomfort. Arme und Beine kann ich ausstrecken, ohne dass sie rausfallen. Ganz erstaunlich. Ich werde mich daran gewöhnen müssen, mehr Platz zu haben. Und vor allem werde ich mich daran gewöhnen müssen, mehr Platz zu beanspruchen.

Ich muss aufhören zu glauben, die besten Tische, die besten Männer, die größten Gefühle seien immer bereits für andere reserviert. Ich muss mich beschweren, wenn Salz fehlt, wenn es zieht, wenn ich zu wenig verdiene.

«Du hast dich immer mit viel zu wenig zufriedengegeben», hat Regina gestern Abend gesagt, als wir in der «Dual Bar» in meinen Geburtstag hinein- und aus meiner Beziehung herausfeierten und auf meine neue Funktion als stolzeste Patentante der Welt anstießen.

Ja, ich erwarte zu wenig, weil ich denke, ich hätte nicht viel verdient. Es ist ganz einfach: Wer wenig will, bekommt auch wenig.

«Was willst du anders machen beim nächsten Mann? Oder hattest du mit Frank einfach nur den falschen Mann?»

«Kann sein, aber den habe ich mir ja auch ausgesucht. Man ist doch selbst schuld an dem Mann, den man hat.»

«Oder an den Männern», sagte Regina.

«Ich finde, es wird Zeit, erwachsen zu werden», sagte ich, für meine Verhältnisse ungewöhnlich entschlossen.

«Das sagst ausgerechnet du, Marie, die Erwachsenste von allen! Du bist doch immer so wahnsinnig vernünftig.»

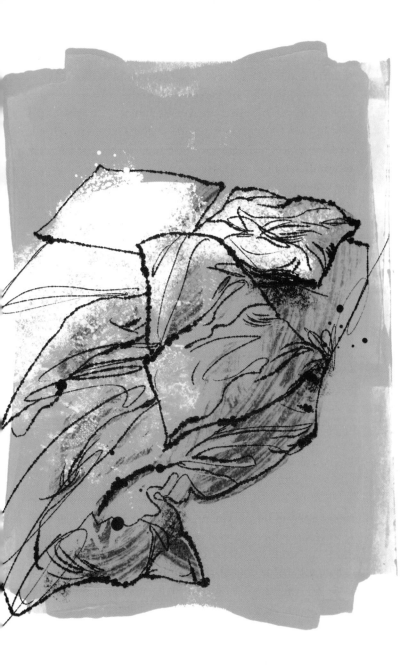

«Aber erwachsen sein heißt doch nicht automatisch vernünftig sein. Erwachsen ist das, was man freiwillig ist. Und ich bin nicht freiwillig vernünftig, sondern weil ich mich nichts anderes zu sein traue. Weißt du noch, als wir auf der Moritz-von-Uslar-Lesung waren? Meine Güte, kam ich mir da alt vor, bloß weil ich eine Hose anhatte, mit der ich mich nicht auf den Fußboden setzen wollte. Und dann diese jungen Dinger, mit denen der Boden gepflastert war: unsicher und arrogant, verletzt und verletzend, uncool bemüht, cool zu sein, immer auf der Suche und gleichzeitig in Sorge, irgendwo anzukommen, wo man möglicherweise bleiben sollte. Nennen sich selbst immer noch Mädchen, obschon sie längst erwachsen sind. Oder es zumindest sein sollten. Genauso wie ich! Ich unterscheide mich nicht von denen, außer dass meine Knochen knacken, wenn ich mich auf den Boden setze, und dass meine sexuellen Phantasien einem gewissen Wandel der Zeit unterworfen sind. Bitte sag es niemandem weiter, aber ich habe festgestellt, dass ich anfange, Claus Kleber attraktiv zu finden.»

«Gibt es eigentlich nichts, was du an dir gut findest?»

«Doch. Meine Haare.»

Die Mitte meines Bettes beginnt mir immer besser zu gefallen. Vielleicht ist das Alleinsein gar nicht so schlecht, zumindest eine Zeitlang. Ich verbringe den Vormittag meines siebenunddreißigsten Geburtstages – ein Sonntag, aber heute stört mich das nicht – so, wie ich schon immer gerne einen Sonntagvormittag verbracht hätte: im Bett.

Frank hatte großen Wert auf ein Frühstück mit frischen Brötchen und der «Frankfurter Allgemeinen Sonntagszeitung» gelegt. Und Zeitungen und alles, was krümelt, waren bei uns im Bett verboten gewesen. Diese Regel habe ich als Alleinlebende persönlich und mit sofortiger Wirkung aufgehoben. Ab sofort erlaubt ist bei mir auch: fernsehen im Schlafzimmer. Unterwäsche auf dem Balkon trocknen. Das Abendessen direkt aus dem Topf zu sich nehmen und dabei telefonieren. «Deutschland sucht den Superstar» gucken. Das ganze Wochenende die Wohnung nicht verlassen, obschon draußen die Sonne scheint.

Meine Güte, was gibt man nicht alles auf, der Liebe zuliebe!

Es ist zwei Uhr nachmittags, ich bin immer noch im Nachthemd, habe etliche Glückwunsch-Anrufe entgegengenommen und beschließe, endlich mal auszuprobieren, wie belastbar unsere Nachbarn sind.

Es ist völlig klar, dass es für eine Frau in meiner Situation nur ein einziges Lieblingslied geben kann. Ich singe es in einer Lautstärke und einem guten Gewissen mit, die mir bisher fremd waren.

Die große Freiheit ruft wieder an,
Du musst entscheiden: Gehst du dran?
Die große Freiheit funktioniert nur allein,
Du musst entscheiden:
Wie frei willst du sein?

Lass alles fallen, stehen und liegen,
Lass sie sich weiter selbst betrügen,
Raus aus der Reihe, Schluss mit dem Warten,
Wer nur ansteht, kann nicht starten.
Goodbye, goodbye, goodbye.
Ab heut bist du frei!

Schon vor der dritten Strophe klingelt es an der Tür. Das gibt es ja wohl gar nicht, diese Nachbarn sind wirklich keinen Kummer gewohnt! Wahrscheinlich dachten sie sogar, die Wohnung über ihnen sei gar nicht bewohnt. Aber diese Zeiten sind nun vorbei. Ich mache Lärm, und ich brauche Platz. Widerwillig öffne ich die Tür. Meine Nachbarn sehen definitiv anders aus.

«Frau Rosemarie Goldhausen?»

«Ja.»

«Ich bin Bote der Kanzlei Liek und Partner. Würden Sie den Erhalt des Umschlags bitte hier quittieren?»

Mir wird schwummrig. Das gibt es doch nicht, diese fiesen Kröten haben tatsächlich Ernst gemacht!

Wort- und fassungslos unterschreibe ich die Empfangsbestätigung und schmeiße den Umschlag auf den Küchentisch. Ich brauche ihn nicht zu öffnen. Ich weiß auch so, was drinnen ist: Zwischen dem Taschenvibrator, den mir Regina gestern geschenkt hat, und dem Schokoladenkuchen meiner Mutter, auf den längst nicht so viele Kerzen draufpassen wie drauf müssten, liegt meine Kündigung.

«Ich fasse nochmal zusammen», hatte Dr. Stegele vor zwei Tagen mit mühsamer Beherrschung gesagt, «Conradi bleibt verschwunden und liefert das Buch nicht wie vereinbart zum Herbst. Und wir können ihn deswegen noch nicht mal verklagen, weil er seinen Vertrag noch gar nicht unterschrieben hat. Wie ist das bitte zu erklären?»

«Herr Conradi hat einen Horror vor juristischem Kram. Solche Sachen lässt er monatelang rumliegen.»

Die Wahrheit war, dass Conradi seinen Vertrag meinetwegen noch nicht unterzeichnet hatte. Er wollte abwarten, ob ich mich selbständig machen würde.

«Und wie ich von Frau Kern höre, haben Sie am Montag auch noch unentschuldigt gefehlt.»

«Da habe ich doch meinen Patensohn zur Welt gebracht.»

«Frei gibt es nur, wenn man selbst gebiert. Ich werde zeitnah entscheiden, welche Konsequenzen Ihr Verhalten haben wird.»

Goodbye, goodbye, goodbye.
Ab heut bist du frei!

Ja, das kann man wohl sagen.

Partnerlos. Arbeitslos. Und demnächst auch wohnungslos.

Frei ist gar kein Ausdruck, komplett gescheitert trifft es wohl eher. Mein jetziger Zustand entspricht in keiner Weise auch nur annähernd dem, den ich mir für meine zweite Lebenshälfte vorgestellt hatte. Wo ist die Wäscheleine, an der im seichten Abendwind meine Still-BHs, die Neugeborenen-Erstausstattung und die Boxershorts meines Ernährers trocknen? Wo das Reihenendhaus mit kugeligen Buchsbäumchen rechts und links der Eingangstür? Wo das Zimmer mit Blick über Paris, für das es sich zumindest gelohnt hätte, auf die kugeligen Buchsbäumchen und den Ernährer zu verzichten?

Mutterpass oder Lohnsteuerkarte? Diese luxuriöse Frage stellte sich für mich nicht mehr. Ich kann demnächst im Fitnessstudio die Sonderkonditionen für Arbeitslose in Anspruch nehmen. Und vielleicht gewährt mir das «Hamburger Abendblatt» ja Mengenrabatt, weil ich gleichzeitig in den Rubriken «Stellenangebote», «Partnersuche» und «Wohnungssuche» werde inserieren müssen.

Ich blättere niedergeschlagen in der Zeitung vom Samstag.

> «**Schneewittchen (1,75 – 29 – 57)** wartet noch immer auf ihren Prinzen. Aufgehalten worden? Schreib mir mit Bild, oder ich nehme einen von den Zwergen ...»

Meine Güte, die ist noch keine dreißig, wiegt nicht mehr als eine Scheibe Knäckebrot und muss sich schon Sorgen machen, keinen ordentlichen Typen mehr abzubekommen. Sind die guten Männer denn wirklich so rar gesät? Und wenn ja, wie konnte ich den unverzeihlichen Fehler begehen, einen Mann, der mich nicht geschlagen hat, mich nicht beklaut und noch nicht mal betrogen hat, wieder in die freie Marktwirtschaft zu entlassen? Das ist ja, wie auf dem Flohmarkt eine nagelneue Gucci-Sonnenbrille für fünf Euro anzubieten. Keine zehn Sekunden, und das Ding ist weg. Da muss man doch total bescheuert sein!

Und dieses dürre Schneewittchen angelt sich jetzt womöglich meinen Exfreund, meinen Frank, an dem ja nun wirklich nicht viel auszusetzen ist. Sie wird ihr Glück kaum fassen können, dass sie so ein tadelloses Exemplar erwischt hat. Und dann werden die beiden heiraten, Kinder kriegen, und Scheiß-Schneewittchen hängt ihre Still-BHs an meine Wäscheleine!

Und was gebe ich dann für eine Annonce auf?

> «**Pechmarie (1,70 – 45 – 85)** hat ihren Prinzen vergrault und zu viel Schokolade gegessen und wäre

froh, wenigstens noch einen von den Zwergen abzubekommen. Auch Zuschriften ohne Bild werden
garantiert beantwortet.»

Ich esse vor lauter Verzweiflung das vierte Stück vom
Geburtstagskuchen, der so staubig schmeckt, wie ich mich
fühle.

Gott sei Dank ruft Erdal an, um mich über die neuesten
Fortschritte unseres eine Woche alten Babys zu informieren.
Er ist überzeugt, dass Joseph ihn jetzt bereits aus zehn Metern Entfernung erkennt, und ich glaube, Leonie hat bisher
noch nicht eine Windel ihres Sohnes selbst gewechselt, da
sich Karsten in dieser Hinsicht als sehr geschickt und Erdal
als erstaunlich ekelresistent herausgestellt hat. Ich habe die
beiden jetzt schon mehrfach fachsimpelnd über das Baby ge-
beugt am Wickeltisch stehend angetroffen.

Ich selbst bin vollkommen erstaunt über mein ungeheu-
cheltes Interesse an Josephs Kotkonsistenz, Schlafrhythmus
und Bäuerchenfrequenz.

«Gestern waren zwei Mütter mit ihren sieben Tage alten
Kindern bei uns zu Besuch», beginnt Erdal grußlos. «Ich
wollte ja nichts sagen, aber ich frage mich schon, wie die mit
ihren hässlichen Krötchen jemals wieder glücklich werden
sollen, wo sie unseren Joseph gesehen haben.»

«Jede Mutter findet ihr eigenes Kind am schönsten. Das
hat die Natur Gott sei Dank so eingerichtet. Mütter sind niemals objektiv.»

«Unsinn, ich bin doch auch objektiv. Sorgen macht mir
nur, dass sein Penis in den letzten Tagen nicht mitgewachsen
ist. Aber sag, wie geht es dir? Josephs Nabelschnur ist endlich abgefallen, und ich will sie heute nach Sonnenuntergang
im Garten zusammen mit einem Euro und einer Haselnuss

vergraben. Das bringt Reichtum und Fruchtbarkeit. Hast du nicht Lust vorbeizukommen?»

«Ich bin deprimiert.»

«Das kann ich verstehen. Als Frau in deinem Alter sind Geburtstage natürlich eher Tragödien.»

«Ich habe heute meine Kündigung bekommen.»

«Auweia. Dann ruf deinen Anwalt an. So einfach ist es nicht, jemanden rauszuschmeißen.»

«Vielleicht will ich die Kündigung gar nicht anfechten. Ich hasse diese Kern, und der einzige Autor, den ich mochte, hat sich aus dem Staub gemacht.»

«Du wolltest dich doch sowieso selbständig machen. Fang morgen damit an.»

«Ohne Geld, ohne Wohnung und ohne Autor?»

«Du musst auch das Gute an deiner Situation sehen.»

«Und das wäre?»

«Da müsste ich jetzt länger überlegen.»

«Ich verspreche dir, dich zu belügen»

Am Montag schleiche ich mich wie ein Dieb in mein Büro. Ich bin extra früh gekommen, um mir mitleidige Floskeln auf den Gängen zu ersparen. Es würde mich nicht wundern, wenn die Kern gestern bereits ein paar schadenfrohe Telefonate mit Kollegen geführt hätte.

Es ist schon erstaunlich, was man alles vermissen kann, wenn man sich nur lange genug daran gewöhnt hat: ein Büro, nicht viel größer als eine Flugzeugtoilette, einen Mann, der sich die Nagelhäute mit dem Autoschlüssel zurückschiebt, einen Verlag, der hauptsächlich Fachliteratur zu Bachblüten und Pudelfrisuren herausbringt.

Ich wähle die Nummer der Personalleiterin, um zu klären, wann ich meinen Resturlaub nehmen soll.

«Es tut mir sehr leid, Frau Goldhausen, aber die Kopie Ihrer Kündigung ist noch nicht bei mir angekommen. Kommen Sie doch mit Ihrem Original bei mir vorbei. Dann werde ich all Ihre Fragen beantworten.»

«Das Schreiben liegt bei mir zu Hause. Kann ich es holen und nachher bei Ihnen vorbeikommen?»

«Selbstverständlich.»

In der Mittagspause stehle ich mich aus dem Verlag. Zu Hause öffne ich den Kühlschrank, aus dem ein Ein-Personen-Kühlschrank geworden ist. Er beherbergt derzeit einen Mini-Romana-Salat, eine Single-Gurke, fünf Flaschen Sekt und zwei tiefgefrorene «Brigitte-Diät»-Menüs. Ich nehme eine Packung «Nasi Goreng» heraus und schalte eine Herdplatte an. Die Mikrowelle funktioniert seit ein paar Tagen nicht mehr.

Ich habe den Eindruck, dass die technischen Geräte in der Wohnung schnell bemerkt haben, dass sie neuerdings mit einer Frau allein leben. Die elektrische Zahnbürste hat ihren Dienst gleich ganz quittiert, und auch die Fernbedienung und der Toaster tanzen mir neuerdings auf der Nase herum wie ein Hund ohne ein ernstzunehmendes Herrchen.

Dinge – unter ihnen besonders die Männer – haben ein feines Gespür dafür, wann eine Frau bedürftig und verzweifelt ist, und nutzen das schamlos aus. Das war mir gestern sehr bewusst geworden.

Ich hatte beschlossen, meinen Geburtstagsabend so zu verbringen, wie ich auch den größten Teil meiner zukünftigen Geburtstage verbringen würde: allein. Aber ich wollte mutig und stark sein und meinem harten Schicksal selbstbewusst die Stirn bieten.

Ich zog mein schwarzes Kleid an, das dank Kummer und «Brigitte-Diät»-Menüs nur noch eng und nicht mehr zu eng war, bestellte ein Taxi und fuhr in die «Tower Bar» im elften Stock eines Hotels mit grandiosem Blick über den Hamburger Hafen und hoffentlich dem ein oder anderen ansehnlichen männlichen Gast, der bereit sein würde, mir zum Geburtstag zu gratulieren, mir kostspielige Drinks zu spendieren und mir einigermaßen glaubwürdige Komplimente zu machen.

«Die ‹Tower Bar› ist ein unglaublicher Abschlepp-Laden.

Die Frau, die da nicht angebaggert wird, muss erst noch geboren werden», hatte Regina mir den Laden beschrieben.

Ich stand am Tresen, schob meine Beckenknochen lasziv Richtung Raummitte – und hatte drei Minuten später auch schon den ersten körperlichen Kontakt. Leider war es nur der Kellner, der mich anrempelte und barsch bat, doch etwas weniger Platz zu beanspruchen. Dieser Bitte kam ich selbstverständlich sofort nach. Fortan kam ich mir allerdings deutlich weniger erotisch vor und behielt meine Beckenknochen lieber in Reichweite.

«Die guten Männer haben allerdings was anderes zu tun, als in Bars rumzuhängen und frustrierte Tussis anzumachen», hatte Regina mir noch feinfühlig mit auf den Weg gegeben. «Wenn du in der ‹Tower Bar› angesprochen wirst, kannst du froh sein, wenn der Typ bis fünf zählen kann, ohne dabei die Zwei und die Vier zu vergessen.»

Für eine Frau mit meinem Body-Mass-Index stand ich schon viel zu lange allein an der Bar. War ich zu alt? Mein Blick zu verzweifelt?

Es war zum Verzweifeln. Ich hatte den Eindruck, dass das Personal bereits Wetten abschloss, ob ich die Frau sei, der an diesem Abend nicht ein einziges Getränk gesponsert werden würde.

«Falls dich keiner anspricht, liegt das am Nicole-Kidman-Syndrom», hatte Erdal bei unserem letzten Telefonat gesagt. «Eine Frau wie du lässt einen Mann denken: Zu viel Ausstrahlung, zu viel Anspruch, zu wenig Busen – das lohnt den Aufwand nicht. Für eine Nacht holst du dir doch keine Probleme ins Bett.»

«Aber ich bin doch gar nicht problematisch!», hatte ich ihm überzeugt widersprochen.

«Machst du Witze? Jede Frau, die gut verdient, ist problematisch. Wenn sie dann noch Wert auf eigenen Humor und ein paar hausgemachte Minderwertigkeitskomplexe legt, ist sie so gut wie unvermittelbar. So eine macht doch sofort Ärger – und hört dann die nächsten dreißig Jahre nicht damit auf. In diesem Laden wirst du nur angesprochen, wenn du glaubhaft ausstrahlst, dass du den Unterschied zwischen Omelett und Hamlet nicht kennst.»

Ich war heute Abend angetreten, Erdal das Gegenteil zu beweisen. Ich bemühte mich um eine total unkomplizierte und lebensbejahende Aura, lächelte unproblematisch in die Weite des Raumes – und wurde langsam nervös.

Endlich schob sich ein unangenehm warm gesessener Hintern von hinten an mich, und eine tiefer gelegte Stimme sagte: «Ich kenne Sie nicht. Und das würde ich gerne ändern.»

Ich drehte mich triumphierend um und sah den roten, feuchten Nacken eines Mannes, der mit sabberndem Blick das mächtige Dekolleté einer Frau begutachtete, die ein armfreies, beinfreies, schulterfreies, bauchfreies und so gut wie brustfreies Fetzchen am gerundeten Leib trug.

Würde man dieses Kleid selber nähen, bräuchte man in etwa so wenig Stoff wie für ein Lätzchen für Joseph. Na, kein Wunder, dachte ich erbost, wenn so eine Frau hinter dir steht, spricht dich natürlich keine Sau an. Das ist ja, wie wenn du deinen kleinen Laden für gehobene Wohnkultur direkt neben Ikea eröffnest.

Statt einen strategisch günstigeren Platz aufzusuchen, zum Beispiel bei mir zu Hause auf dem Sofa, studierte ich das Balzverhalten meiner Artgenossen, um daraus für die Zukunft zu lernen.

«Ich glaube, ich kenne Sie», flötete die Dame. «Habe ich Sie nicht schon mal im Fernsehen gesehen?»

«Sie wollen mir doch bloß schmeicheln, oder? Kellner, bringen Sie uns eine Flasche Dom Pérignon.»

«Ich mag Männer, die wissen, was sie wollen.»

Ein erregter Ruck erschütterte den schwitzigen, platten Männerhintern in meinem Rücken.

Igitt, das war mir zu viel.

Ich nahm mein Glas und setzte mich in einen der Sessel mit Blick auf die Bar. Die Dame prostete dem willigen, warmen Arsch ihr gegenüber zu.

Es war Hubertus Weber, Hamburgs Zweiter Bürgermeister und Familiensenator – und Geliebter meiner Freundin Regina.

Hubbis Blick wanderte scheibenwischerartig zwischen den Brüsten der Dame hin und her. Was sollte ich in meiner misslichen Lage tun? Ich schaute dem Mann zu, der seine Gattin mit meiner Freundin betrog und dabei war, dieses Busenwunder anzubaggern.

Verzwickt, so einen Fall moralisch zu bewerten. Darf man eine Geliebte betrügen nach dem Motto: Auf eine mehr oder weniger kommt es doch nicht an? Wie würde Regina reagieren? Und sollte oder musste ich ihr überhaupt davon erzählen? Sie hat mit ihrem Mann ein stillschweigendes Abkommen: Wenn es denn unbedingt sein muss, betrüge mich. Aber bitte so diskret, dass ich es nie erfahre.

Ist das nicht absurd? Soll das neue Ehegelöbnis, das sich moderne Paare vor dem Altar geben, etwa lauten: «Ich verspreche dir, dich zu belügen»?

Ich frage mich, wie viel Lüge verträgt eine Beziehung? Aber auch: Wie viel Wahrheit verträgt sie?

«Eine Ehe ohne Geheimnisse ist entweder fade oder vorbei», sagte Regina immer. «Lügen kann und muss man auch aus Liebe. Bei Menschen wie uns halten Ehen nur, wenn sie durch etwas Betrug gewürzt werden. Die Wahrheit ist eine Blockhütte mit Lehmboden. Betrug ist eine Villa mit Geheimtreppen, abgehängten Decken und diskreten Bediensteten. Die Ketten der Ehe sind so schwer, dass man sie manchmal eben nur zu dritt tragen kann.»

Trotzdem hatte Regina Hubbi schwören lassen, dass er, wie in den letzten zehn Jahren seiner Ehe, den Beischlaf mit seiner Frau ruhen lassen und auch nicht aus Mitleid oder am Hochzeitstag eine Ausnahme machen würde. Sie wachte eifersüchtig über seinen Terminkalender, sah Verabredungen mit weiblichen Abgeordneten in den Abendstunden äußerst ungern, ging aber ansonsten wie selbstverständlich davon aus, dass ein beruflich eingespannter Mann wie er mit einer Geliebten wie ihr vollends ausgelastet sein würde.

Was jetzt? Erwartet Regina womöglich von mir, dass ich sie belüge? Ihr aus Freundschaft die Wahrheit über Hubbi erspare? Das ist eigentlich nicht meine Definition von Freundschaft. Aber soll ich sie deshalb jetzt anrufen und so ihr heiles Doppelleben zerstören? Sie glaubt doch so fest, in ihrer unordentlichen Welt sei alles in Ordnung. Wenn sie sich sofort auf den Weg macht, könnte sie Hubbi in flagranti ertappen und ihm eine denkwürdige Szene machen.

Noch vor ein paar Jahren hätte ich mir diese Gelegenheit zum Drama auf keinen Fall entgehen lassen. Endlich mal was los hier, hätte ich gedacht und mit mädchenhaft klopfendem Herzen und einer Mischung aus Mitleid und Sensationsgier Reginas Nummer gewählt. Einmal Schicksal spielen. Einmal live dabei sein. Regina liebt Szenen, und ich komme doch so selten dazu, bei einer zuzuschauen.

Ich holte mein Handy aus der Tasche.

Ein paar Minuten später orderte Hubbi die Rechnung, was auf einen baldigen Abtransport der beiden Brüste hindeutete. Es wurde höchste Zeit. Ich stellte mich vor ihn und knipste ein leutseliges Lächeln an.

«Hubertus, wie schön, Sie zu sehen. Sie erinnern sich: die Schwimmbrille? Ich bin Rosemarie Goldhausen, Reginas beste Freundin.»

Hubbi murmelte etwas Unverständliches.

«Ich habe gesehen, dass Sie hier so ganz allein an der Bar rumstehen, und da dachte ich, ich sage mal Hallo. Bekanntheit kann einen ja so einsam machen, nicht wahr? So, ich muss jetzt leider los. Grüßen Sie Regina, falls Sie vor mir mit ihr sprechen.»

Ich drehte mich um, würdigte die Brüste, die mich die ganze Zeit über sprachlos angestarrt hatten, keines Blickes und fuhr nach Hause.

Das hatte ich gut gemacht! Genau so, wie Karsten es mir am Telefon geraten hatte. Erst wollte ich Erdal anrufen, aber der hätte sich mit seinem Asthmaspray ausgerüstet und mir gesagt, ich solle Regina unter keinen Umständen Bescheid sagen, bevor er selbst nicht am Ort des Geschehens eingetroffen sei und sich einen Platz in der ersten Reihe gesichert hätte.

«Nicht Schicksal spielen, aber Stellung beziehen», hatte Karsten gesagt. «Zeig ihm die gelbe Karte. Du hast ihn durchschaut, das muss er wissen – Regina nicht», hatte er in den Hörer gebrüllt.

St. Pauli hatte schon wieder gewonnen, und ich hatte

Karsten im Vereinsheim erreicht, wo unser Gespräch durch grölende Stimmen im Hintergrund erschwert wurde. «Ihr könnt nach Hause gehen! Ihr könnt nach Hause gehen», skandierten sie abwechselnd mit «We love St. Pauli, oooo-oh! We love St. Pauli, we do!» und «Magisches St. Pauli, siege heute hier für uns!». Da fragt man sich ja schon, warum sich nicht mal jemand die Mühe macht, sich einen Nachmittag konzentriert hinzusetzen und sich ein paar eindrucksvollere Reime auszudenken.

Das also war der Abend meines siebenunddreißigsten Geburtstages gewesen. Immerhin war ich früh genug wieder zu Hause, um das Finale von «Deutschland sucht den Superstar» zu sehen.

Ich nehme den Topf vom Herd, fülle mein Diät-Menü auf einen Teller und setze mich an den Küchentisch. Aber mein Hunger hat mich auch noch verlassen. Das bevorstehende Gespräch mit der Personalleiterin des Verlags liegt mir wie ein Betonklotz im Magen.

Ich reiße den Umschlag mit meiner Kündigung auf.

Ein Brief fällt heraus. Und ein Schlüssel. Und mein Leben.

Kapstadt, den 31. Dezember

Mein Liebchen,
allerherzlichsten Glückwunsch zu deinem siebenunddreißigsten
Geburtstag, meine schöne, kluge, geliebte Marie!
Es ist jetzt Mitternacht, und du sollst wissen, dass ich morgen
um diese Zeit tot sein werde.
Die Nacht hier in Südafrika ist viel schwärzer als bei uns. Nicht
unheimlich schwarz, sondern auf sympathische und entschlos-
sene Weise schwarz. Ich war nie ein Freund der Dämmerung.
Ist das noch Tag, oder ist das schon Nacht? Du weißt, ich mag
lieber klare Ansagen.
Ich habe Joachim vor einem halben Jahr im Wartezimmer
eines Berliner Krankenhauses kennengelernt. Wir verließen das
Krankenhaus mit der Diagnose, dass wir nur noch wenige und
nicht sehr angenehme Monate vor uns haben würden.
Und darauf haben wir beide keine Lust.
Marie, mein Liebchen, erinnerst du dich an das etwas alberne
Lied, das wir manchmal bei unseren Abschieden gesungen
haben?

Man lässt vieles hier,
Freund, ich danke dir,
für den Kuss, den letzten Gruß.
Doch dann lass mich los,
sieh, die Welt ist groß,
ohne Freiheit bin ich fast schon wie tot.

Ich mag das Wort: Freitod. Es wird der Sache, meiner Sache
gerecht. Freiwillig gehen, selbst entscheiden, wann es so weit ist,
eine Sache, eine Liebe und auch ein Leben zu beenden.

*Glaub mir, Marie, ich hätte gerne länger gelebt. Aber nur
zu meinen eigenen Bedingungen.*

*Ich halte es mit den letzten Worten von Alexis Sorbas:
«Ich habe in meinem Leben einen Haufen Dinge getan
und doch nicht genug. Menschen wie ich sollten tausend Jahre
leben. Gute Nacht!»*

*Also lass mich los, Liebchen. Sei nicht traurig und freue dich
auf dein großartiges Leben.*

*Mein Anwalt wird dir diesen Brief an deinem Geburtstag
zukommen lassen, zusammen mit einem Schlüssel. Du weißt,
in welches Schloss er passt. Und jetzt weißt du auch, wofür ich
Heinzelmanns Million ausgegeben habe.*

*Marie, ich möchte, dass du frei bist. Tu, was du willst, aber
tu es aus freien Stücken. Und wenn du heiratest, tu mir einen
letzten Gefallen und tanze auf deiner Hochzeit in meinen
Schuhen! Ich habe sie reparieren lassen. Es wäre doch zu
schade, wenn es die alten Dinger nicht wenigstens einmal
bis zu einem Altar schaffen würden.*

Gute Nacht, Rosemarie Goldhausen, sei mutig und glücklich.

*Es liebt dich von ganzem Herzen
deine Tante Rosemarie*

Ich sitze auf dem Balkon. Und es ist, als hätte sich mir heute Nacht die ganze Welt zu Füßen gelegt.

Die Scheinwerfer der Ausflugsboote beleuchten das Ufer der Seine, und in den Straßencafés auf der Île Saint-Louis halten sich Verliebte die Hände.

Mein Verleger wollte meine Kündigung nicht annehmen. Er hat mir sogar mehr Geld und ein großes Eckbüro mit Blick auf die Außenalster angeboten. Ich habe abgelehnt.

Leonie, Joseph, Erdal und Karsten kommen mich in zwei Wochen besuchen. Joseph hat gestern zum ersten Mal gelächelt. Aber weil Erdal und Karsten mal wieder beide gleichzeitig damit beschäftigt waren, ihn zu wickeln, können sie nicht genau sagen, wen von beiden er angelächelt hat.

Leonie möchte noch ein Kind. Am liebsten von Karsten.

Frank hat mir die Betriebskostenabrechnung für unsere Wohnung geschickt.

Michael Conradi hat mir aus einem Dorf in Andalusien das erste Kapitel seines Romans gemailt. Es ist großartig.

Regina fühlt sich unausgelastet und bat mich, ihr einen guten Pilates-Trainer zu empfehlen.

Der FC St. Pauli ist wieder vom Abstieg in die Zweite Liga bedroht.

Die Wohnung ist völlig leer. Bloß die beiden Klappstühle stehen noch auf dem Balkon. Als sei keine Zeit vergangen.

Ich lege meine nackten Füße aufs Geländer und stelle eine Flasche Champagner auf den leeren Stuhl neben mir.

La Grande Dame. Die große Dame.

Keine Stadt sieht nachts so schön aus wie Paris. Ob ich hier wohl einen guten Frisör finde?

Rosemarie Goldhausen, auf unser Wohl!

Menschen wie du sollten tausend Jahre leben.

Ich schlage das Tantenbuch auf.

Wie schön, dass du da bist …